Awarded Novels
长青藤国际大奖小说书系

晴れた日は図書館へいこう

晴天就去图书馆

〔日〕绿川圣司 著 〔日〕宫岛康子 绘

范薇 朱一飞 译

晨光出版社

图书馆里的奇遇

　　对爱书之人来说，书是珍贵的，这种珍贵不仅是指书的内容，更是指我们初次与书相遇时喜悦的心情，读完后内心的共鸣，以及重读时深深的感慨。书是有生命的，具有独特的精神魅力。

　　我喜欢读书，也喜欢收藏书。不过，我只收藏一种类型的书——与图书馆有关的书。2014 年，我网购了一本名为《晴天就去图书馆》的台版书，它的原版是一本日文书，这本书在日本和中国台湾很受欢迎。我当时就想：如果能出一本简体中文版，肯定会有更多的人喜欢这本书。今天，它的简体中文版终于出版了，我喜欢它的书名——《晴天就去图书馆》。

　　书中的小主人公芊芊是个爱读书的小姑娘，她经常去图书馆借书和读书，而芊芊的表姐美弥子正好在图书馆工作，是一名图书馆员。故事就围绕图书馆展开。书中对图书馆工作和各种场景描写得十分真实和细致，这让我这个真正的图书馆员都自叹不如。读完这本书，同学们不仅会被书中的故事打动，还可以了解图书馆是如何工作的，相信你们都会和芊芊一样爱上去图书馆的。

　　喜欢读书的人，都梦想拥有一座属于自己的图书馆。我也曾有过这样的梦想。

　　二十年前，在"我如鱼，书如水，北图如海"这句美好话语的感召下，大学毕业的我毅然选择了北图（现在的国家图书馆），成为了一条在书海里游泳的鱼。图书馆里的工作既幸福又充实，每天与书打交道，生活恬淡而清净，读书、选书、编目、推荐、借阅、导读，这些工作看似重复，却日有新意。在图书馆工作，不仅每天都能遇到很多好书，而且有时还可以与书的作者"亲密接触"，因为作家们经常会到图书馆开讲座或签售，这算是图书馆员独有的一种福利吧。

图书馆员的工作，概括起来说就是为人找书和为书找人，是给书和读者牵线的"红娘"。

为人找书，就是尽量满足读者的需求，为读者找到他们想读的书，这就需要图书馆员及时了解新书出版动态和读者的阅读需求，有目的地选购新书并安排上架，从而让读者都能在图书馆找到自己想读的书。当然，在互联网如此发达的今天，图书馆并不是一个个孤岛，而是处于一个联网的系统里，任何一个读者都能通过本地图书馆向其他图书馆借阅图书，即馆际互借。有了馆际互借，就能实现人人有书读，书书有人读了。

为书找人，就是为读者推荐适合他们的书，从而让书能够更快地遇见喜欢它的读者，这就要求图书馆员非常熟悉图书的内容，并通过讲故事、开讲座、办展览、举办沙龙等有趣的活动，让更多的读者遇见书、了解书，进而喜欢上读书和图书馆。除此之外，图书馆员还需为每本书做一件美丽的嫁衣，比如：给书贴标签、塑封皮、做海报，等等。只有这样，才能让一本书脱颖而出，快速地让读者喜欢上它。

在我看来，图书馆里有两本书，一本是纸书，一个是人书。纸寿千年，当一个人的思想和文字变成了书，就能进入图书馆里供人们阅读。而人书就是图书馆员，每个图书馆员都是一本活的工具书，当读者在图书馆遇到任何与书有关的问题时都可以从他们那里得到解答。同样，图书馆里也有两个读者，一个是今天的读者，一个是明天的读者。图书馆既为今天的读者服务，也为明天的读者服务。图书馆里的书每天都在期待那个能把自己带回家的读者。在图书馆里，书与人之间进行着思想的交流和生命的轮回。

每天看着图书馆里来来往往的人和他们手中的书，我觉得图书馆里的阅读就像一次巧遇，因为我无法预测哪个读者会在哪天遇见哪本书。而图书馆里每天都充满了这样的巧遇，这正是图书馆的魅力所在。如果你此刻也正好在图书馆，请相信这将是一次美好的巧遇，一切都从这里刚刚开始。

国家图书馆少年儿童馆馆长　王志庚

目　录　　　　　　　CONTENTS

第一部
晴　天　就　去　图　书　馆

目 录 CONTENTS

第二部
图 书 馆 的 小 奇 迹

第一部
晴天就去图书馆
晴れた日は図書館へいこう

"今天天气很好，小朋友应该到外面去玩。"天气晴朗时，大人们大多会这样说。

我可不太同意这句话。

为什么大人们对孩子总是一概而论呢？

确实有些孩子喜欢在室外玩耍，但也有的孩子只要在家玩电子游戏就很满足了，还有的只要能听着音乐就不介意自己在哪里了，还有喜欢在雨天散步的孩子呢。

我呢，就最喜欢看书。我认为一本书就是一个独特的世界，翻开书，就打开了一个崭新的世界。

而图书馆里那么多的书，对我来说就是通往无数新世界的大门。

我想读的书就已经有很多很多了，再加上我们在读每一本书的时候，世界上还会有很多人在写新的书。如果只在下雨天才读书，那可怎么读得完呢？

因此，我想大声呼吁："晴天就去图书馆吧！"

第 一 个 谜 题

魔 女 之 书

"早上好，快起床！"

突然一声巨响，把我惊得从床上跳了起来。我赶紧环顾四周，奇怪的是，房间里并没有别人。

"早上好，快起床！"

第二次听到这声巨响，我终于找到了它的来源——床边的闹钟。这个闹钟乍看上去非常普通，但可以提前录下真人的声音再定时播放。昨天妈妈兴奋地对我炫耀说："这是朋友送的！"大概是她等我睡着后悄悄地设好闹铃时间、录了音，放到我枕头边的吧。

我又看了一眼闹钟，原来已过十点。我在心里感谢妈妈因为春假让我比平时多睡了好几个小时，同时关掉闹钟，顺手把音量从最大调到了最小。

趁着没人，我打了一个大大的哈欠，然后走出房间。妈妈今天也上班去了。妈妈十年前跟爸爸离婚了，之后就在一家小出版社工作。这些年来，都是她独自一人抚养我。

我爸爸好像是个小说家。说"好像"，是因为妈妈不大愿意跟我提起爸爸。但我相信，终有一天妈妈会主动告诉我的，而我也下定决心在那之前不去问她。

吃完了简单的早餐——玉米片和牛奶，我换好衣服来到阳台上。四月的风拂面吹来，轻柔而舒服。

我住在阳山町边界处一幢五层公寓楼的最顶层，站在阳台上就可以看到对面高耸的云峰山。公寓楼与云峰山正好在阳山町的两端，像这样站在阳台上，我就能将整个阳山町尽收眼底。

我做了个深呼吸，放眼俯瞰阳山町。右手边是我今年春天起要上五年级的阳山小学，左手边是再过两年去上的阳山中学。而就在我与云峰山的正中央，坐落着不论上小学还是上中学都要常去的云峰山市立图书馆。

我伸了个大大的懒腰，想着接下来的安排。我决定先去图书馆还书，至于那之后的安排，就在图书馆边翻书边想吧。

收拾好餐具，我将外出用品放进背包里，对着空空的房间大喊了声"我出门啦"，就飞奔出去。等不及电梯上来，我就背着包从楼梯冲下了楼。

从我家到图书馆，骑车大约要五分钟。

骑着车飞奔实在是太开心了，我决定先绕去云峰湖看看。云峰湖一般少有人去，只在每年的这个季节有很多外地人来访。这是因为环绕湖边的路上种满了夹道的樱花树。每逢满树樱花盛开时，特别美丽。今天这里的樱花还只是零星地开了一些，还没有吸引很多人来。

希望樱花能够早日盛开，我边想边骑回到原路上。刚才出了一层薄汗，我稍稍减慢了速度。

大概一年以前，我妈妈开始在本地的小报上发表连载散文。之前她偶尔也会在自己编辑的杂志上写短文，有一次恰好被报社的主编读到，主编就向她约稿写连载。说是连载，其实也就是每月一期而已。这个月的标题好像是《云峰湖的樱花道》，截稿日期就在下周，如果到时候樱花还不开满枝头，妈妈可要头疼了。

我边查看沿路樱花树的情况，边骑车前行，不知不觉已到达图书馆。

云峰市立图书馆是一座三层的建筑。一楼存放的是小说，二楼存放的是小说之外的书（好像被称作"实用书"），三楼是自习室。我平常借阅的大多是一楼的书。

在存车处停好车，我走进图书馆。馆内开着微弱的空调，入口附近是自由阅览区，摆放着报纸与杂志。我在那边看到了一个身穿绿色围裙的身影，急忙卸下背包跑过去。

"早上好！"

"啊，是芊芊啊。"美弥子姐姐正在公告板上粘贴座谈会通知，看到我后，她停下手中的活，灿烂地笑起来，一头柔软的大波浪卷发轻轻地飘动着。

"我是来还上次借的书的。"因为这里是图书馆，所以我放低了声音。

"啊，你已经读完了吗？"

"嗯。"

我从背包里取出三本故事书。其中就有美弥子姐姐之前推荐我阅读的奇幻冒险作品。故事主人公是一个可爱的小魔女，情节引人入胜，我一口气就读完了。

"这个系列还有后续吧？"我满怀期待地问。

"是的，目前为止已经出版了六本……"美弥子姐姐手托下巴，露出了为难的表情，"但是后边几本可能被借走了。"

"啊——"

我没想到会这样，有些失望。这心情就如同将吃了一半的蛋糕存入冰箱，第二天充满期待地打开一看，却发现蛋糕不见了。

看我有点不高兴，美弥子姐姐轻轻戳了戳我手中的书，说："你手里的这本书，对别人来说也同样是被借走了呀。"

"嗯。"这么说来，倒也是的。我有点不好意思起来，拿起书遮住了脸。

美弥子姐姐是我妈妈的姐姐的孩子，也就是我的表姐。她大学毕业后，考取了图书管理员的资格证，去年开始在图书馆工作。她长得很漂亮，性格也很温柔，是我喜欢又崇拜的姐姐。同时，她也是指导我阅读的老师。

"稍后我再给你推荐些新书，你先去还书吧。"

听她这么说，我决定稍后再回大厅找她。

图书馆一楼分为三个区域，大厅、成人小说区（当然小孩也可以读）以及儿童小说区。靠近入口的是成人小说区，往里走则是儿童小说区。

这两个区域中间是办理借书、还书手续的柜台，玉木阿姨就坐在这里。她跟我妈妈差不多年纪，带着一副银边细框眼镜。

我最初见到她时，以为她很凶，后来慢慢知道了，她并不是凶，只是很严格。

我将三本书放到柜台上，说："还书——"

"哎哟，芊芊，你还是和平常一样，来得好早啊。"她说。

能够像这样和图书馆的工作人员闲聊，是常客的特权。

当然除了读书之外，世界上也还有很多快乐的事。但是当我听好朋友麻纪说花了一个月的时间玩角色扮演的电子游戏终于通关之后，我心里就想，足足一个月呢，能读多少本书啊！

麻纪笑我说"你真是怪人"，可我觉得，不会对书着迷的人才奇怪呢。

今天又会遇到什么样的事呢？我充满期待地想着，看玉木阿姨用类似超市收银的机器扫取了书的条形码。

"你干什么呢？"

身后突然传来一个男孩愤怒的声音。我惊讶地回头看去，是一个看上去像小学低年级的小男孩，正追着一个比自己大一点点的男孩。两人大概是兄弟吧，脸上都带着笑容，并不像在吵架，可能只是在开玩笑而已。

玉木阿姨看见了，苦笑起来。的确，在图书馆大声喧哗是不礼貌的，可如果对于追逐打闹这样的小事都一一予以提醒的话，工作人员的工作就没完没了了。之前她曾经这样和我说过。

是啊，我以前还看到过扔书吵架的场面，和那个相比，这可好多了。

如果像玉木阿姨这样每天都在图书馆工作，那么肯定看到过更加严重的情况，与那相比，这已经算是比较好的了。

跟玉木阿姨道过谢，我走向书架。

嗯，今天借哪几本书回家好呢？

我很喜欢书。书的内容就不用说了，连同书的分量、纸张的质感，我都很喜欢。最近好像有能在电脑上读的电子书了，但是读起来很费眼耗神，而且在电脑上看的话，躺着读手就会很累，就没有办法享受那种躺在床上，不知不觉读书入睡的快乐了。

我这么想着，跨进童书区。

在书架上，色彩丰富的书籍按照作者名字首字母的顺序排列。看到感兴趣的书名，我就将书从架上抽出来。美弥子姐姐说，只要看一本书的封面和书名，就基本能了解这本书的内容了。我是最近才渐渐明白这个道理的，真的是这样，那些书名和封面我比较喜欢的书，大多数时候内容我也会比较喜欢。

一页页翻过来，感觉这本书还挺有趣的，我就将它放在附近的桌子上；如果不太感兴趣，就放回书架原位。这样重复了几次，不知不觉桌子上已经放了四本书了。

如果一次借太多本，在还书期限内读不完，就没有意义了。所以，今天就借这么多吧。嗯，或者再看一看呢？我纠结地注视着书架。

"呲——呲——呲——"

感觉好像有谁在扯我的衣角。

扭过头一看，一个小女孩正紧紧拉着我衬衫的一角，睁着大大的眼睛仰头望着我。

她看起来只有三岁，粉色的罩衫搭配红色的裙子，非常可爱。

"怎么了？"我问道。

小女孩更加用力地揪住了我的衣角，小声地说："佳娜的妈妈——知道吗？"

"啊，你和妈妈走散了呀？"我蹲下身来靠近她的脸。那粉嫩嫩的脸蛋，让人不禁想去抚摸。

不知为什么，图书馆里常常会有走丢的孩子。这座建筑并不是很庞大，却常常能看到小孩子独自转悠。这种情况往往是妈妈把孩子放在一边，自己去二楼读有关编织或厨艺的书了。美弥子姐姐之前这样告诉我。

"走——散——啦？"小女孩抬起头，用奇怪的语调重复了我的话。大概她还不懂"走散"是什么意思吧。

于是我耐心地跟她解释："本来，是和妈妈一起来的，但妈妈不见了，是吗？"这么一说，好像是妈妈走丢了而不是孩子走丢了，我好笑地想。

小女孩露出很困惑的表情思考了一阵。然后，她摇了摇头："没有，一起。"

"哎？"

"佳娜，找妈妈，来的。"

"找妈妈？难道说……佳娜，是一个人从家里走到这里的吗？"我这样问道，似乎她是叫这个名字。这次她很快地点了点头。这是怎么一回事？我有些纳闷。

似乎是妈妈不在家，她就到图书馆来找了。可为什么是图书馆呢？

"佳娜的妈妈，在图书馆里吗？"我问道。

"嗯，妈妈，工作。"佳娜说。

听她这么说，我一下子明白了："是不是妈妈在图书馆里工作？"

我想，她很可能是图书馆工作人员的孩子。

可佳娜却摇了摇头说："不是的，因为工作。"

我听糊涂了，但又不能就这样把她一个人丢在这里。总之先把她带到柜台处好了。这样想着，我伸手去拿之前放在桌上的那一堆书。

"啊，我的书——"佳娜突然大叫起来，抢过了放在最上面的一本书。

那本书是一位叫水野远子的作家写的幻想小说，书名叫《魔女们的安静夜晚》。书的封面上画着在夜晚的森林里欢庆节日的一群魔女和一个小女孩。

"这，是佳娜的书吗？"我侧着头问她。

佳娜开心地点点头，"嗯！这个！佳娜的书！"她将书紧紧地抱在胸前。

"这本书可不是给小孩子看的绘本。"我从佳娜手中拿过书，看了一下，然后翻开来给她看。与每页都有图画的绘本不同，这本书每章只有两三页的插画，里面的字也很少有注音，应该是给小学高年级的孩子读的。对于今年春天要升五年级的我来说，这本书也是有一定难度的。

佳娜望着书的封面，"咯咯"笑了起来。我看着她的样子，就想，也无所谓啦，大概是她喜欢封面的画吧。或者说，即使佳娜自己没有办法读，也可以由别人读给她听。

我带着剩余的三本书——《海之宝石偷盗案》《从天而降的魔女》《暑假的宇宙旅行》——牵着佳娜一起走向柜台。佳娜手中抱着那本《魔女们的安静夜晚》，一副开心的样子。

可是时机不太凑巧，柜台前借书的人排起了长龙。于是我将手中的书放在附近的桌子上，跟佳娜说："你在这里等我一下。"我轻轻搭了搭佳娜的手腕，离开那里，去找有空的工作人员。

图书馆的工作人员并不是都穿着制服，但大多都围着一条大大的围裙，在人群中很醒目，远远看去就能找到。我看到玉木阿姨在成人小说区，就过去找她了。

"玉木阿姨，您好，您现在有空吗？"

玉木阿姨停下了手中整理书架的活儿，看向我说："是芊芊啊，怎么了？"

"那里好像有个迷路的孩子……"

"哪个孩子？"

"在那边！"

我转过身去，走向柜台。但是——

哎？

我走到柜台前面，看了看附近，没有佳娜的身影。"那个迷路的孩子不见了！"我喃喃地说。

"迷路的孩子又迷路的话，那就不是迷路的孩子了。"玉木阿姨听到后笑着说。

"啊，对呀！"

"可能是已经找到妈妈了吧。"

"嗯，找到了就最好了。"我有些困惑地说，"那个孩子就是来找妈妈的。"

如果她是和妈妈一起来的图书馆，跟妈妈走散了那就是迷路的孩子了。但要是她是一个人从家里过来的，严格来说就称不上迷路的孩子了。可这么小的孩子真的能独自一人从家里来到这里吗？我觉得挺不可思议的……我脑子里盘旋着这些问题。

"下次再看到迷路的孩子，一定要紧紧地抓着她的手来找我。"玉木阿姨笑着说，回到之前做事的地方去了。

总之，刚才那个迷路的孩子，好像不再迷路了。我在柜台处排队，办完了借阅手续，背包也变成了和来时同样的重量。然后，我到童书绘本区转了转，又看到好几个小女孩的身影，但都不是佳娜。

我还是有些不放心，就到大厅附近也转了转。

"芊芊，你要回去了？"

正好美弥子姐姐抱着好几本厚重的书路过。看她要去二楼，我也跟着她一起上去："嗯，还没呢，我还要再待一会儿。这些书是要搬到二楼去吧？我帮你拿一本。"

"不用了，谢谢你。"美弥子姐姐笑着走上楼梯。

看着她白衬衫配牛仔裤的身影，我心里有些佩服，她那么瘦小的身体却有这么大的力气。我急忙追着她走过去。

"找到好玩儿的书了吗？"她问我。

我把刚才找到的三本书的书名告诉她，然后补充说："本来还要借一本，但被一个小女孩拿走了。"

"拿走了？"

"嗯。"我告诉她有个三岁大的孩子说《魔女们的安静夜晚》是"我的书"，还把书拿走了。

"我的书……"走上二楼后，美弥子姐姐把书放到二楼柜台旁边的搬运车上，"那本书我看过，我记得对于三岁的孩子来说，读起来还是有些困难的。"

"嗯，我还只看了那本书的封面，感觉很喜欢。"

"可能她家里有个姐姐？"

"姐姐？"

"比如，她姐姐也有一本一样的书，所以她看到这本书和家里的一样，就认为是自己的书了。"

"唔。"我有些疑惑，"但是她说完'我的书'之后，还说这是'佳娜的书'。"

"是吗？"美弥子姐姐正在整理书架的手停在了半空中，问道："这个孩子叫佳娜？"

"好像是的，美弥子姐姐，你认识她？"

"会不会是馆野家的佳娜？有着圆圆的脸、大大的眼睛的一个小女孩。她是和妈妈一起来的吧？"

她姓什么我倒是不知道，但感觉有点像，可是她妈妈并不在附近。

于是，我把跟佳娜的对话跟美弥子姐姐描述了一遍。

"她说是来找妈妈的？"听完我的话，美弥子姐姐又露出了困惑的表情。

"嗯，她是这样说的。"

"这样说来，最近确实没怎么见过她妈妈……"

美弥子姐姐说，大约是从半年前开始，佳娜和妈妈经常手牵着手来图书馆。大多是在工作日，一周来个一两次，在儿童小说区或者绘本区消磨大约一小时，然后回去。

"她妈妈好像很了解童书，我从她那里也学到了很多。但是近一个月以来，似乎很少见到她妈妈了。"

"佳娜以前也曾经一个人来过图书馆吗？"

听到我这么问，美弥子姐姐露出了匪夷所思的神情，摇了摇头。

"别说一个人来了，她一个人待着的情况我都很少看到，她一直是和妈妈一起来的。"

"啊，那今天可能是和爸爸一起来的？"

"嗯，这个……"美弥子姐姐露出了更加困惑的表情。

"怎么了？"我问道。

美弥子姐姐看了看周围，小声地跟我说："我想，不大可能。

佳娜的爸爸妈妈离婚了。"

"是吗？"我瞪大了眼睛问道。

美弥子姐姐说，这是她之前从佳娜的妈妈那里听说的，当然说得也不是非常详细，只说了个大概情况。他们在佳娜出生之后不久就离婚了，现在佳娜跟妈妈以及外公外婆一起生活。

"这么说来，有可能是和外婆或者外公一起来的吧？"我稍稍宽心了一些。

美弥子姐姐也点点头，说："如果是这样，那就好了。芊芊，不好意思，我还要在二楼办完事才能出来。你要是看到佳娜，就来叫我，可以吗？"

"请放心交给我吧！"我拍着胸脯说。

我回到一楼，走向检索机器，想先查看一下那本"佳娜的书"到底被借出了没有。

这个图书馆每层有两台电脑，可以查阅图书馆里有哪些书以及这些书现在是"已借出"还是"在库"的状态之类的问题。查询系统用起来非常简单，输入书名的关键词或者作者的姓名，然后点击"检索"按钮就可以查阅了。

我坐在电脑前面，输入了"魔女们"，这样一来，书名中包含"魔女们"的书就都能够被检索出来。

我正要点击"检索"按钮，却感觉到好像又有人在轻轻地拽我的衣角，动作非常熟悉。我低下头一看，眼前正是佳娜的脸。我坐在椅子上，视线正好和她的个头一般高。

"姐姐——"佳娜笑着叫我，胸前仍紧紧地抱着《魔女们的安静夜晚》。

"小佳娜，你刚才去哪里了？"我倾过身问她。

"那边——"佳娜指了指位于一楼最里边，摆着很多文学全集的书柜。难怪我找不到呢，我轻轻地点点头。

我从椅子上站起来，俯下身问她："佳娜是不是姓馆野呀？"

"大姐姐，你怎么知道的？好厉害！"佳娜瞪大了眼睛，惊讶地问。

"大姐姐什么都知道。"我挺起胸膛，逗她，然后又问："佳娜，你今天是一个人从家里来图书馆的吗，外公外婆呢？"我看向周围，并没有看到像外公外婆的老人。

"我一个人来的。"佳娜也自豪地挺起胸膛说。

看着她可爱的样子，我不由得露出了微笑，但同时又很困惑。佳娜不见了，她的家人一定非常担心吧。我打算带她去找美弥子姐姐，然后设法联系她的家人。这次可千万不能再和她走散了，我紧紧地抓住了佳娜的手。

"佳娜，原来你在这里呀！"

一位老奶奶从大厅方向往这边快步跑过来，她身着质地高级、印有碎花纹样的衣服。

"外婆——"佳娜把手从我手里抽出，向着老奶奶的方向"啪嗒啪嗒"地跑了过去。老奶奶和佳娜轻轻地说了几句话，就向着我这边走过来。她谦和地点着头致意。

"不好意思，多谢你照顾佳娜了。"

"哪里哪里，说不上照顾……"我急忙摇了摇手，"我只是看

见她好像在找妈妈，想帮帮她而已……"

我刚说到这里，就不由得止住了后面的话。

因为刚才还笑意盈盈的老奶奶，脸上的笑容骤然消失了。

佳娜还没有注意到这个变化，她拉着老奶奶的袖子，扬起手中的书说："外婆，你看，我找到了佳娜的书！"

老奶奶看到那本书后，脸上的寒意更重了。

"请问……佳娜的妈妈她……"我有些不明白，所以开口问道。

"请不要多管闲事！"老奶奶的声音有些发颤。然后她一把夺过佳娜手中的书，放到附近的桌子上，拉着佳娜急匆匆地离去了。

我被丢在原地发愣，久久没有回过神来。

事情变化得太突然，我都忘记了接话，只看着祖孙俩的背影渐渐远了。

云峰市立图书馆的开馆时间，是从早上十点到晚上六点，总共八小时。图书馆的工作人员必须在开馆前一小时上班，开始做当天的准备，并在闭馆后一小时进行整理。

但是，并不是所有的工作人员都需要从早上九点一直工作到晚上七点。他们分为早晚班两组，实行轮班制。早班的工作时间是从早上九点到下午五点，晚班则是从早上十一点到晚上七点。

这天，美弥子姐姐是早班。我们约定五点左右在图书馆门口碰头，一起去附近的超市买菜。最近我妈妈非常忙，拜托了美弥子姐姐教我做饭。

饭刚烧好，妈妈就回来了，我们三个人就一起吃晚饭。边吃饭，我们边和妈妈说了今天在图书馆发生的事。妈妈一直沉默不语。

直到饭后的茶点时间，她才开口问道："佳娜的妈妈是从事什么工作的呢？"

听了我妈妈这自言自语般的问话，美弥子姐姐偏着头说："这个嘛，她来图书馆的时候大多是工作日的白天，我想她可能没上班吧。"

"但是佳娜说她妈妈来图书馆是因为工作，对吧？"我妈妈面向我确认。

"嗯。"我双手捧着大大的茶杯，点点头。

"刚才听了芊芊的话，我想，她妈妈是不是最近又开始上班了呢？"美弥子姐姐说。

妈妈听了，摇了摇头说："但她的妈妈并不在图书馆工作对吧？如果她没上班，那为什么佳娜要到图书馆来找妈妈呢？你还注意到了其他什么吗？"

美弥子姐姐回答说："嗯，是不是佳娜之前一直都和妈妈一起来图书馆，所以就觉得妈妈是在图书馆工作呀？"

"这个——"妈妈边认真地思考，边说："我听芊芊说知道佳娜是来找妈妈之后，老奶奶的态度一下子就变了，我觉得这点很奇怪。"

妈妈紧蹙眉头转向美弥子姐姐说："我只是推测，她妈妈是不是有可能把佳娜丢在家里，离家出走了啊？"

"这应该不会。"美弥子姐姐立刻回答道，"馆野小姐应该不是这样的人。我看得出来，她是真的很关心佳娜，很重视她。"

"是吗……"

妈妈的面色缓和下来，她松了一口气，慢慢地喝了口红茶。

我和美弥子姐姐也端起来茶杯，不知不觉，红茶有些变凉了。

妈妈看着空空的茶杯，似乎在思考什么。过了一会儿，她转向美弥子姐姐说："佳娜的妈妈一直都没有上班吗？"

"这个嘛……"美弥子姐姐一脸困惑，"我每次碰到她，聊的都是关于书的事，其实我也不太清楚。"

妈妈飞快地瞄了我一眼，接着说："如果爸爸不在的话，妈妈又半年以上不上班，不大可能吧，特别像他们家，又有外公外婆帮忙照看孩子。"

"这样说来，也是哦。"

美弥子姐姐用茶匙轻轻地搅动着杯子里的红茶说。

"那么，她是不是不在一般的工作日工作，而在周末或者夜晚工作呢？"我将想到的说了出来。

"有可能。"妈妈点点头，表示暂时接受了这个说法。但话说出口后，我自己又不确定起来。若是这样的话，她和我说平日里她妈妈是因为工作来图书馆的，就有些奇怪了。

气氛有些凝滞的时候，妈妈突然转换了话题。

"对了，芊芊，'佳娜的书'是怎样的一本书呀，到底讲的是什么内容？"

"啊，我把书借回来了。"我站起来，回到自己的房间去，取来《魔女们的安静夜晚》。

"这书讲的是什么？"妈妈这样问，但我才读了一半，所以只能由美弥子姐姐来回答这个问题了。

故事说的是，森林的最深处是魔女的国度。魔女们每年都会举行一次庆典。有一次，一个人类小女孩在森林里迷了路，撞见了这个庆典。按照魔女们传下来的规矩，凡是见过魔女们的庆典的人类不可以活着离开森林。可魔女们并不想杀死这个小女孩，但又不能破坏规矩，她们就开始商量，有什么办法可以绕开这个几百年前制定的规矩，救下小女孩呢？与此同时，一个小魔女因为迷路走出了森林，被人类抓住了……

"这本书的读者对象应该是小学高年级到初中生吧，挺难读的一本书呢。"听美弥子姐姐解说完，妈妈拿起了书，沙沙地翻着，说道。

"的确是，就算是听别人讲这个故事，对于三岁的孩子来说，也不好理解呢……"

然后，妈妈合上书准备递回给我，正在此时——

"咦?"发出声音的同时，妈妈的手停在了半空。她瞪大眼睛，盯着书的封面。

到底怎么了？我正疑惑间，妈妈站了起来，拿来了便笺和圆珠笔。

"怎么了?"美弥子姐姐也担心地问。

"唔，这个嘛……"妈妈并没有直接回答。

她拿起笔，把书名抄在便笺纸上，然后拿红笔画了五个圈，说："这个是巧合么?"

说着，她把便笺纸推到我们面前。

第二天，一早就"哗——哗——"地下起了倾盆大雨。

"这雨下在樱花开放之前，真是太好了。"我正在阳台透过玻璃看着大雨入神时，电话铃响了。

"芊芊，你现在能来趟图书馆吗？"

电话是美弥子姐姐打来的，这个时间她本该在上班吧。

"这么突然，有什么事吗？"我问。

"佳娜的外婆说，想向你道歉。"美弥子姐姐压低声音说。

"外婆？"

佳娜的外婆，为什么要向我道歉呢？我心里诧异。

美弥子姐姐接着说："她说可以的话，希望对昨天的事做个解释……你怎么想？"

我看了看窗外，雨已经比早上小了很多。这样的雨，只要披上雨衣，骑着自行车就可以过去，于是我回答她："行，我马上就来。"

"那么，麻烦你把那本书也带来行吗？"美弥子姐姐说。我答应并挂断了电话。

"昨天真是抱歉啊！"老奶奶向我低下头，原本就瘦小的身子弓起来显得更小了。我从未接受过年长者这样的道歉，不知道该怎么回应才好，幸好美弥子姐姐很镇定。"请您抬起头来，不必多礼。"她以一向温柔的声音说。

"好的。"馆野奶奶以蚊子嗡嗡声般说着，慢慢地抬起头来。

我们来到图书馆三楼，走向会谈室。这个房间比学校的教室稍小些，是用作召开"诗词交流会""故事交流会"等活动的场地。在这里谈话就不会影响到其他人了。

佳娜则在楼下由玉木阿姨照看着。

"昨天我回家后，被我家老头子批评了。"馆野奶奶有些羞愧地说道。

"他说，你怎么能以这样的态度对待亲切地照顾孩子的人呢！我自己也是，当心情平静下来之后，回想起自己的行为，越来越觉得惭愧……所以，我想跟你见个面，道个歉……"

"馆野奶奶进门时，我正好在大厅遇到了她。"美弥子姐姐接过话说。

大概馆野奶奶之前看见我和美弥子姐姐交谈，就向她打听我的事（当然，她肯定想不到我们竟然是表姐妹）。由于馆野奶奶是带着佳娜来的，美弥子姐姐一看就知道她的身份了，她就答道："您若是问那个女孩，我很熟的。"

"她说希望跟你直接见面，亲口向你解释，我就请你过来一趟了。"美弥子姐姐说完后，大家陷入了沉默。

打破沉默的是馆野奶奶，她说："其实，佳娜的妈妈，并不是因为上班才离开家的。"

馆野奶奶沉稳地说："大约一年前，我的女儿良子突然离婚了，带着佳娜搬回了我家。关于离婚的原因，据她说好像是因为两个人的工作问题。我和老头子一开始很吃惊，但总归是很疼爱女儿和外孙女的，老头子和我也很开心她们来跟我们一起生活。然后……"馆野奶奶直望着桌上自己交叉握在一起的手，继续说："上个月，良子病倒了……并不是生命攸关的大病，可能是因为工作辛苦而积劳成疾，累倒了，需要住一阵子院。"

馆野奶奶的话让我很吃惊，美弥子姐姐却表现出"果不其然"的表情说："这个事情，还瞒着佳娜对吧？"

馆野奶奶点着头回答："佳娜是个很黏妈妈的孩子，要是如实告诉她妈妈住院了，她一定会深受打击。我们就告诉佳娜说，妈妈去很远的地方工作了。可她看起来还是很寂寞呢，每天都在找妈妈。"

昨天馆野奶奶突然发现佳娜从家里消失了，猜想她有可能来图书馆，就赶紧过来了。

"之前，佳娜总是和我或者良子一起走路来图书馆，她竟然记得路，虽然这并不是完全不可思议，但是一个三岁的小孩独自走过来还是很让人意外……找到佳娜的时候，我与其说是松了一口气，不如说是吓了一跳。加上听她在找妈妈，我一下子就火冒三丈了。"

"真的非常对不起。"馆野奶奶再次向我低头道歉说。

"这个……"我急忙摆摆手，"那会儿我的确吓了一跳，但现在已经没事了，我不介意的。"

"是吗……哦……"奶奶松了一口气轻轻地说，表情终于缓和下来。

"对了，芊芊，"美弥子姐姐转向我问，"那本书你带来了吗？"

我立刻从背包里拿出《魔女们的安静夜晚》。美弥子姐姐拿着书问："这本书，果真是佳娜的妈妈为她写的，对吧？"

昨晚，妈妈把书名抄在便笺纸上，用红笔圈出了里面的假名。

如果只读假名，书名就变成了"佳娜"。

魔 女 ⓣ ⓒ ⓝ 静 ⓚ ⓝ 夜

也就是说，对于还只认识假名，而不认识汉字的佳娜来说，这本书的书名就是《佳娜》。

再怎么想，也觉得不大会是凑巧的事，因此我们推测这本书的作者就是佳娜的妈妈。

馆野奶奶说，佳娜的妈妈是位儿童小说家，来图书馆查资料也算是在工作，所以才总是在工作日的白天来。《魔女们的安静夜晚》这个书名正是她给还只认识假名的佳娜的特殊礼物。

"昨天看到佳娜拿着这本书，我也很惊讶，于是过于激动了。"

原来如此。

听到这话，我松了口气。其实我本来也没有因为被人凶了而生气，只是对于佳娜的事情稍稍有点挂心。

"这以后你们打算怎么办？"我问道，"妈妈住院的事，对佳娜是……"

"我们当然准备告诉她，"馆野奶奶坚定地说，不再有犹豫，"也不能一直瞒下去。"

"那太好了。"美弥子姐姐微笑着说，"她一定能为生病的妈妈加油鼓劲儿，成为妈妈最重要的支持的。"

馆野奶奶听了也笑起来。

对话告一段落，馆野奶奶用轻松的口吻问美弥子姐姐："我想帮佳娜办借书证，要怎么办？之前她都是用良子或者我的借书证借书的，这次我想趁机也帮她办一张。三岁的孩子也可以办吗？"

要办理图书馆的借阅证，条件是住在这附近或在市内上学、工作。但是佳娜既没有学生证也没有身份证，要怎么才能证明呢……我正思考着。

"对于小孩子，只要家长持有借书证就可以办理了。我们这就下楼去办登记手续吧。"美弥子姐姐以熟练的口吻回答道。

她们站起身来，于是我也拿起《魔女们的安静夜晚》，跟在后面。

在这本书里，还有一位叫佳娜的角色登场，虽然不是主角。读到这里时，不知为什么我想起了我的爸爸。

我并不知道爸爸的笔名，原本打算在妈妈告诉我之前都不去主动了解，但我猜这图书馆里，一定也有我爸爸写的书吧。说不定，某一本书里也会有一个叫芊芊的女孩子的角色，或许是个任性的公主，调皮捣蛋得让侍从们为难；或许驾驶着宇宙飞船从一颗星球飞向另一颗星球；或许运用魔法与怪物战斗；或许与怪盗进行推理对决……想象着这些，我不由得兴奋起来，蹦蹦跳跳地跟在美弥子姐姐身后走下楼去。

第 二 个 谜 题

古 老 的 书

晴れた日は図書館へいこう

　　我把教科书收到学校规定的书包里，整理好东西，打开了教室的窗户。仰望着灰色的天空，我叹了口气。虽然风是湿润的，但是似乎还是没有要下雨的样子。

　　已经是六月下旬，报纸与电视新闻里都称已经进入梅雨季节了，可是等了又等，云峰市却还远远没有要下雨的意思。

　　我是学校园艺委员会的成员，日常工作主要是负责决定花坛里种什么种类的花，轮流撰写校报里"当季植物"的专栏等，但最最主要的工作就是给花浇水。由高年级和低年级的同学搭配成一组，轮值给花浇水。但如果下雨，当天就不需要值日生了。

　　今天就是我轮值的日子。

　　我并不是讨厌给花浇水，只是在这样看起来马上要下雨的时候浇，总觉得有些多此一举。

我正抬头看着天空发愁，想着"要下雨就赶快下啊"的时候，突然听到身后有人跟我说话："茅野同学，听说你的表姐在图书馆工作？"

我回过头一看，是同班同学安川。他站在我身后，手拎着书包晃啊晃地。

"对，是的。"我犹豫了片刻，说。

"那我问你个问题。"安川生硬地说。

安川和我是升上五年级才开始同班的，在此之前从没有像这样单独在一起说过话。

"你请问吧，只要是我知道的事，一定知无不言。"

"唔……"

虽是安川先开口找我的，但话说到这里，他却又像很难开口似的。等了一会儿，他终于下定决心，仰起脸说："如果一本书超过了还书期限，会怎么样呢？"

"你指的是什么方面？"我追问道。

"哎呀……就是比如会不会被罚款之类的。"安川有些着急了。

"怎么会呢！"我笑起来，"不会被罚款的，但有可能会被骂一下。"

这个我之前也问过美弥子姐姐。如果是规矩定得严厉的图书馆，可能会有类似禁止借书一段时间之类的惩罚，但在云峰市立图书馆，只会在还书的时候，被工作人员略带责备地提醒一下，说"下次要注意，别再犯了"。

"是吗……"安川先是松了一口气，但立刻又恢复了严峻的表情，问道："但是，如果超出还书期限很久很久了，那又会怎样呢？"他重重地强调是"很久很久了"。

"啊？安川，你是超出还书期限很长很长时间了吗？"

虽说我也有过超过还书期限才还书的经历，但最长也就超过三天。那是去年夏天，虽然知道已经超出还书期限了，我还是去参加了为期三天两夜的森林学校旅行活动，回来还书就晚了。

"如果你很介意的话，那我来帮你还吧。"

如果还书后还想再接着借书，是必须要本人去返还的。但如果只是还书，请他人代办也没有太大问题。

安川却想了一会儿，最后还是摇了摇头："不，不用了，还是我自己去还吧。"

说完他抢起书包甩在右肩上，转身走向教室外面。

我看着他的背影，急忙追问了一句："嘿，到底超出了多久啊？"

安川正好走到门口，停住脚步，嘟哝地说："大概有六十年了吧。"

就在我惊讶得说不出话的时候，他飞快地走远了。

"六十年？"

这天晚上，饭后，妈妈喝着咖啡，听我说了今天发生的事情，瞪大眼睛惊讶地说。

妈妈的妈妈，也就是——我的外婆，今年也才刚刚五十八岁。如果安川说的是真的，那他就是想要返还一本在我外婆出生前就借出去的书啊。

"芊芊，你不会是被耍了吧？"妈妈说。

她会这样想也不奇怪，我自己到现在也还是半信半疑。

"但是——"我提高嗓音说，"当时安川的表情与样子并不像在说谎。"

"那位安川，是个什么样的人？"

"呃……"我的脑中浮现出安川的样子来。他的个子比我稍矮一点点，上课的时候常常戴着眼镜。我不知道他学习怎么样，但知道他画画特别好。休息的时候他常和竹泽同学、矢鸣同学一起在室外踢球。

我对安川的了解就仅限于此了。但至少，他不是那种会突然冲过来对人讲笑话、说谎的人吧。

听完我的回答，妈妈说："总之，如果六十年这一说法是真的的话，那就不可能是安川自己借的这本书了。"

"啊，对啊！"我恍然大悟地说。

"对嘛。"妈妈笑起来，"会不会是安川的爷爷奶奶或外公外婆借的？这样算起来，时间就对得上了。"

"对，也可能是从家里储藏室里翻出来的。"我说道。

妈妈听了，先是笑着说"对"，然后又一愣，"这家图书馆，是六十年前就已经存在了吗？"

这点也正是我心存疑问的，"明天我去问问美弥子姐姐。"我说。

第二天是周六，美弥子姐姐是晚班。上晚班的人在傍晚有四十五分钟的休息时间，我打算在那个时候问问她。

"是啊，美弥子可能知道。"妈妈点点头，又略带感慨地说："有六十年了啊……我记得图书馆馆长先生也还只有五十多岁呢。这样一想，真是好早以前的事情了。"

图书馆馆长叫做立石先生，是一个稍稍有点胖的男人。我偶尔会在图书馆遇见他，他总是一副笑眯眯的样子。

"对了……"妈妈突然探身问，"这本超出还书期限六十年的书，到底是本什么书？"

"啊——"

这么一说，我才想起来，忘了问书名了。虽然说，那么久远的书，可能问了书名我也不知道是什么书，但还真有点好奇。

"下次我碰到安川时问问他。"我说完，一口气喝完了杯子里的红茶。

"嗯，拜托你啦。"妈妈笑着说。

"六十年？"

听了我说的话，美弥子姐姐和妈妈的反应一模一样。

她们俩平常并不是那么相像，但可真是确有血缘的亲戚，那惊讶的表情简直是一个模子里印出来的。有可能我惊讶的表情也和她们是一模一样的呢。

美弥子姐姐稍稍思考了一会儿，说："芊芊，你会不会是听错了？"

"我觉得没听错，"我摇摇头说，"我就是问他'到底超出了多久啊'，然后他回答说'大概有六十年了吧'，没什么容易听错的地方呀。"

"唔——"美弥子姐姐歪着头，面露难色。

"怎么了呀？这么犯难的表情。"伴随着温和的声音，一阵清爽的香气也飘到了我们面前。

"我看起来很犯难吗？"美弥子姐姐有点害羞地笑起来，问道。

店主把茶放到我们面前，慢慢地将了将白胡子说："眉间都有皱纹啦。"

"啊——"美弥子姐姐急忙用手指抚了抚眉毛之间。

店主笑起来，说："现在好了。那你们请慢用吧。"

他恭敬地行了个礼，回柜台去了。

这是周六下午，我们在图书馆隔壁一家叫做"灯亭"的茶室里。听说灯亭起初真的是卖灯的小店，是现任店主接手后才改建成如今的茶室的。店主的父亲曾是一位手艺精湛的做灯人，如今店内还陈列着很多制作精良的灯作为装饰。

能在喜欢的茶室里小酌美味的饮料，对我来说，是少有的感受大人心情的时间。

"六十年啊……"美弥子姐姐用茶匙轻轻搅动着杯子里的俄罗斯茶，出神地喃喃自语。

"什么？"我也学着她的样子，轻轻搅动着玫瑰茶。

"那位安川，说他要亲自来还书？"

"嗯。"我点点头，突然想到一件事，不由得笑出声来，"安川的担心有点奇怪。他问我说，如果太长时间没有还书，会不会要交罚金。"

"哪里的话，"美弥子姐姐微笑着，微微挺起胸膛说，"图书馆正是以全馆免费而自豪的。在图书馆里需要花钱的地方，大概就只有复印书籍时要支付的复印费吧。"

正是这个道理，使用图书馆是很合算的。不仅借书不用钱，而且可以免费借 CD、录像带，大厅里还摆着饮水机。

"对了，美弥子姐姐，"我向她提出了妈妈也曾提过的问题，"这家图书馆是六十年前就存在了吗？"

美弥子姐姐思考了一下，正当她开口准备回答我的时候，从意料之外的方向传来了回答："那时就有喽——"

我和美弥子姐姐都转头去看，原来是店主在搭话。他在柜台内侧，边擦拭着玻璃杯，边冲着我们笑呵呵地说："对不起，我无意偷听，但不知不觉对话就传到我耳朵里了……"

"真的那么早就有这家图书馆了？"我追问道。

"我也是听我父亲说的。据说这家图书馆昭和初年就有了。"店主并没有停下手中的活。

此时，坐在店门口附近吃着意大利面的客人说了句"多谢款待，买单"，店主便走向了收银机。

趁这个间隙，我问美弥子姐姐："原来图书馆那么早之前就有了，美弥子姐姐，你原来就知道吗？"

"嗯，我知道个大概。"美弥子姐姐小声回答，"图书馆里有一本成立五十周年时的纪念册，已经是十几年以前做的了，所以它应该有六十年以上的历史了……"

"两位。"突然听到招呼，我们俩都吓了一跳，抬头一看，店主站在柜台内侧向我们招手，"要不要过来继续刚才的话题？"

这时我才注意到店里只有我们三人了。我和美弥子姐姐交换

了个眼神，并肩走向柜台。

店主讲述的图书馆历史，比我想象的还要戏剧化。今年秋天，云峰市就将迎来"市制"七十周年了。所谓市制，指的是"市级化"，也就是云峰町从町升级为市，到今年正好是七十周年了。而根据店长讲述，图书馆成立于距今一百年前，也就是明治时代。

"但那个时候还没有云峰市吧？"我脱口问道。

店主大笑着说："是的呢，所以一百年前成立的当然不是云峰市立图书馆了。"

"那是'町立图书馆'吗？"美弥子姐姐问。

店主摇了摇头。

"当时还不是公立图书馆，而是一位拥有很多藏书的人，个人借书给町内的人。"

据说之前在云峰町有一位名叫前田的很伟大的人。前田先生家非常富有，藏书汗牛充栋。他将藏书借给町内的人们看，就是这个图书馆的起源了。

"以前书可是奢侈品呢，"美弥子姐姐补充道，"很多家庭都买不起。"

听到这话，我心想肯定不止书，当时还有其他很多东西也很缺乏。

店主从明治时代讲到大正时代，又讲到昭和年间。

到了昭和初年，发起了一场以前田家的藏书为基础建立公立图书馆的运动。当时正逢云峰町人口剧增，在当时的町长、前田先生等人的努力下，在云峰町升级为云峰市的同时，配套的图书馆也成立了，就是今日的云峰市立图书馆。

"好厉害！"听到图书馆建成，我不由得鼓起掌来。

"您知道得真多。"美弥子姐姐也感叹道。

"没有没有，其实这些都是我从父亲那里听来的，原原本本，全盘兜售出来而已。"店主谦虚地笑着说，"我的父亲恰好是在图书馆建成那年在这个町出生的。可能是这个缘由，他一直围绕图书馆为中心调查着这个町的历史。从那时起，我们家就搬到这里了……"

"那从建成开始，图书馆就一直在这个地方？"美弥子姐姐问。

店主微笑着回答："是的，只是现在这个建筑是二战后重建的。对了，叶山小姐，你们的时间没问题吗？"店主指了指店里后墙上的布谷鸟报时挂钟。

"嗯——啊！已经这么晚了，我得赶快回去工作了。"美弥子姐姐急忙站起来。按照阳山小学的规定，小学生必须要有大人陪同才可以进入茶室，她要回去的话，我也得回去了。

在收银台付款后，美弥子姐姐礼貌地道谢说："谢谢您，给我们讲了这么多有趣又意义深远的事。"

我也在旁边跟着行了个礼说："谢谢。"

"哪里哪里。"店主谦和地笑着说，挥了挥手。

我也冲他挥了挥手，心想，下次见到安川，我可要告诉他这个故事。

谁知道，周一回到学校，我就听到了安川的外公过世的消息，这是班主任吉川老师在课前说的。安川因此请了两三天的假。等到第一节课下课，我立刻冲去问竹泽同学："安川的外公是怎么过世的？"

"我也不知道具体是什么病，"竹泽同学皱着眉说，"好像从上个月开始，安川的外公就住院了。我听安川说，他每个周日都去医院探望外公。"

据他说，安川的外公住在 S 县，医院也在那附近。S 县距离云峰市有两个小时的车程。

"他和外公的关系很好呢……"竹泽同学就像自己的外公故去了一样，有些感同身受地垂头说道。

"那安川一定很难过吧……"

"茅野同学，原来你和安川很熟吗？"

"啊，还好吧……"我敷衍地回答。

"是吗……"竹泽同学并没有追问下去，而是沉默起来。过了一会儿，他像自言自语般轻轻感叹道："本来我和安川约好了，下周要一起去钓鱼，现在看来是不是不去了比较好？"

"为什么这么说？"我问道。

竹泽同学沮丧地回答说："他之前说过，是外公教会他钓鱼的，所以……你看……"

"可是……"我力争道，"如果让外公得知安川是因为自己而不再钓鱼了，他也会很悲伤吧。"

"是吗……也是……嗯，那等他回来上课，我主动邀请他看看。"竹泽同学豁然开朗地点点头。

等到安川回来上课已经是星期三了。他正常上课，下课也和竹泽同学、矢鸣同学一起在室外踢足球，看起来并没有那么哀痛。但是我妈妈说过，是不是真的悲伤，除非观察这个人独处时的状态，不然是无法了解的。

和上次一样，一直等到放学的时候，安川才来和我搭话。

"茅野同学。"听到他叫我的名字，我停下了正在收拾书包的手。我不知道和他说什么比较合适，就静静等他说下文。

"你今天接下来有什么安排？"安川稍稍有些紧张地问。

"倒没什么特别的……"我轻轻地摇摇头。

"那……能不能麻烦你陪我去一趟图书馆？"

"好呀。是关于之前提过的那本书的事，对吗？"我充满活力地点点头，"我和美弥子姐姐提起过了。"

听我说到美弥子姐姐也说不会罚款之后，安川的表情缓和了很多。

从学校到图书馆大约要步行十五分钟。在路上，我就把之前从灯亭老板那里听说的故事转述给安川听了。安川什么都没说，只是静静地听着我说。当听到在以前书是很难买到的时，他轻轻地感叹了句："原来以前书是奢侈品啊……"

到达图书馆后，我便四处寻找美弥子姐姐的身影。她正在柜台外侧整理书籍。

我告诉美弥子姐姐安川来了，并把她带到了大厅。

"你就是安川？"美弥子姐姐问道。安川略有些紧张地点了点头。

"你是来返还那本超过借阅期限的书的吗？"美弥子姐姐灿烂地笑起来。

这个笑容似乎略微消减了安川的紧张，他说："是的。"

安川深深地吸了一口气，说道："我是来返还我外祖父六十年前从这个图书馆借阅的书的。"

他说话时，我注意看了看他的表情。果然这本六十年前借的书，是他外公借的。

"对了，美弥子姐姐……"接着，我把安川的外公过世的消息告诉了美弥子姐姐。

美弥子姐姐听到这个，漂亮的眉毛皱在一起，说："是这样的啊……"

她向笔直站着的安川点点头，转向我说："我们到会谈室细说吧？"

"茅野同学的表姐长得真漂亮啊。"美弥子姐姐把我们带到会谈室后就出去了，安川轻声感叹了一句。

"她不仅漂亮，而且很温柔，又知识渊博呢。"我自豪地说。

很快，外面传来"咚咚咚"上台阶的脚步声，馆长先生出现在我们面前。美弥子姐姐也跟在他后面走进来。

馆长先生用手帕擦了擦额前的汗，对我笑着说："哎呀，芊芊你好，好久不见……这位是安川吗？"

"是的。"安川站起身来，低头从书包里取出一本书。

那本书比我们的教科书大上一圈，封面已是暗沉的黄色，想来当年应该是鲜黄色的。

"啊……这个……这个……"馆长先生很激动，轻轻拿起桌上这本已经破破烂烂的书，一页一页仔细地翻看着。

我轻声地问安川："这是本什么书呀？"书的封面很脏，上面的字迹已经不大明显了，看起来也很生僻，我不认识。

安川很简略地回答我："《初恋》，据说是外国小说。"

"这是昭和三年时出版的啊……"馆长先生翻到书的最后，感叹道。他又问安川："你的外公有没有说是什么时候借走这本书的？"

"他说是昭和十九年。"

昭和十九年，对于出生在平成年代的我来说，真是太久远了，根本无法想象了。

"你外公当时就借了这一本书？"馆长先生追问道。

"是的。"安川点点头，又说："我外公不是经常读小说的人，借这本书是有特别的原因。"

"特别的原因？"我插了一句。

安川略有些害羞地转向我说："他说，是因为自己喜欢的人读了这本书，所以他也想读。"

于是，安川转述了他从外公那里听来的故事。

当时，安川的外公还是个中学生，他有一个很喜欢的女孩子。这个女生是他小学同年级的学生。外公很想跟她做朋友，但是在那个年代，男生是不能随便跟女生搭话的，外公只能远远地看着那个女生。

然后有一天，外公在图书馆看到那个女生借了一本书，就是这本《初恋》。他就想，可能这书可以成为搭话的契机，于是就等那位女生还书后，将这本书借来了。

"但是，结果是最终到了还书期限，他还没有读完。"

安川说到此处停顿了一会儿，然后歪着头说："外公还说了些很奇怪的话。他说付不起罚金，所以没办法去还书……"

"哎呀，都说了没有罚金这回事，对吧，馆长先生？"我大声说。

但是馆长先生并没有直接回答我，只是轻声说："他大概是不能告诉家人读小说的事吧。"

"对，外公也是这么说的。"安川很惊讶地说。

"如果只是没有钱付罚金，那和父母商量就可以解决了。但是父母原本以为你是在图书馆学习的，要是告诉他们你其实是在看小说，那就实在难以说出口了。在那个年代就是这样的……"

"为什么不能从图书馆借小说看呢？"我还是不能理解。从图书馆借小说看不是理所当然的事吗？

馆长先生静静思索了一会儿，随后附在美弥子姐姐耳边悄悄说了几句。

美弥子姐姐点着头回答说："好的。"接着快步走出了会谈室。

我很好奇地猜想他们要做什么。

"安川你读过这本书吗？"馆长先生问道。安川摇了摇头。

馆长先生又转向我问："那芊芊你呢？"我也摇摇头。刚才我扫了一眼，这书里有很多很难的汉字，不好读懂的样子。

听到我这么说，馆长先生笑了起来："这本书的内容并没有那么难懂，只是那个年代的译本，比较喜欢用古老的词汇以及汉字而已。"

这时，美弥子姐姐手里拿着一本正常大小的书以及一本文库本回来了。

"啊，谢谢，麻烦你了。"馆长将那本文库本摆到我们面前。

这本书的书名叫《初恋》，作者是屠格涅夫。书虽然和安川拿来的那本一样，却是文库本大小，而且要薄得多。

我翻到了这本书的前言。看起来比我平日里读的书要有更多的生字，但是远比刚才那一本容易读。感觉就以我这样的水平，只要花上一些时间，就一定能读懂。

"看这个书名你们大概也就能够知道了，这是一本恋爱题材的小说。据说讲的是'男人是这般软弱'。"

"那个时代太过分了。"我提出抗议，"每个人自己想读什么书，不该是可以自由选择的吗？"

"话虽这么说，"馆长脸上露出苦笑，"之前确实有过这样的时代，每个人阅读什么是无法由自己决定的……"馆长说到这里，停了下来，他看看我，又看看安川，说："其实，当时的图书馆是有罚金制度的。"

"哦，真的啊？"安川惊讶地说。

我跟美弥子姐姐也对视了一眼，都觉得很意外。

馆长先生笑起来，说："这是以前的事了。"

他边说，边"哗啦哗啦"地翻开了手中一本名为《云峰市立图书馆五十年足迹》的小册子，翻到中间一页，将书转向我们。

书上罗列了图书馆成立时的许多制度，其中有一条确实写着：

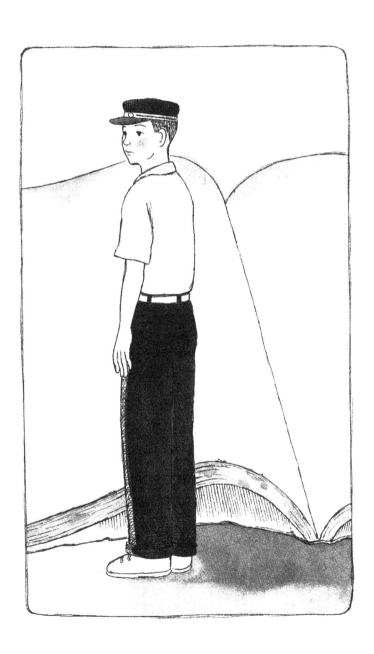

"若超过还书期限，逾期一周以内每册每日罚款五钱；逾期八日起，每册每日罚款八钱。"

"当然，这是以前的制度了。"馆长解释道，"二战以后，政府就出台了公立图书馆不可收费的法律条文，罚金制度也就此取消了。"

"噢——"我大声感叹道，图书馆还收过罚金真是让我有点意外。安川的外公当年一定因为此事非常苦恼，付不起罚金，又不能和家人说……

"是不是后来你外公就离开了云峰町？"馆长问道。

安川瞪大了眼睛，说："正是这样，他说突然必须要搬家……但您是怎么知道的？"

"因为是那样一个时代啊……"

馆长这话说完，房间里沉默了。

"对了，听说曾经有一段时间，战争时期，这附近常常受到空袭。"美弥子姐姐一副苦恼的表情说道。在这样的氛围里，安川又接着说了下去。

安川的外公当时正在苦恼不知怎么才能还书的时候，突然有一天家人告诉他要搬家了。由于战况严峻，全家需要到乡下去避难。事情太过突然，他根本没有到图书馆还书的时间，只好把书藏在行李的贵重物品里，只希望不会丢失。

过了很久，战争终于结束了，可安川的外公每天为了生存全力以赴，完全忘记了这本书的事。再之后，等到生活终于安定下来，他再想起这本书的时候，却又找不到书放到哪里去了。这本书一定是不小心被扔掉了吧，他这样想着，放弃了寻找。

直到去年，家里的房屋重建，在整理院子里的仓库时，外公才从旧书桌的抽屉中找到了这本书。

外公原本打算马上就到图书馆来还书，可那个时候，他的身体状况变得很差，已经没有办法自己出门了。即便是这样，他还是希望等康复之后能亲自来还书，可没想到他的身体越来越差，最后住院了。"外公住院后，我常常去探望他。上个黄金周长假的时候，我去探病，他悄悄地对我说，拜托我从家里的仓库里取一个东西。我按他说的，来到仓库，打开旧书桌的抽屉，果真在一堆旧书信中找到了这本书。于是我把书送到医院，外公说：'这是云峰市立图书馆的藏书，能不能请你帮我去归还呢？'"

我久久地凝视着眼前的这本书。它终于来到了图书馆，它走过的旅程比我、比美弥子姐姐、比馆长走过的都要长。

"外公去世后，我也想过是不是应该让它和外公一起火化。"

"但外公说希望你把书归还给图书馆，对吧？"馆长说。

"对。"安川坚定地点点头。

"那么，我们就心怀感激地办理还书吧？"馆长站了起来，双手捧着书，大声地说："书籍返还，已确认！"就像是在说给天国的安川的外公听。

几天后，我像往常一样，在儿童文学的书架前闲逛。身后突然传来一个声音："这个，要搬到哪里去呢？"

我回头一看，是安川，他胸前抱着好多书。

"哪里……噢，你是要办理借阅？"

安川点点头，说："这是我第一次来图书馆借书。是搬到那边对吗？"他扬起下巴，示意借书柜台的方向。

"如果是第一次借的话，你还得先办借书证。安川，你带学生证了吗？"

"学生证？呃，大概在我书包的内袋里……"

要办借书证，一般是需要带身份证的，但阳山小学与图书馆有合作协议，只需出示学生证就可以办理了。

话说安川抱着这么一大堆书，到底是些什么书呢……我瞥了一眼，全是"战争""历史"这样的字眼。

"这是……"我下意识地问道。

"我想了解外公当年生活的时代到底是怎样的……"安川认真地回答，说着，又紧了紧胸前抱着的书。

"对了，话说回来……"我想起了之前想问却忘记问的问题，"那位读《初恋》的女孩，后来和你外公的关系怎样了？进展顺利吗？"

安川听了，吓了一跳，抓抓头说："如果进展不顺利的话，就不会有我妈妈出生了……"

"啊，这么说，原来……"我瞪大了眼睛。

安川害羞地点点头，快步走向柜台去了。

第 三 个 谜 题

打 湿 的 书

晴れた日は図書館へいこう

　日本是一个四季分明的国家，学校的老师这样告诉我们。对于我们来说，春、夏、秋、冬依序到来，是理所当然的事。但在有些国家，只有夏天和冬天两个季节，也有些国家，一整年都像夏天那样酷暑难耐。然而美弥子姐姐告诉我，日本的季节并非只有这四个，还可以进一步细分节气。春季结束并非一下子就到夏天，而是先进入"梅雨"季节，之后才是"初夏"。夏季结束，也是先进入"残暑"，之后才是"初秋"。日语里描述季节、气候的词语相比许多其他国家要丰富很多。

　在这些季节和节气里，我最喜欢的就是初夏了。它是阴雨绵绵的梅雨季节终于过去，而又未进入酷暑之前的短暂休整期。而且这个时候也快要放暑假了，可能这也是我喜欢初夏的原因之一。

　在七月的第一个星期日，受蔚蓝晴空的邀约，我一早就出门散步去了。时隔好久都没有不用带伞就可以出门散步的日子了。虽然还没有消息说梅雨季节已经过去，但是天空已然是夏季晴空的样子了。

从我住的公寓阳台眺望云峰山，正面是市立图书馆，左手边是阳山中学，右手侧可以看到阳山小学。从阳山小学再往右看去，可以看到一条叫笹耳川的河。这是一条中等大小的河流，并非宽到必须架铁桥，但也不是窄到徒步就能蹚过。

在多个选项中，我选择了笹耳川作为散步路线。由于河边长了高至膝盖的草，我便将手插在牛仔裤的兜里，选在边上高起的河堤上走。

河面波光粼粼，河水静静流淌。

我心里想着，今年的梅雨季节虽然阴天很多，但其实没怎么下雨……诸如此类的事。

"嗨——茅野——"河边有人在叫我的名字，我停下脚步四下张望。

"这边，这边！"就在河边上，安川挥着鱼竿示意着。

竹泽同学站在他身边，也招手示意。

河边有些地方长着茂密的、高高的草，他们又坐在河岸边上，难怪我刚才没看见。

我边挥手回应他们，边提醒道："别太靠近河水，小心落水！"

安川钓鱼的时候看起来真是开心。

"茅野，你也来试试吧？"安川高高挥动着鱼竿。

我坚决地摇了摇头："不了，我怕虫子。"

再往前走一点儿有一块草坪，草不高，又靠近河边，躺着或坐着都可以。我打算到那边去，观察一下河边会开出怎样的花。

"哎呀，女孩子是无法理解钓鱼的乐趣的。"竹泽拍拍安川的肩膀，傲气地说。这时，我身后传来自行车的刹车声："吱——"

"咦，芊芊，你也来钓鱼吗？"我回头一看，是同班的吉田茜，她停住自行车，瞪大眼睛惊讶地问。

"不是不是，我只是散步路过这里而已。"我摇摇头，又摆摆手，"茜茜，你也是来散步的？"

"算一半吧。"茜茜笑着说。她笑起来的样子，和美弥子姐姐有点相似，也可能是因为她那长至后背的栗色长发。上学时，她一直是穿长裙的，今天这般利落的打扮还挺新鲜。

"听说我打算来河边散步，健的妈妈就拜托我给他捎个漏带的东西。"她口中的健，就是竹泽同学。

"什么？你不是给我捎好吃的来的？"

"不是。"茜茜笑起来，从自行车的车筐里拿出一个大手提包，从中取出一顶帽子，"今天太阳这么大，你是不是一边被叮嘱要戴好帽子，一边就忘记了啊？"

"啊，谢谢啦！"

竹泽同学登上土坡，一把抢过帽子，旋即又被安川抢了过去。"我们轮着戴吧，我刚才就觉得晒得有点晕了。"

"家住得近，就是方便啊。"安川满心羡慕地说。

竹泽和茜茜是隔壁邻居，从小一起长大，青梅竹马。他们都直呼对方的名字，不带姓，关系好得跟亲兄妹一般，这让身为独生女的我很是羡慕。

竹泽同学活泼开朗，茜茜则比较稳重，两人的性格迥然不同，但相处得很好。

和安川两人分开后，我和茜茜决定一起散步。

"芊芊，你经常来这里吗？"茜茜边推着自行车边问。

"好久没来了，最近天气不太好。"

"我也是，梅雨季之前倒是常来的。"

阳光很强烈，我们光走路都开始冒汗，但也正因为如此，从河面吹来的风让人感到特别舒心。

我们愉快地散着步，聊着聊着，我提起了妈妈写专栏的事。妈妈在本地的小报上有一个连载专栏，下个月的主题是"身边的自然"。

"啊呀，我手头正好有本相关的书。"茜茜从包里拿出了一本很大的书，书名是《花的名字》，封面是满页盛开的黄色花朵的照片。这花在哪儿见过呢？我心想。茜茜告诉我说，这花叫做米兰。

"这本书是我前不久在图书馆里找到的，上面有花的照片和名字等相关的信息……比如说，这种花开放的季节、常开的地点、花名的起源，还有写到过这种花的小说，等等。另外，在开头，我还读到了让我很惊讶的事——"茜茜以少有的兴奋口气说道，"在歌词和诗歌里常出现的'无名花'，其实并不是没有名字的花。"

"什么意思？"我问道。的确，诗人常歌颂说"啊，无名花啊……"之类的。

茜茜接着说："这本书是一位植物学家写的……他说草也好花

也罢，只要不是新品种，都是有名字的。所以无名花并不是没有名字，而是遇到它的人不知道它的名字而已，这种时候叫它'不知其名的花'更恰当。"

听了茜茜的话，我并没有马上完全理解，但觉得很酷。晚一点我要告诉妈妈。

约定好妈妈的文章刊载出来之后给她看，我和茜茜就此告别。

回家吃午饭时，和妈妈聊起从茜茜那里听说的事。原来妈妈早就知道了，原来这是很有名的说法。

吃完午饭，我和周末调班的妈妈一起出了门。看到妈妈连周末都要上班，我心里感叹大人还真是辛苦。虽然我现在不讨厌学校，但如果周末也要上学，我肯定没法儿再喜欢学校了吧。

妈妈要去车站，我要去图书馆，于是我们在邮局附近的拐角分开行动。

也许是因为以前大多是骑车经过，而这次是步行，所以总觉得街景与平日里大不相同。例如，这家花店的里面比想象的更深更大，那家书店的二楼原来是个补习班，这个十字路口竟有两家正对着的便利店……我一路想着，很快就到了图书馆。

我正要走进大楼，突然看到了与往常特别不一样的东西，不由停住了脚步。

在图书馆的入口处附近，设有很大的"邮筒"。虽说是邮筒，却不是用来寄信的，而是为在图书馆闭馆后——例如闭馆日——来还书的人所设置的"还书箱"。它的体积和一般的纸箱子差不多，高度到我的肩膀，顶端有像公寓门上开的投报口一样的小窗，用来投书。

还书箱有两个。面向图书馆大门，右侧的是蓝色的，左侧的是绿色的。和往常特别不同的是蓝色的那个，投书口那里贴了一张"禁止使用"的封条。看起来也不像是坏了呀，我心中疑惑，抓头思考着。

正好，美弥子姐姐从图书馆里走了出来。"嗨，是芊芊啊。"她看到我说。

"嗨，美弥子姐姐，你要下班回家了？"

"怎么可能啊，"美弥子姐姐笑道，"今天虽然晚了点，是午休。我现在去灯亭吃午饭，你去吗？"

"好啊，我也去！"我立刻回答。

灯亭里有一半的位子都坐满了人，我在靠窗的位子坐下。美弥子姐姐点了"今日特色意面"（今天的是蛤蜊、蘑菇、萝卜配日式通心粉）。我点的是一种叫黄金桂的中国茶。

点完餐，我立刻问起自己挂心的问题："为什么还书箱被禁止使用了呢？"

话音刚落，美弥子姐姐的脸上立刻变得阴云密布。她飞速瞥了一眼图书馆的方向，皱着眉说："还书箱里被扔进了一罐还没喝完的咖啡。"

我吓了一跳。连小孩子都知道，在那样塞满书籍的箱子里扔进还没喝完的咖啡会是什么后果。

"是谁，竟做出这种事？"我气愤地扬起拳头问。

"可能是……摩托党的那群高中生吧……"美弥子姐姐神情悲

痛地叹了口气。

她解释说，可能是因为图书馆紧邻大马路，附近又有便利店，到了周六晚上，常有看起来像高中生的人骑着摩托车，在图书馆前的空地上集会。

"当然了，集会都是自由的，但他们实在缺乏教养。到了星期日的早上一看，图书馆前的空地上满是空饮料罐之类的垃圾。像这次这样，把垃圾扔到还书箱里的事也是屡见不鲜。"

我很少看到美弥子姐姐像这样生气。当然，我也很生气："垃圾可以扔到公园里的垃圾桶去啊，他们为什么要这么做？"

距离图书馆步行一分钟的地方就有一个小公园，那里设有很大的垃圾桶。我很纳闷他们为什么要故意把垃圾扔到还书箱里。

"可能是嫌走到公园太麻烦了吧。"不知是因为愤怒还是悲伤，美弥子姐姐的声音有些颤抖，"但把还没喝完的罐装咖啡扔进还书箱就是明显的恶作剧了。拜他们所赐，今天一早我就忙得团团转，要擦拭被咖啡弄脏的书，要清洁还书箱。好不容易去除了咖啡的味道，又除不去清洁剂的味道了。还书箱只能先被禁止使用两三天了。"

"那些被弄脏的书怎么办？"我想，被咖啡弄脏的书，仅仅擦拭是很难复原的。

"大多数书的情况还算好……"美弥子姐姐又忧郁起来，"摆在最上面和最下面的书，虽然也不是不能读了，但封面实在是损害得厉害，大概需要重新订购了。"

"那这两本书现在是什么情况？"

"等晾干以后，先放回书架再说吧。等订购的新书到了，可能就要被扔掉了。"听美弥子姐姐口中说出"扔掉"这个词，我心口重重一紧。把书扔掉这样的事，我是做不出来的。美弥子姐姐是比我还要爱书的人，让她去把书扔掉……我重新理解了图书馆工作的严肃性。

"的确令人烦恼啊。"端着意面和茶过来的店主感叹道，"我想起来一件事，那是叶山你来这里工作之前的事了——有人把烟蒂扔进了还书箱。"

我和美弥子姐姐都惊讶地瞪大了眼睛，这种行为相当于纵火啊！

"是啊，还好那次事态没有发展到很严重。如果还书箱里的书被点燃，是有可能造成还书箱整个儿爆炸的。真是太过分了。"店主表情严峻地摇着头。

"他们还很吵，摩托车轰隆轰隆，聚在一起闹哄哄一直吵到深夜，噪音干扰严重……啊，不好意思，我怎么不知不觉对顾客抱怨起来了……你们请慢用。"店主挠着头走回柜台去了。

美弥子姐姐也缩了缩头说："啊呀，我怎么也不知不觉对顾客抱怨起来了。"她之前和我说过，图书馆的工作人员也会称来馆的使用者为"顾客"。

"没有。"我摇着头说，"为什么那些人要这么做啊？"

"就是。"美弥子姐姐目光望向远方，偏着头说，"可能在他们看来，这么做很酷、很好玩吧。"

我可完全不能理解这有什么好玩的，哪里又称得上酷。

"还有其他意见吗？"安川的声音在教室里回荡。

"没——有——了——"矢鸣同学两手围成喇叭状，用打趣的口吻回答。

但大家都知道矢鸣说的是真的，并没有在开玩笑。同学们早就没有新鲜的主意了，刚才一直都是矢鸣一个人在出点子。

周二第六节课是"自由时间（班会）"。虽然这节课一般都是放任大家自由活动，随便做什么都行，但像现在这样快放暑假以及暑假刚结束的几个星期里，每年都有同样的事情要办——筹备"阳山节"。

在每年秋天，阳山小学会以五、六年级学生为中心，举行小型的校园文化节。虽然并不是像高中生、大学生组织那种大规模的活动，但这个文化节在本地还是有很大影响力的，深受大家好评。

今天我们是在商议我们班参与校园文化节的活动主题，由文化节负责人安川主持，大家一起出主意。另一名负责人是北川京子，她负责把提案都列在黑板上。不知不觉，整个黑板都写满了。

黑板右侧写的是最开始时的提议，比如集市、话剧、合唱，都是最最普通和常见的想法。而黑板左侧则是大家黔驴技穷后的主意，例如足球、游园活动、动物园、流水挂面，很新奇，但真的要实现又没有经验，只能感叹"那要怎么弄啊"。

其中，我也出了一个主意——演讲会，建议邀请一些不一定很有名但很少有机会来发言的人，作为演讲嘉宾。"你打算邀请谁呢？"安川插话道。"比如小说家之类的……"由于之前没想过，我就随便回答了。但事后一想，觉得这种主意也还不错。如果这个提案通过，我们就可以找到喜欢的作家的地址，写信邀请。光是这么想想，我心里就很激动了。

"好，那我们先把这些提案都记下来作为备选，等到下周再回顾一下。有兴趣组织某个提议的同学到时候也可以提出来。"安川总结道，结束了讨论会。

我心里暗暗下了决心，到时要提议办演讲会。

安川之前都不太积极参加集体活动，这次竟然竞选了阳山节负责人，我觉得是因为图书馆对他的影响很大。

今年春天，安川的外公去世了，他代替外公去图书馆返还了六十年前借的书。以此为契机，安川成为了图书馆的常客。他现在还在帮忙准备今年秋天图书馆将要举办的文化节。说起来，他并不是因为喜欢读书，可能喜欢的是图书馆的氛围。这样可能也不大好吧，我有些担忧。

"图书馆并不只是供人读书的地方哦。"美弥子姐姐像往常那样开朗地笑着说，"当然，最多的是来借书、读书的人，但也有人散步路过进来休息，或者和朋友约在这里见面。只要人们喜欢图书馆的存在，我们就很开心了。"

我将美弥子姐姐这段话转告给安川听。他听完后"嗯"了一声，像害羞似的沉默了。好像安川也成了美弥子姐姐的粉丝，可能他来图书馆也是为了看到美弥子姐姐吧。算了算了，我自己也是这样，也就没有权利议论别人了。

"茅野，你也要去图书馆吧？"我正在整理书包，安川拍了拍我的肩说。

"是的，你等等我。"我赶紧把东西都塞进书包。

"好凉快——"踏进图书馆的那一刻，我和安川异口同声地感叹道。

从学校到图书馆的路上几乎没有树阴，加上书包里放了课本和笔记本以及要归还图书馆的书，到达图书馆的时候，我俩已经是满头大汗了。

"啊，你们辛苦了。"美弥子姐姐坐在柜台后，露出清爽的笑脸说道。我把之前借的书还掉了。安川问美弥子姐姐："有没有讲述怎么办集市的书呀？"这问题可真符合文化节负责人的身份。我还有自己要找的书，就和安川打了个招呼，独自上二楼去了。妈妈说她想为写专栏找些参考资料，拜托我借一些有关花啊、草啊之类的书。

我先去了植物书籍区，但没找到什么合适的书。含有花的照片的书有很多，可我不大擅长挑选没有字的书。

不过用来作参考的话，不一定要看图鉴。于是我离开植物书籍区，想看看还能有什么意外的发现。我扫视着一排排的书脊，闲逛起来。

有位作家说过："意外的邂逅，比普通的际会更让人欣喜。"我很赞同。

"呀！"我高兴地叫了一声。我看到了《花的名字》——就是之前茜茜找到的那本书。这本书不是被放在植物书籍区，而是被放到了摄影类书籍区。说的也是，这本书与其说是图鉴，还不如说是摄影集。

如果说图鉴里的图更像端正严肃的证件照，那写真集里的图就更像旅途中拍摄的有艺术感的纪念照片。我边想，边伸手去拿书，突然不由得发出了"啊"的一声。

怎么感觉这本书是湿的？

这时，正好美弥子姐姐带着安川走上二楼来。

我拉住美弥子姐姐的围裙，问道："美弥子姐姐，你看这里……"

美弥子姐姐看到《花的名字》这本书，立刻叹气道："唉，这就是那本书……被水打湿了。"听起来就像她自己被水浇了头一般沮丧。

"又是还书箱？"我问。

美弥子姐姐无力地点点头。

"这本书上没有咖啡的颜色和气味，受损还不算很严重……"

"是同一个人干的吗？"我说。

"借我瞧瞧。"我正垂头丧气，安川从我手中抢去了《花的名字》。刚才在来图书馆的路上，我跟他提到过还书箱被扔进没喝完的罐装咖啡的事。

"但是，为什么要泼水呢……"我疑惑地说，难道还特地从哪里取水来吗？或者是像上回的罐装咖啡那样，扔了没喝完的矿泉水瓶进来？

"这个……"安川"哗啦哗啦"地翻着书，突然说，"会不会是池塘水或者河水？"

我把书拿回来，贴近脸闻了闻。还真如他所说，好像有一点泥土的气味。

"好像是。"美弥子姐姐说，"还书箱里溅满了泥水。"

"会不会是阴沟里、水洼里的水？"我问。

池塘也好，河流也罢，都和图书馆离得太远了。如果只是为了恶作剧，应该不会有人特意从大老远的地方把水运来吧。但我光想一想把水洼里的水浇到还书箱里的情景，就觉得好恶心……

"不，我觉得不像。"安川说。他把我手中捧着的书往后一页页翻着，翻到书正中的时候停住了，对我说："你看。"

上面粘着五六朵小小的、青紫色的花。这花我见过，只是并不知道名字，这正是"不知其名的花"。

"啊，鸭跖草。"美弥子姐姐从我们手中的缝隙看到，叫起来。

"这花叫鸭跖草？"我问。

"是啊，"美弥子姐姐说，"这是梅雨季节开的。"

"笹耳川的河岸上就有这种花。"安川说。

是啊，我想起来上次去散步的时候，就看河边到处开有青紫色的小花。那时我还不知道它的名字，现在听说了名字，几乎有一种重新发现了鸭跖草的心情。下次散步要是再遇见这种花，我一定会欣喜不已。

突然我又感到很悲伤，抱紧了怀中的《花的名字》。

"这本书也会在替换的新书寄到以后被扔掉吗？"

"唔……"美弥子姐姐抱着手臂，说，"一般情况下，如果知道是谁弄脏的，我们会请那个人重新买一本一模一样的新书，替换原来的这一本。但这本书没办法这样做了。"

"为什么？"

"出版这本书的出版社去年倒闭了，现在没有库存的新书了。"

美弥子姐姐就像抚摸孩子的头那样，轻抚着书的封面，安慰说："所以，就要靠这本书继续坚持下去了。"

最后，我还是决定借《花的名字》。

办完借书手续，我准备回去的时候，环顾四下，发现安川正在墙边思考着什么。

"你怎么了？"我问他。

"唔……"安川叹了口气，侧着头，一副小大人的样子，"如果问图书馆，谁曾经借过哪本书，他们会告诉吗？"

"怎么可能？"我惊讶地摇着头说，"绝对不可能，谁借过什么书这可是图书馆的一级资料。"

美弥子姐姐告诉过我，即使是借阅者的父母、兄弟来问，他们也绝对不会说的。

"你为什么问这个？"

"嗯，我在想，有没有办法知道之前是谁借了刚才那本《花的名字》。"

"哦，这个我知道啊。"我不假思索地说，"前不久，我看见茜茜拿着。"

我刚说完，安川突然用两手紧紧抓住我的肩膀，说："喂，茅野同学，这是真的吗？"

我被他这个举动吓了一跳，高声说：“我可从不撒谎的。”

“你们俩在争什么？”美弥子姐姐一脸担忧地跑了过来。我正在想怎么跟她解释，就听到安川严肃地问：“把弄湿的书从还书箱里取出来的是叶山小姐您，对吗？”

“是啊……”美弥子姐姐疑惑地回答。

安川追问道：“是所有的书都被水弄湿了吗？”

在这之前，我理所当然地认为所有的书都是湿的，所以，看到此时美弥子姐姐摇了摇头，我心中很是意外。

“并不是所有的书都被打湿了，大概是因为有的书是在还书箱被弄湿之后放进来的。对了，里面的书总共湿了一半左右。”

“是不是打湿的书中，最上面的一本就是这本书？”安川用手轻轻点了点我手中这本《花的名字》的封面。

“还真是被你说中了……”美弥子姐姐一副不可思议的样子，看着我手中的这本书。突然，她露出了豁然开朗的表情：“啊，原来是这样。那刚才说的鸭跖草……”

“大概是的。”安川点点头。

“所以才特意运来了河水浇上去……”

他们俩似乎已达成了什么一致的意见，而我还完全不明白他们在说什么。

“什么什么？你们在说什么？‘刚才说的鸭跖草’又是什么意思？”我拉了拉安川的衣角，问道。

“明天到学校我跟你解释。”安川阴沉着脸说。

"果然是你。"

面对安川这句犹如推理电视剧里侦探说的台词，竹泽同学沉默着点了点头。

放学后的体育馆里，正好有阴影遮住，出人意料的凉快。里面除了我们没有别人，正是个适合谈话的地方。

这里的"我们"是指安川、我，还有竹泽三人。

放学时，安川叫住了竹泽："我有话要和你说。"

"什么呀？表情这么严肃。"竹泽嘴上这么说着，但当他看到我手中拿着《花的名字》后，突然就郑重起来，沉默着跟着我们走出了教室。

"竹泽，这事……真是你干的？"我拿书的手，不由得用了把力。竹泽同学又无言地点点头。

"为什么？你为什么要这么做？"

之前安川只告诉我说竹泽有可能是嫌犯，我还完全不知道竹泽这样做的原因。

竹泽只是抿嘴沉默着，还是一句话也没有。

"你这次做得有点过分啊。"安川的语气并不是很凶，反倒听上去很悲哀，"总之，先去诚恳地道歉吧。"

正在这时，像是要盖过安川的声音一般，身后传来一个女孩子的声音："对不起。"我回过头一看，看到茜茜站在我们后面，脸上的表情像要哭出来一样。

"都是我的错，是我把书掉进河里的。"

竹泽也回过头来，皱着眉，用手抓着头。

"我看到芊芊拿着这本书和小健一起走出教室，就赶过来了。我想你们一定误会了……"茜茜低声说。

"我们并没有误会。"安川双手抱在胸前，转向茜茜说道，"是吉田你把书掉进了河里，然后竹泽想帮你隐瞒，不是吗？"

茜茜重重地点了点头。

我站在一边，完全搞不清楚状况。

"等一下，那为什么竹泽会……"把水浇进还书箱啊——我正想这么问。

"芊芊，那天和你分开后，我就一个人去河边看花。"茜茜的声音有些颤抖，"我看到就在河边上开着好多粉红色的花，很可爱，于是我就单手拿着书，走过去看。可脚下一滑……当我回过神来时，书已经掉到了河滩上。"

茜茜的视线一直注视着我手中的书。

"我急忙把书捡起来，可它已经湿透了……我本来想边晾边回去，在路上把书弄干，突然又想起来小健就在附近……"见茜茜真的快哭出来了，安川接过话头说："我们还在钓鱼，看到吉田跑回来叫竹泽。我正好奇两人在说什么，竹泽就说他要走了。当时我就想，是不是发生了什么事……"

"看到掉进河里的书，我吓了一跳，这本书可要五千日元呢。"竹泽说，"我想让茜茜别再哭了，就说让我来想办法。但是，我也想不出该怎么复原，就突然想起还书箱的事来。我在图书馆附近的补习班上课时，看到过那些成群结队的骑摩托的高中生把空瓶子扔到还书箱里。我一糊涂，就想能不能把这事赖到他们身上。周一一大早，上学前我就去了河边和图书馆……可是……"

竹泽同学很痛苦地看着茜茜："对不起，我真是越帮越忙，把事情闹大了。"

茜茜听了他的话，抽抽搭搭地摇着头。

他俩这就打算去图书馆道歉，我把书交给了他们。

看到两人的身影消失在视线里，我向安川抛出了心里的疑问："你怎么知道是竹泽干的？"

"那会儿看到书中间粘着花瓣，我就觉得很奇怪。"安川长长地换了口气，靠在体育馆的墙壁上说，"放进还书箱的书，一般都是合起来的，对吧？可这书中间粘着花瓣，那就说明水不是从书的上方浇下来的。我就想，它可能是打开着掉进河里的。"

"你们说的'最上面'，是什么意思？"我想起美弥子姐姐当时听到这个词，她的脸上露出了恍然大悟的表情。

"所以……"安川组织着词语，说，"如果有人想隐瞒书曾经掉进河里，就得弄来河水浇进还书箱。他要把书放在最上面，才能确保这本书淋到水。那还书箱里最上面被淋湿的书，就是掉进河里的那一本了。"

"那你又怎么知道是竹泽干的呢？"

昨天安川问我谁曾经借了这本书，我脱口而出"是茜茜"，但安川好像一开始就知道是竹泽干的了。

"我觉得吉田不是那样的人。"安川说完，又赶紧补充了一句，"如果是竹泽自己借的书，他也不会那么干的。因为，那家伙……"他边说边起身离开了墙面。

"因为，那家伙，似乎对吉田有好感。"他小声地说。

第二天，美弥子姐姐叫我和安川一起去了图书馆。

"昨天，他俩和父母一起来道过歉了。"在会谈室里，美弥子姐姐说，"他们提出赔偿，但是《花的名字》受损还不算太严重，别的几本书也能用了，我们就谢绝了。图书馆的基本原则是不收费的。"

"为什么？"安川问。

美弥子姐姐答道："就算收了买书的钱，还得有人去买、再给书一本本贴上条形码、包上书皮、登记到电脑系统里，不是吗？图书馆员的工资是用大家交的税来支付的，换一本书要增加这么多工作，其实也是在浪费税金。因此图书馆才规定如果借出的书有破损或者丢失，借书人得赔偿一本一模一样的书，省去这边找书的麻烦。而这本《花的名字》，出版社已经破产，有可能市面上再也买不到了。"

听说竹泽和茜茜约好了要去找这本书。他们会先去町里的书店找，暑假旅行时也会沿途找找，终有一天要把书带过来。

那么，就等着吧。

美弥子姐姐笑着说："芊芊，只能委屈你先用着这本有点发胀发皱的书了。"

"嗯。"我点点头。

"那个……"安川认真地叫住美弥子姐姐，"早野小姐，我有个请求……"

"什么事？"美弥子姐姐抓着头说。

气氛突然微妙起来，场面有点像有人要表明心意。我的心扑通扑通地跳着，紧张地看着他们俩。

安川小心地做了个深呼吸，说："可否请您来参加我们秋天文化节的演讲会？"

我吓了一跳，盯着安川。美弥子姐姐惊呆了。

"希望您能到学校来，在同学们面前再说一次刚才这些话，告诉大家如何使用图书馆，如何爱护图书……"

安川认真地注视着美弥子姐姐，美弥子姐姐则不知所措地看向我。

我当然是灿烂地笑起来，使劲点头。

第 四 个 谜 题

消 失 的 书

晴 れ た 日 は 図 書 館 へ い こ う

"人好多啊。"一进图书馆，麻纪就失望地叫起来。

"看来是没有空位子了。"在楼里转了一圈，我叹着气说。

这是八月的一个周日，暑假只剩下最后十几天了。图书馆里满是拖家带口的人和赶作业的人。我和麻纪赶在这个高峰来图书馆，是为了收集做"自由研究"的资料。

阳山小学每年的暑假作业是"自由研究"和"读后感"二选一。你可能觉得我天天泡在图书馆，那么喜欢书，写读后感是很容易的事。其实我最怕写读后感，按要求得写十页格子纸呢。可是，如果读的书没什么意思，那也就没什么可说的；要是很有意思，又会思绪万千以至于说不出什么来。

因此，我每年都选自由研究。去年我的研究课题是"光污染"。光污染指的是夜晚城市的光太亮了，看不到星星。听说最近有一些城市，为了夜晚也能看到灿烂星空，制定了条例来限制照明。云峰市也有这样的提案，一年里有一天，要求夜晚关掉所有的灯，很受大家的欢迎。

今年我和也很怕写读后感的麻纪组成了学习小组，来调查云峰市的历史。我给麻纪讲了之前听图书馆馆长介绍的图书馆历史，她很感兴趣，说："我们再多搜集一些资料吧。"

可是放暑假后，我出去旅行了一趟，麻纪则要上补习班，两人的时间很难凑在一起。最终落到了这样的地步，要抓住暑假的尾巴，慌慌张张地来图书馆找资料。

我们俩从一楼的童书区一直转到三楼的自习区，一张空桌子也没有找到，连地板上都有人围坐成一圈写作业。我们还打算这大一早跑来图书馆，能一次性收集好资料呢，看来想得太天真了。

"没办法，把书借回家看吧。"回到一楼后，麻纪对我说。

"好吧，我们去找能参考的书吧。"说着，我转向柜台。这种情况问图书馆员是最快的，可眼下柜台前也排满了要借书还书的人。

我只好选择去电脑前查询。我在电脑前坐下，输入"云峰市"，然后点击"检索"。仅仅数秒，所有书名里含有"云峰市"的书就全部显示出来了。

"这么多啊。"麻纪惊讶地叫道。我也很惊讶，原本以为也就十几本，一看数字竟然有123册。而且看书名都是很难读的书，比如《云峰市政五十年史》《云峰市战时的行政与市民》。

我选了一些书名看起来比较好理解的书，比如《云峰市的历史》，点击"详细信息"的按钮。于是这本书的具体信息就出现了：作者姓名、出版社、出版年份、定价、页数、尺寸，以及它放在图书馆二楼的具体位置。

"麻纪，你能帮我记录一下吗？"我读出了屏幕上书名旁边的三位数字，这三位数字也会贴在书脊下方。这是书的编码，图书馆按照这个编码的顺序来收藏书籍。

我们拿着纸条走上二楼，正好遇到玉木阿姨坐在柜台处，就问她这个编码在哪个位置。

"你们是来做自由研究的吧？"玉木阿姨笑着把我们带到二楼一个角落里，看起来这里摆放着所有写云峰市的书。

我和麻纪分别从书架的两端找起，依次扫视着一本本书的书脊。"咦？"可是直到我们碰头时都没找到，"好奇怪。"

"是在这附近对吧？"我们俩交换位置，更加认真地找了一遍，还是没找到。

"是不是已经被借走了？"麻纪说。

"应该不是……"我摇摇头。刚才查的"详细信息"里有一栏是"状态"，书如果已被借走，那里就会写明"借出"；如果是存在书库里的话，就会显示"书库"。而这本书并不是这两个状态，估计就在书架上。

我们走回柜台，和玉木阿姨反映了这个情况。

玉木阿姨马上问道："是不是有人在馆内阅读？"

这倒有可能。如果是这样，那么这本书既不在书库里，又没被借走，也不在书架上，就一点也不奇怪了。

"我先查一下吧，书名是什么？"

我说了书名后，玉木阿姨拉出了柜台里侧的电脑键盘，在上面敲了几个键。我正注视着她飞快移动的指尖，就听她说："不好意思，请稍等一下。"她阴沉着脸，从座位上站了起来，在柜台里侧打开一扇门，走到工作室里去了。

发生了什么事？我和麻纪面面相觑。很快玉木阿姨回来了，说："不好意思，那本书好像是不明书。"

"不明书？"麻纪抓着头问。

"就是行踪不明的书。"

听了玉木阿姨的话，麻纪环顾四周，问道，"是丢在这一层什么地方了吗？"

"也有这个可能。"玉木阿姨苦笑着说，"但很多时候是没有办借阅手续就被带出馆了，也就是说，被偷偷地带出去了。"

"那不就是小偷吗！"我生气地大叫起来。

"的确，这是偷书……"玉木阿姨语气低沉地说，"实际上这种事经常发生。你们找的这本也可能是被人拿走了。你们借这本书做什么？"

我们把自由研究的课题告诉了玉木阿姨。玉木阿姨从柜台里走出来，带着我们回到刚才的书架附近。"其实我来给你们找并不太合适，自己查找研究资料也是一项很重要的学习技能……"玉木阿姨边说边从书架上抽出几本书，"关于云峰市的历史，我认为这几本是比较详细又比较好读的。就将这些作为刚才那本的替补候选吧，你们自己再从中选几本。"说完，玉木阿姨转身回柜台去了。

我们向玉木阿姨道过谢后，又在馆内转了转，依然找不到空位，只好从玉木阿姨推荐的书里挑了四本借回家。办好借书手续后，作为手工社团成员的麻纪说："我再去看看手工相关的书。"

"那我在一楼等你。"我对着她的背影说了一句，走下楼梯去。

我在儿童文学书籍区转悠。看着这些五彩缤纷的书，我心里还挂念着那些"去向不明"的书。到底是怎样的人拿走的呢？我不太能理解这样的行为，借书都是免费的，光明正大地借阅就好了，何必要偷呢？要是没有去柜台还书的勇气，把书扔进还书箱也可以啊。真希望他能够好好把书还回来呢。

"去向不明的书？"美弥子姐姐说着，垂下了拿着彩色铅笔的手。想了一会儿，她叹着气说："记得大约一年会有三百本吧，其中大部分都再也找不回来了。"

"居然有这么多！"我感叹道，正在涂色的笔尖不由得一滑，画面上小熊手中抓着的气球颜色超出来了。嗯，能看得出这是手绘的也行吧，我在心里帮自己找理由。放下红铅笔，我换了一根蓝铅笔。

"可这么一来，图书馆的书就会渐渐少了啊？"我一边问，一边给小猫手上抓的气球涂上蓝色。

"没事。"美弥子姐姐笑着说，她在给小乌龟手上的气球涂黄色，"我们图书馆里去向不明的书还不算多，每年的预算中还有购买几千册书的费用。"

"几千册？"我一惊讶，又把颜色涂得超出了边界。最后一只气球可要谨慎地涂好，我心想着，专心涂完，才放下了手中的铅笔。

"好了，画完了。"这是下个月图书馆要举办的"纸工教室"活动用的海报。据说，到时候会有专业的纸工工艺专家来，向大人们演示纸工制作的方法。

美弥子姐姐也放下手中的铅笔，说："我们去喝个茶吧。"

她把几张海报收在一起，竖起来在桌上顿了顿，"咚咚"地整理整齐。淡蓝色的裙子随着她的动作轻轻飘动着。在图书馆上班可不能穿裙子，今天是周一，图书馆闭馆休息，所以我才能来美弥子姐姐在图书馆附近的单人公寓玩。

"我来帮你吧。"我说着站起身来。

"不用，厨房很小的。"美弥子姐姐笑着止住我。我便不再客气，坐了回来。我环视着整个房间。美弥子姐姐整天都在书海里上班，家里也有很多书。有关于图书馆法的书，也有童谣、游戏之类的。在图书馆工作，可不只是办理还书、借书手续那么简单，还要会给小孩子讲故事，邀请作家来办讲座，等等。休息的时候，还要像今天这样在家做海报，工作非常忙，如果不是真正热爱书，恐怕是做不来的。

我把海报都整到一起，整理好书桌，美弥子姐姐正好也

从厨房出来了。

"芊芊，你来这儿真是帮了我的大忙了，谢谢你。"她高兴地说着，端上了麦茶和羊羹。

"不客气。喝茶啰！"我合掌致意后，拿起麦茶喝下了大半杯。

"冰箱里还有很多哦。"美弥子姐姐笑着，伸勺舀了块羊羹。

"叮铃——"风中传来不知哪来的风铃声。

喝着茶，我们的话题又回到了去向不明的书上。

"我们图书馆丢的书算少的了，当然本身咱们图书馆也不大。有的大型图书馆每年丢几千册书呢。"

"都被偷了吗？"我惊讶地张大嘴，用勺子愣愣地戳着羊羹。

"大部分是吧。"美弥子姐姐说，"有的图书馆会在出口处装报警装置，类似书店门口那种，如果有人没办手续就把书带出去，经过那里时机器就会发出蜂鸣报警。但我们馆长不主张安装这种装置……"

"可是，为什么有人要偷图书馆的书呢？不是都可以免费借吗……"

"话是这么说……"美弥子姐姐叹了口气，"图书馆里除了小说，还有地图、词典之类的资料工具书，这些书都是要放在手边用的，可能有些人需要经常查资料，或者在复习准备考试，就顺手把书带出去了。"

"会不会有的书在图书馆里迷路了？"我问道，突然想起曾经在宠物养育方法类的书架上看到一本幻想小说，书名叫《包包养育记》。

"当然也有这种情况。"美弥子姐姐舀起一勺羊羹，笑着说，"特别是到了闭馆的时候，到处都会发现放错书架的书，或者读到一半被人留在桌子上的书。"

听了美弥子姐姐的话，我大吃一惊。原来云峰市立图书馆每天开馆前，馆员们都会一起进行全馆整理，把每本书放到正确的书架上。

"当然，这样也没有办法检查确认全馆的书，所以每个月末图书馆会休馆一天来整理书籍。平常我们也是一有空就整理书架，书是很难在图书馆里迷路很久的。"美弥子姐姐挺起胸膛骄傲地说。这是对自己的工作充满了自豪感的人的话，我心想。

第二天，麻纪家里有事，我独自去图书馆。晴空万里，没有风，有点热，停下来等红绿灯的时候我出了一身汗。

我存好自行车，来到大厅。不出所料，图书馆还是人满为患，特别是童书区坐满了在自习室找不到座位的中学生、赶暑假作业的小学生。

在书架前我看到了一个熟悉的面孔，走上前拍了拍他的背："安川。"

安川正一脸痛苦地盯着书架，转过来看到是我，表情放松了好多："啊，是茅野啊，你来得正是时候……"

"怎么了？你一脸为难的样子。"

"嗯，是啊……"安川瞥了一眼书架，叹了口气说，"我是来找写读后感的书的，但不知道该选哪一本……"

我想起来在放假前的课上，老师说过，读后感写得好不好，关键在于选的是哪本书。我当时心想，挑选哪本书是很重要，但读书的环节肯定更重要吧？而且，如果只是为了写读后感才来选书看，那多没趣啊。

因此，听到安川问我什么书好时，我立即反问他："安川，你想读什么样的书呢？"我心想他大概会回答"推理小说""冒险小说"之类的，谁知他的回答是："别太厚就行……对了，还有，故事要感人……"

"你啊，"我无奈地手扶着腰，说，"你说的好书，是指适合写读后感的书吧？"

"是的……"安川难为情地回答，"我没看过多少书，要是漫画也可以写读后感就好了，多少本我都能看下去，也能轻轻松松写出来……"

我也觉得很奇怪，为什么就不能写漫画书的读后感呢。很多漫画也有很好的故事。不过，小说也不一定就比漫画无聊。老师让写读后感，可能是以此为契机，让那些完全不读书的孩子了解到读书的乐趣吧。想到这里，我感到责任重大。我推荐的书，有可能会影响安川今后是否喜欢读书呢。

我很认真地想了想，最后说："《从天而降的魔女》，怎么样？"那是今年春天我读的魔女系列的第一本。

"魔女？"光听书名，安川就一副不乐意的样子，"是幻想小说吧？我对于幻想小说……"

"哎，你主动要我推荐的，那就不要抱怨。"我抓住安川的手腕，拉着他走向对应的书架。魔女系列作者的姓是相马。我到 sa 行的书架前，按顺序寻找：齐藤、筱田、墨谷、濑尾……

"咦？"当手指指到"田井"时，我停下了，又从头更加仔细地看了一遍 sa 行，还是没有找到《从天而降的魔女》，这个系列的其他几本，例如《魔女忘记的东西》《迟到的魔女》也没有看到。

"真奇怪……"我轻声说，"大概是被谁借走了吧。"

安川一脸庆幸的样子，说："没有就算了，我们选别的书吧。"看起来他对幻想小说真是不感冒，立刻转向了其他分类的书架。可我还是很希望他读一下我最推荐的这个系列。

《从天而降的魔女》就如书名所说，大致讲的是从天而降的小魔女贝璐卡重回天空的故事。贝璐卡落到了一个叫凯丽的小女孩家里。凯丽一家刚刚搬来这个村子，作为转校生，她在学校里经常被大家冷落。凯丽的父母也接受不了村子里的风俗习惯和环境，很难融入村民之中。有一天，发生了一起牵连到学校和村子的事件，贝璐卡和凯丽也被卷入其中。

书里贝璐卡和凯丽的对话非常有趣。而且，人类和魔女、本地人和外来人口、在校生和转校生，这样对立的设置让人深思。故事的最后一个场景，村民与主人公的家人、魔女一起合作解决危机的情节非常震撼人心。难得有机会，我特别想介绍给安川读一读。

可眼下书不在书架上，我也没办法。是不是全部都被借走了呢？我正要放弃，脑海中突然浮现出一个可能性。"哎，过来一下。"我再次抓住安川的手腕，带着他走向检索机器。

"怎么了？"

"有可能是我记错作者的名字了。"一旦搞错作者姓名，那按照作者名字的字母顺序来搜索书架，是找不到的。虽然有点尴尬，但是确实有这种可能。

我输入了书名，点击"检索"按钮。

屏幕上出现了"《从天而降的魔女》相马匡 1996年"的字样，我没记错作者姓名。令人意外的是，这本书也并没有显示"已借出"。我又搜索了该系列的其他几册，结果都一样——既不在书架上，也没有显示"已借出"。

"肯定是有人在馆内阅读吧。"安川这样说。可我心里已经有了不祥的预感。我离开检索机器，去找美弥子姐姐，心中的疑云愈来愈浓。在二楼我找到了美弥子姐姐，她正在把读者还回来的书放回书架。

"美弥子姐姐——"我叫住她。

美弥子姐姐停住了手，抬起头："啊，是芊芊啊，怎么了？你的表情好吓人。"

"我可以问问你吗？"我把刚才查询的书名告诉她。美弥子姐姐的表情立刻就变了，她盯着我的眼睛，郁闷地说："其实，那个系列也去向不明。"

"果然……"虽然我已经预料到了，但是当这个信息得到确认，我还是深受打击。

"最近是不太对劲，"美弥子姐姐没精打采地歪着头说，"丢了好多儿童小说，除了这个魔女系列，还有《天猫王国》《去不可思议的国度冒险》……"

"怎么会这样……"我受到了更大的打击。《天猫王国》讲的是有一群飞行的天猫如何与陆地上的陆猫分开，创建了自己的王国的故事，是我很喜欢的书。

据美弥子姐姐说，这些儿童小说是最近一周丢失的。

"没有借阅记录，也没有在其他分类的书架上找到。虽然说，很少发生丢小说的事……"

"茅野。"突然有人叫我的名字，吓了我一跳。我转过身去，原来是安川。他纳闷地问我："怎么了？你刚才怎么突然就跑了，怎么这么一副恐怖的表情……"

"啊，不好意思。"我向他道歉，解释了一下原因。

听我说完，安川转向美弥子姐姐问道："丢小说的情况很不常见吗？"

"是的，"美弥子姐姐点头说，"去向不明的书中，最多的是实用工具书，烹饪啊、编织啊，这类希望一直放在手边的书。"

我想起之前美弥子姐姐和我说过，书籍可以分为"使用的书"与"阅读的书"，实用工具书是"使用的书"，小说之类便是"阅读的书"。

"小说不会读上几个月还读不完，有可能有人会超过还书期限才还，但很少有私自拿走不还的。最近却有些异常……"

"最近却有些异常……"安川重复着美弥子姐姐的话，一副苦苦思索的表情，接着便沉默了。

我问："还有哪些书不见了？"

"稍等一下。"说着美弥子姐姐走到柜台里面。很快，她拿着一张纸走回来，说："这是最近一周左右丢失的书，我觉得很奇怪，就列了一张单子。"

我从美弥子姐姐手中接过单子，从上往下看过来。

首先令人惊讶的是数量之多。一周左右的时间，就有二十多本书去向不明了。其中不仅有刚才提到的魔女系列和《天猫王国》，还有好多我读过的书，比如《空中的桥》《星星的节日》，这两本是幻想小说。而另外的《时空胶囊》《雨天要去便利店》则是悬疑小说，《森林里丢失的物品》也是幻想小说。这些书的读者对象都是小学高年级学生。《透明的颜料》《我家的恐龙》以及《小人的早餐》则是绘本。

美弥子姐姐手指着单子上的书名，一本本向我们解释。此外还有编织、烹饪、影集、图鉴之类的书丢失。但根据美弥子姐姐的说法，这类书本来就很容易丢，真丢了也不觉得奇怪。

"这些书不太可能都是同一个人拿走的吧？"从侧面挤进来的安川问。

"应该不是同一个人。"美弥子姐姐点了一下头，又马上歪着头犹豫起来，"但童书可能是同一个人拿的。一周之内丢了十本以上，实在是很蹊跷。"

安川盯着书单看了很久，终于抬起头，转向美弥子姐姐问道："你刚才说，这都是最近才丢的？那就是说，是暑假的后半期开始丢的，对吧？"

"对的，感觉是最近一周左右的事。"

"那么我推测，这个偷书贼很有可能是办不了借书证的人。"

"办不了借书证？"

不是谁都能办吗？还有人办不了？我有点纳闷。

"啊！原来是这样。"美弥子姐姐像想起了什么，点了点头。

"什么意思？"我被晾在旁边，一头雾水，不由得拉了拉美弥子姐姐的袖子。

美弥子姐姐说："这就是说，有可能偷书的人不是云峰市的。"

安川也点点头说："我怀疑是来这里过暑假的孩子偷的，这里可能有他爷爷奶奶或者外公外婆的家。他在图书馆里看到了感兴趣的书，却因为自己不是云峰市人而无法办理借阅，因此就……"

"那他借家里人的借书证不就行了吗？"虽然借用他人的借书证并不好，但有不少人是用家人的借书证的，这总比偷书好吧。

"可能家里人也没有办过借书证。"安川立刻答道，"而且，暑假马上就要结束了，这个人要回自己家去了，借的书看不完怎么办？"

"回到当地图书馆再借不就行了吗？"

"如果这些书在当地图书馆没有呢？"

"不好意思，你们俩讨论得真热烈，可我得打断一下……"美弥子姐姐侧身插入我俩之间，"能小点儿声吗？"

听到她的话，我缩着头环顾了一下四周。是啊，刚才讨论得太投入，我都忘了这里是图书馆了。

"刚才安川说的，"美弥子姐姐压低声音说，"我觉得可能性很小，因为丢的书都是很大本的。"

"一个人很难搬回去？"安川问。

"不是，"美弥子姐姐摇摇头说，"我是说他要把这些书都搬回家的话，家里人一定会发现的。"

"对啊。"我很同意，想起了之前美弥子姐姐一人搬动好几册书的样子。儿童读物一般都是精装书，大开本。如果要一次性搬回十几本，书包有可能装不下，也会非常重；要是分几次来图书馆运,还要从云峰市运回自己家,这么大的目标,是很难不被家里人发现的。

"嗯，你说的这几点很有道理……"安川沉吟道。

"美弥子姐姐，"我问道，"就不能采取什么措施吗？如果有人直接把书带走，让门边的警报响起，由保安来……"

"有困难啊。"美弥子姐姐摇了摇头，低沉地说，"安装防盗设备、配置保安人员，这样都会增加费用。我们能做的是尽量防范这类事情再发生,呼吁大家不要擅自将书带出馆外。"

看她这个样子，我在心里暗暗发誓，我一定要抓住偷走魔女系列的人。

和美弥子姐姐分开后，我和安川回到一楼，我把被偷的书单给了他。书单算是我们向美弥子姐姐借来的，约定好了绝不会给其他人看。

"这事你怎么看？"我问。

"如果是同一个人偷走的，我想我们应该找找看这些书有什么共同点……"

安川很认真地盯着书单，反复地看着。

"茅野，这里面好多书你都读过吧，有什么思路吗？"

"唔……"我盯着书单沉思。我读过的有魔女系列、《天猫王国》和《星星的节日》等，总共七本。魔女系列里面没有猫，《天猫王国》里只有猫，硬要找出什么共同点的话，就是这些书大多是以小学高年级学生为对象的幻想小说。

"我不知道，但是儿童小说区并不是很大，如果我们盯着这个区域，没准就能抓住偷书贼呢？"

安川瞪大了眼睛问："你准备蹲点监视？"

"嗯，你能帮我吗？"虽然这个区域不算太大，但一个人来负责，能力还是有限的。安川想了一会儿，同意了。

俗话说，行善要尽早。我们立刻讨论好分工，将童书区域分为两块，装作在找书的样子，观察起这里的读者来。

我这才发现，其实图书馆里有这么多各种各样的人。有的孩子在闲逛着浏览书脊，有的站在书架前就读起书来，有的在桌前摆了一大摞书坐在那里抄着什么，也有的同样摆了一大摞书，却只顾用手机发短信。

在这些人中，我发现了一个男孩。他坐在墙边的长凳上读着一本大开本的书，正要把书塞到书包里起身。看到这里，我稍稍有点紧张。看起来他是个小学低年级学生。他没去柜台，就直接向出口走去了。

我一边跟在他身后，一边盘算着下一步该怎么做。

也有可能那男孩读的是从家里带来的书，或者是在图书馆里办好了借阅手续的书，光看那本书是很难判断他是不是"擅自带出"的。

男孩很快走出了图书馆大厅，出了大楼。我正想着要不要跟出去，就听到有人叫我，"芊芊——"

美弥子姐姐站在大厅的一角，向我招手。不知她是什么时候在那里的，我心里想着，向她走过去。

"我有些话要和你们说，你能和安川一起随我去会谈室吗？"美弥子姐姐说，脸上带着少见的严肃表情。

在会谈室里，我和安川满心疑惑，不知道为什么被叫过来。美弥子姐姐平静地开口说："对于你们俩珍惜书籍的这份心意，我感到很高兴。"她嘴上说着很高兴，表情却一点也没有高兴的样子。"但是，"她靠在桌上继续说，"图书馆的目的是要让大家在这里享受阅读的乐趣。的确存在一些私自将书带走的人，但大部分人都是遵守规则的。因此，你们想帮忙抓住偷书贼的出发点是好的，但我不希望你们因此怀疑来图书馆的人，并且进行盯梢。"

我和安川静静地听着，没有任何可以反驳的。美弥子姐姐注意到了我们的情绪，她注视着我的眼睛说："真的很感谢你们俩的心意。"

从图书馆回家的路上。我拼命地忍着，不让眼泪流下来。

"打起精神来。"安川拍了拍我肩上的背包，鼓励我。我也只能沉默着点了点头。

我难过并不是因为受到了美弥子姐姐的责备，而是因为我们既没有抓到从图书馆偷书的人，又有可能给爱书的人留下了不好的印象……各种心情交织在一起，五味杂陈。

我低着头，垂头丧气地向前走着。安川一句接一句地和我搭着话，想鼓励我："哎呀，我们再想想看，有什么比盯梢监视更好的方法。比如，在布告栏贴海报？"

"对啊……"

图书馆的墙上贴着好多海报，比如用有名的动画片里少年侦探的形象宣传"请勿破坏书籍""请勿乱涂乱画"。如果让魔女贝璐卡也在这些海报上登场，效果会怎样呢？想到这里，我又打起了精神，想象着说"请勿偷书"的贝璐卡的形象。不错，要不索性把暑假的自由研究改成制作海报好了……

"咦？"我突然想到了什么，刚开始还只是模模糊糊的感觉，后来渐渐成型，我确信了。

我停住脚步，转向安川，说："不好意思，能回图书馆去吗？还有点东西需要调查。"

"怎么了？"美弥子姐姐看到我们跑得上气不接下气，惊讶地瞪大了眼睛问。我调整好呼吸后，向她说明了自己想到的事，拜托她帮忙调查。

"原来如此。"听完我的话，美弥子姐姐鼓起掌来，"你的推理很有道理。稍等我一下，我去问一下童书区的图书馆员。"

美弥子姐姐快步走向柜台里面的房间，过了一会儿才返回来。

"芊芊，你说对了。被偷的书中，那些童书的封面和插画全都是画家宫田环画的。"我和安川对视了一下，终于松了口气。这就是我发现的共同点，这些书并非是由同一个作家写的，却是由同一个插画家配图的。

书单里的书我只读过一部分，但大部分的封面我都看过，突然发现这些封面与插图风格有些相像。

"是啊，如果只是喜欢看小说，再热情的粉丝也不会每天都看；可如果是画家的粉丝，就会希望把书放在手边，每天欣赏了。"安川感叹地说。

之后，我观察着美弥子姐姐的脸色，试探地说："那么，只要我们监视着这位画家的书，可能就能找出嫌疑犯了吧？"

说完我又有点后悔，虽然这么做是可以不给无关的人添麻烦，但是我还是很犹豫。

"这之后的事就全权交给我好吗？"美弥子姐姐这么说。

我立刻点头赞同，并问道："你想到什么好计策了吗？"

"是啊。"美弥子姐姐点点头，灿烂地笑起来。

眼看暑假就快结束，天气却依然如故，一点也不像秋天该有的样子。一想到就要这样开始第二学期，在这样的天气里上体育课，我就满心烦闷。

　　暑假倒数第五天，我和安川被美弥子姐姐叫到了图书馆。她说："有东西给你们看。"

　　图书馆里还是那么拥挤，但估计到下个星期，平日里白天就会恢复到空落无人的样子了，可能也会有稍许的寂寞吧。

　　我们穿过大厅，寻找美弥子姐姐的身影。在一楼的成人小说区，我找到了她身穿墨绿色围裙的身影。

　　"欢迎。暑假作业做完了吗？"她一开口就挑了个严峻的问题问。我只能含糊地回答说："差不多了……"但实际上不论我的自由研究还是安川的读后感，都还没完成。

　　安川好像还是决定要把之前借过的跟战争相关的书再借来看一遍。

　　"你们俩看到布告栏了吗？"美弥子姐姐热切地看着我们说。

　　"咦？"我反射性地回头看向大厅。今天进入大厅时，我们感觉空调很舒服，就抬头看了看天花板，正好没看到布告栏。

　　美弥子姐姐对我们招着手说："这边，这边。"把我们带到布告栏前。

　　一看到布告栏里的信息，我和安川不由自主地叫道："太厉害了！"

　　"通知"那一栏里贴了两张大大的海报，一张上面画着一

个小姑娘，站在空空如也的书架前哭泣，正是贝璐卡的朋友凯丽。在她旁边用很大个儿的字写着：请别带走书籍。

另一张海报上，魔女贝璐卡骑着扫帚在追一个逃跑的怪盗。她正抓着怪盗的袋子，袋子里掉出了几本书。贝璐卡的脑袋上方有一排文字，写道：先办借阅手续，再拿走。

"怎么样？海报还不错吧？"美弥子姐姐自信满满地问。

"非常棒！"我重重地点头赞同，一旁的安川也是一副欣赏的表情。

"但是……"我看着海报，脑海里又浮出新的疑惑。刚开始我猜这是把书中的插画按比例放大进行复印做成的，但我转念一想，魔女系列里并没有出现过追怪盗的场景啊。于是我问："这个海报是谁画的啊？"

"当然是我画的啦。"美弥子姐姐挺着胸膛自豪地回答。

"真是你啊？"

"对啊，看不出来吧，我以前可是美术社团的成员。"

"喔！"我再次端详起这张海报来。我想，如果偷书贼真的是插画家粉丝，看到这张海报，一定会把书还回来的。

离开布告栏，走远了，我又回头看了一眼，发现一个男孩正一脸严肃地盯着海报看。这张海报设计得真是好，连我都有些自豪了。

我还了三本书，又借了四本，结果书包比来的时候还要重。我背着书包回到大厅，看到安川站在布告栏前。

"画得真好啊。"我搭话说。

"嗯。"安川点头赞同。

明年我就要成为中学生了。我本打算等进入中学后加入文学艺术社团，现在看来美术社团也不错。我注视着海报走神了，心里天马行空地想着。

"请问……"突然我身后传来一个声音。我回头看去，就是刚才看见的那个一脸严肃的男孩。他肩头搭着一个大书包，一副心事重重的样子。

"怎么了？"我回答道。

"姐姐，你是不是和这里的图书馆员认识？"男孩问道，不知为什么看起来很紧张。我想，他可能是看到过我和美弥子姐姐在布告栏前说话。

"是的……你找图书馆员有什么事吗？"我问。

男孩先是犹豫了一下，之后把肩上的大书包拿下来，打开递给我们。

"这是……"我不由得叫出声来。

书包里，魔女贝璐卡正惬意地在空中飞行。这正是《从天而降的魔女》的封面。

"非常抱歉。"男孩把双手放在膝盖上，像鞠躬道歉那样面向桌面低下了头。

桌上摆放着魔女系列、《天猫王国》《空中的桥》《星星的节日》等数十本书——都是那张遗失书单上的书。

在会谈室，我和美弥子姐姐、安川三个人围着这个男孩坐着。

男孩羞愧地埋着头，我们也不知道该说什么，只是沉默。

美弥子姐姐冷静地开口说道："谢谢你。"

"嗯？"男孩抬起头，惊讶地看着美弥子姐姐，"为什么？你看，我还……"

我也很震惊，直盯着美弥子姐姐，我本以为她会狠狠训斥男孩。美弥子姐姐静静地微笑着说："的确，擅自把书带出去是很不好的行为，但你不是又好好地把书还回来了吗？我们很高兴。"

听了这话，男孩疑惑地眨着眼睛。

"可以的话，能告诉我们你为什么要这样做吗？"美弥子姐姐俯视着他，继续说。

男孩名叫高阶健太，是阳山小学三年级的学生。他非常喜欢好看的画，特别是书的封面和插图。两个星期前，他在图书馆偶然看到宫田的插画，一下子就喜欢上了。

"我想在暑假里模仿这位画家的画。"他扫了一眼堆在桌上的书，接着说。

"那你就按正常的流程借书不就好了吗？"我问道，说出口才发现这有点像在质问他。

"你是没有借书证吗？"美弥子姐姐问。健太摇摇头说："我有。那天本来也是要办借阅的，只是……"健太说到这里，又低下了头。顿了一会儿，他抬头朝向我问："男生看幻想小说或者绘本，是不是很奇怪？"

他问得太突然，我愣了一下，舌头也有点打结："不……不会啊。"被他一直注视着,我感觉压力好大,便转向安川问道:"男生会这样吗？"

"这个……"安川皱着眉说，"幻想小说还好，看绘本就有点不好意思了吧……"他很抱歉地说。

"果然……"

看着健太这么垂头丧气，美弥子姐姐问："是不是有同学说了你什么？"

听到这话，健太整个人僵住了，他泄气地点头说："上学期，我在学校图书室里看绘本，被班上的男生看到了，他们就嘲笑我，说男生居然看绘本。从那以后，我就一直因为这件事被嘲笑……直到放暑假，我才松了口气。"

男生看绘本有什么不妥吗？我完全不能理解。但就像刚才安川说的，可能在三年级男生的世界里，读绘本是有一些差劲吧。

健太颤声继续说道："最开始在图书馆里看到宫田的书时，我是想借的。可我拿到柜台时，正好看到班里那群人堵在那里。要是被他们看到我手上又拿着绘本，肯定又要在学校里说我了，但我又很想把这些书带回家……"然后他就把书放到包里，悄悄地背出了图书馆。说到这里，他的声音越来越轻，几乎都听不到了，之后就是低头道歉："非常抱歉！"

"真勇敢呢。"一直沉默的安川说。

"可我……"健太惊讶地抬起头。

安川靠近他说："这事只要你不说，谁都不会知道，但你还是堂堂正正地报上名来承认了，不是吗？我真的认为这是很勇敢的行为。"

听了安川的话，我也点头表示赞同。

看到我们这样，健太赶忙摆摆手说："没有没有。我今天也不是一开始就打算来还书的，我什么都没带就来了图书馆。看到布告栏里的海报时，我才突然觉得一股羞愧感从心底涌出，赶忙跑回家，把书都装到包里带过来了。"

原来真是美弥子姐姐的海报作战策略起了作用。我崇拜地看着美弥子姐姐。

"我告诉你一件事吧。"美弥子姐姐伸手取过书堆中最上面的那本《从天而降的魔女》，开口说道，"这位插画家宫田环是一位男画家。"

"真的吗？"我不由得叫出来。安川和健太也都瞪大了眼睛盯着书的封面。

"千真万确。虽然这个名字看起来像个女生的名字，经常被人误会，但是我曾见过他的照片，确实是位长着胡子、身材魁梧的男人。所以就算有男生粉丝，也完全不奇怪。"

"是啊。"我在一旁声援道，"读自己喜欢的书，是无关男女的。男孩读绘本也没什么好奇怪的。"

健太盯着桌上的书堆沉默了一阵，最后像下了什么决心一般点点头，对美弥子姐姐说："我可以重新借阅这本书吗？我想带到学校去，在教室里堂堂正正地读。"

听完健太的话，我也决心在他还书后，再次正式地向安川推荐魔女系列。

尾　声

是结局也是开端

晴 れ た 日 は 図 書 館 へ い こ う

　“快起床！假期结束啦！”耳边传来怒吼，我吓得跳起来，醒了。
我努力撑开眼皮寻找妈妈的身影，可是房间里并没有别人。

　“快起床！假期结束啦！”从枕边又传来了妈妈的声音。我定
睛一看，发现了声音的来源，不由叹了一口气。还是之前那只闹钟，
看来妈妈又给它换了台词。

　我妈真会挑词，“假期结束啦！”这话真是令人要马上跳下床
来，飞奔出去。你看，人还在睡梦中，假期却结束了，真是没有
比这更悲哀的事了。

　我换好衣服，来到阳台上。秋天凉爽的风轻抚着我的面颊。

　在日本，关于秋天有很多的说法，“食欲之秋”“运动之秋”“阅
读之秋”“艺术之秋”，等等。秋天看起来很悠闲，但是又要吃又
要运动，还要读书、画画，其实也很忙呢。人们不说“阅读之夏”

或者"食欲之冬"，肯定是因为秋天是做什么都很合适的季节吧。

如果要给这些说法排序，那么我一定会毫不犹豫把"阅读之秋"排在第一位，之后再是"食欲之秋""运动之秋""艺术之秋"。后两个的顺序再调一下就更理想了。

"咕咕——"肚子叫了起来，我只好回到屋里，打开冰箱。今天我要去图书馆帮忙准备图书馆节，在那之前，我得先完成"食欲之秋"的目标。

我存好自行车，走进图书馆，在大厅里便遇到了熟悉的面孔——茜茜和竹泽。

"你急着去哪儿呀？"茜茜瞪大眼睛问我。

"你和安川约好了吧？他已经到了。"竹泽笑着说。

"你们俩怎么这么高兴？"看着他俩兴高采烈的样子，我突然想到了什么，"是不是找到《花的名字》了？"

他俩同时点点头。

"太棒了！"我振臂欢呼起来，就像自己遇到了好事那样高兴。之前他俩把《花的名字》一书弄坏了，而由于出版社倒闭，一时买不到新书赔偿。但两人都没有放弃，在暑假的两个月里，他们找遍了各处的书店，还拜托认识的人一起帮忙找。看来这份努力终于换来了满意的结果。

"这是我一个补习班朋友回老家的时候，在当地的书店里找到，帮我买回来的。"茜茜欢欣雀跃地说着，从包里拿出了一本书，是那本浸水胀坏的《花的名字》。

原来两人将购书款还给朋友后，将崭新的《花的名字》送来图书馆，图书馆就将这本浸水胀坏后还坚持工作的《花的名字》替换下来，送给他们了。

这会儿他俩打算带着这本书去笹耳川观察花卉。我目送着他俩穿过大厅。

果然是名副其实的"阅读之秋"，图书馆里人头攒动。我在一楼的柜台附近找到了美弥子姐姐和安川。这时，我身后传来了一个女孩子的尖叫。我回头一看，一个身穿红裙的女孩，手里挥着一本大开本的书，正追着一个身穿牛仔裤的女孩。两个人看起来都是刚要上小学的年纪。

穿裙子的女孩边追赶边用手中的书拍着牛仔裤女孩的后背。

"啊——你打疼我了！"牛仔裤女孩也开始用手中拿着的书应战，两人便打了起来。

图书馆里有孩子追逐吵闹是常有的事，但她俩的行为实在有点过分了。周围的大人纷纷摇头皱眉。我准备上前制止她们，又不知道该怎么开口。

"小朋友。"熟悉的声音从我头顶传来，是美弥子姐姐。她走到两人的面前蹲下来说："别打了，这样会把书打坏的。还有，要保持安静，不要影响别人哦。"

两个小女孩似乎不太能理解她说的话，呆呆地站着。

"呐——我说过了，你们太吵了会惹姐姐生气，会被骂的。"旁边一位正在挑书的女士突然开口说道。看起来她是这两个孩子的母亲。原来她一直站在旁边，也不管管，真是的。

"可是，她——"穿牛仔裤的女孩子想解释。她妈妈直接打断了她，拽起她的手说："可是什么？下次再吵，我就把你一个人扔在这里，我先回去！"

这位母亲说话时全然不顾周围人的视线，直接把孩子拽走了。

美弥子姐姐什么都没说，看着她们的背影，她叹口气站了起来。我也学着她的样子"呼——"地叹了口气，可是心中的怒火却没有办法平息。

那位母亲的态度让我很生气。她那句话绝对有问题，并不是因为会惹人生气、被骂，孩子的行为才不好；即使别人不生气、不骂，两个孩子刚才的行为也是错的。

"你怎么了？"身边传来一个声音。我一看，安川一脸担心地站在我身边，不知道是什么时候过来的。

"没什么。"我摇摇头，强忍住没哭。

图书馆节有很多人一起帮忙准备。不仅仅是图书馆的工作人员，还有每周两次在会谈室召开读书会的"云峰读书会"的人、"云峰俳句爱好会"的人，以及一些不属于任何学会却主动来帮忙的志愿者。

我也主动问美弥子姐姐有什么可以帮忙的。

"嗯，请你帮忙做书签好吗？"

"书签？"

见我一脸疑惑，美弥子姐姐笑着说："就是看书时用的书签。每年图书馆节，我们都会给读者分发图书馆自制的书签，今年的还没做好。"

我和安川来到会谈室，帮美弥子姐姐一起做书签。书签上是空白的，没有文字和画，但纸面上有一些凹凸的点点，是盲文。

空白书签分为两种，据说上面的的盲文分别写着"书籍是通往新世界的大门"与"书籍是打开新世界的钥匙"。

美弥子姐姐要做的工作是在盲文的旁边用小楷将这两句话写上，我和安川则负责在每张书签顶端的孔里系上丝带。我静静地做着，脑海中却又回想起刚才那位母亲的话，心里有些愤懑。可能看见我表情不太对，美弥子姐姐说："我们先休息一下吧。"

她给我端来一杯甘菊茶，据说这种茶有镇定宁神的效果。

"茅野，你怎么了？看起来不太好。"安川担心地问。

"唔……"我喝了口甘菊茶，感觉平静了一些，但心里还是有一些焦虑无法平息。

美弥子姐姐看着我说："有什么想说的，你就尽管说吧。我们在这里说话，房间外面听不到的。"

我有些犹豫，最后还是点点头，一口气喝完了手中的茶，拍着桌子说："那两个孩子，还是在单亲家庭重新出生更好。"

"你这么说也太偏激了吧……"安川皱着眉说。

我做了个深呼吸，把心里的不快和疑惑一吐而尽："就是这样的，只要是单亲家庭的孩子，别人就会把所有的责任都归结在单亲的问题上。像刚才这样，在图书馆里打闹，别人就会说'单亲家庭的孩子嘛'……是打闹的人不好，但别人只会认为是母亲不好。错的是我，责任也在我……"

我的眼泪滚烫地流出，根本来不及阻止。

有一阵子，谁都没有说话。过了一会儿，美弥子姐姐温柔地笑着说："我一直觉得，你真是成熟，像个小大人一样。"

"是过于成熟了吗？"我刚哭完，还说不出话，于是安川代替我问道。

"嗯。"美弥子姐姐点点头说，"心中想的不会直接说出口，而是先在心里仔细地衡量是说还是不说。这点虽然很好、很重要，但是如果把不能说的都闷在心里，就会让心越来越重。"

美弥子姐姐温柔地抚摸着我的头，继续说："刚才你就是心变得太过沉重，一个人难以坚持了。这样的时候，和别人说说也未尝不可。"

头被温柔地抚摸着，我感觉堵在心里的硬块也渐渐消解了。

"其实我也是，"安川点点头，"就像爷爷借书的事，在和茅野商量之前，我也是一个人憋在心里。"

"是吗？"我不由自主地发出声来，声音嘶哑。

"那是爷爷郑重托付给我的。"安川微笑着轻轻地说，"我觉得是件很羞愧的事，不能对别人说，连父母都没说过。但我又真的很希望和谁讲一讲。和你说过之后，我心里轻松了好多。"

我都不知道事情是这样的。原来当我一心想着轮值给花浇水的事时，安川心里想的是这些。我突然回想起我在图书馆里遇到的这些人——佳娜的外婆、健太，可能也都曾经希望能和谁说说心里背负着的事情。

"看来和人交谈，是比我们想象的还重要得多的事呢。"美弥子姐姐像领悟到什么似的，感叹地说。

她拿起桌上的一枚书签，说："这书签上写的句子，是我想的，但其实是参考了一本书。"说完，她闭上眼睛，像唱歌一样背诵起来：

"语言是我们的剑，是盾，是食粮，是恋人。

语言有时可以抵挡剑，破坏盾，隐藏食粮，夺走恋人。

当你驶入语言的海洋，语言就是船。

当你飞翔在语言的天空，语言就是翅膀。

有一天，如果你踏上新世界之旅，

一定会借助语言的桥梁渡过语言的河流，

用语言的钥匙打开用语言做成的大门。"

美弥子姐姐说的话有些难懂，我没能全部理解，但安川感叹道："好厉害！"

我惊讶地凑到安川的耳边，悄悄问他："安川，你都听懂了？"

"啊？"安川瞪大眼睛，慌张地摇摇头，"我只是觉得叶山小姐能够记住这么长的文章，好厉害……"

原来是这样，我忍不住笑了出来。安川和美弥子姐姐看到我的样子，也一起笑了起来。

"快起床，早晨了！"

耳边又传来了怒吼，我迷迷糊糊把手伸向枕边，想把闹钟关掉，但今天的触感怎么和往日不一样？我一用力，闹钟的声音突然变了："啊——疼——"

我睁开眼，定睛去看手里抓着的东西，那是妈妈的头发。

"哎呀，妈妈，你在干什么呀？"我从床上跳了起来。

"干什么？当然是叫你起床啊！"妈妈皱着眉，揉着头说，"今

天你不是要去参加图书馆节吗？"

"咦？已经到时间了吗？"我赶紧把闹钟抓过来看。原来我已经睡过了一个小时了。肯定是我半梦半醒间关了闹钟，又接着睡着了。

"早饭已经准备好了。"妈妈说完，走出房间。我急忙追在她后面说："妈妈，你也一起去吧？美弥子姐姐说，这种活动大人也会觉得很有意思的。"

"嗯……"妈妈露出了为难的表情，"我得去上班了，一会儿要是有时间，我再过去。"

上班啊，那是没办法了。

"我今天会一直待在图书馆，你要是能来，一定要来啊。"我说着。妈妈正准备出门，微笑着点了点头。

图书馆节要从早上十点开到下午四点，但并没有特别的开幕式演讲或者会议。图书馆借书还书还是照常进行，一直到下午六点。同时，这期间还会开展很多活动，因此图书馆员都相当忙碌。

我到达图书馆的时候，活动已经开始了。布告栏前围了很多人，上面大概贴着今天的活动日程。不过，如果只是一般的日程表，不至于围这么多人吧，而且很多还是小孩子。

我走上前，到了看得清布告栏的地方，找到了原因。

布告栏上写着"今日日程"，并排贴了好多张海报，每张上面都有魔女贝璐卡，感觉就像贝璐卡在使用魔法为大家介绍。

好厉害，我一边想着，一边靠近海报仔细端详。我反复读了几次上面的内容。上午在三楼的会谈室，会有"故事座谈会"，下午在自习室有一位名叫关根要的作家的演讲。此外，今天一整天在户外停车场会有二手书集市。每个来参加活动的人都可以领取一枚我们帮忙制作的纪念书签。

海报上，魔女贝璐卡和凯丽条理清晰地介绍了这些项目。

"怎么样？挺不错的吧。"不知什么时候，美弥子姐姐抱着一堆书站到了我身边。

"嗯！"我赞赏地点头说。

"不过这次可不是我画的。"美弥子姐姐笑起来。

"啊？那是……"

美弥子姐姐要把书搬到柜台那边去，我们边走边聊。

"海报的内容是我设计的，"美弥子姐姐轻声说，"但是画可是健太画的。"

据说是健太自己想要赔罪，问有没有什么可以帮忙的。

"我就对他说，你是因为喜欢画而给图书馆添了麻烦，那就以画画来赔礼吧。"

这时，办公室那边有人叫美弥子姐姐。"来了。芊芊，失陪了。"说着美弥子姐姐走开了。我回到大厅，正好看到安川在看布告栏，就跑去和他打招呼。

"海报做得真好！"安川感叹道。在我的大力推荐下，安川也读起了魔女系列，开始时读得很慢，现在已经满心期待新书，成了不折不扣的贝璐卡粉丝。

"是叶山小姐画的吧？"安川问道。

听我说完实情，安川比刚才更加感慨了。对我来说，能画出这么多这么好的海报，魔女系列一时半会儿不见也不打紧了。真不愧是美弥子姐姐，竟想到让健太来画海报，这才是最令我敬佩的地方。

"我先去还书。"我打开背包，走向比平常还要拥挤的柜台。

我们排在队伍最后面，安川瞄着我手里的书。没什么好隐瞒的，于是我拿出来给安川看。

这是文库本的《初恋》。

"好看吗？"安川问。

"说真的，不太能看懂。"我说着，吐了吐舌头，"你试试？"

"我？这么难的书，我肯定看不懂的。"安川皱着眉说。说起来，安川之前拿的那本是有很多汉字的特别难懂的古本。

"文库本没有那么难。"

"唔。"安川留下一个没有精神的回复，走回布告栏附近。

我打算下午去听听那个作家的演讲。他是写成人书的，不要说读过他的作品了，之前我连他的名字都没听说过。但美弥子姐姐推荐我去，说只是听听他说的也挺好的。

还完书，我就想，听演讲之前做点儿什么好呢？

"沙沙——"有谁在扯我的衣角。这个感觉好熟悉，我满怀期待地回过头。

"大姐姐——"果然是佳娜。今天她穿着红色的裙子，配着白衬衫，头上扎着粉色的缎带。

我下意识地环顾周围，没看到她外婆。

"佳娜，你又是一个人来的？"我正想着是不是应该联系她的外婆，一位不认识的女士边笑着边走过来跟我打招呼："您好。"她的个子很高，长得很美，一身裤装西装更是美得令人羡慕。

佳娜跑向她，开心地叫道："妈妈——"

我呆住了，难道说……

"您好，请问您是……"我问道。

"您是茅野吧？"这位应该叫水野远子的女士，牵着佳娜的手走向我，深深地鞠了一躬，"我从母亲那里听说了，谢谢您照顾佳娜。"

"啊，哪里哪里。"我不知道该说什么，就问："您康复了吗？"

"嗯。"水野女士笑着点点头，"我今天也是来工作的。"佳娜高兴地站在旁边，环抱着她的腿。

"工作？"

"和出版社编辑的讨论会。这次我准备写一部悬疑小说。"

"书名定了吗？"

"还没有，"水野女士扮了个鬼脸，说，"暂定的名字……想叫《怪盗的秘密计划》。"

我在脑子里书写这个书名，猜想着这个系列可能会是为谁而作，是不是又有着不为人知的纪念意义呢。

水野女士要去灯亭见编辑，分开的时候，佳娜牵着妈妈的手边走边回头和我挥手说拜拜。

我也对她挥手，在心里暗暗为她加油。没有爸爸，不论对于孩子还是母亲，都是挺辛苦的。

"芊芊。"有人叫我的名字，我回头一看，美弥子姐姐正在楼梯边上冲我招手。

"佳娜的妈妈出院了。"我们一起走上台阶。

"好像是的,刚才我见到她外婆了。"

"最后她们告诉佳娜她妈妈住院的事了吗?"我问了刚才没问出口的问题。

"据说是说了。不知道佳娜到底听懂了多少,但总之她们好好和她解释了前因后果。"

不管谈话内容小佳娜能不能理解,但我想大人们仔细跟她解释的场景,一定会留在她的记忆里。

走上二楼,美弥子姐姐把我带到了放着本地资料集的一角。以往用来查资料的长桌上铺着白色的桌布,展示着历史资料和一些古籍。

其中一张桌子的主题是"云峰市立图书馆的历史"。我"啊"的一声,惊讶地叫起来。

桌子上摆放着安川还回来的昭和三年出版的《初恋》。

"这是图书馆的藏书里最古老的一本。"美弥子姐姐在一旁解说着。我又翻看了一下书,这本书里用的汉字还是很难懂,即使我现在在读文库本,也还是看不懂。

美弥子姐姐还有工作要忙,就先走了。我独自在陈列历史资料的角落转了一会儿,正想着快到时间,该下楼去了,突然听到了"啪嗒啪嗒"特别响的一阵脚步声。

"妈妈——"有人尖声叫着,在书架之间奔跑。"这个——"一个穿着短裤的精神的小男孩,正捧着一本动物图鉴跑向一位可能是他妈妈的女士。这位女士自己正忙着挑书。

"不行，这种你肯定看不懂的。"她看都没看，就断定地说。于是男孩"呀——"地发出一声没有意义的尖叫，又开始在书架之间全速奔跑。

今天是图书馆日，有一点点吵闹是没有办法的，但这也太过分了。而且，这么跑很可能会撞到人。

我深呼吸了一下，走到男孩面前，慢慢地说："这里是图书馆，不能跑跳喧哗。"

男孩先是诧异了一下，马上流下泪来，"妈妈——"哭着跑去妈妈那里了。

我的口气有这么严厉吗？我有点受打击。

"你看，我说过了。"他妈妈拉着他的手，从书架中间走出来。她往我的方向看了一眼，接着说："你再吵，又要惹姐姐生气，又要被骂了。"她吓唬他说。

我看到了他妈妈的脸，但是他妈妈没有再看我，扯着男孩的手，准备带他离开。

"您说得不对。"上方传来一个声音。我回头仰看，是一个穿着西服的男人，他严厉地看着那对母子。

"嗯？"这位母亲惊讶地站住了。那个男人静静地接着说："您刚才说的不对吧？"他的音量不大，但是很坚定、很有穿透力。周围的人都以为发生了什么事，纷纷看向这里。

那个女人很不高兴地说："你是谁？"

"我是谁与此事没有关系。"那个男人说，"总之，您说得不对，你家的孩子不应该吵闹，这不是由于这个女孩子生气了，而是因

为这里是图书馆。"

那位母亲的耳朵变得通红："我为什么要听你说这些！"

"因为你说得不对。"那个男人还是很冷静，"如果因为会被骂而不能做，那谁都会只要不被骂就继续这么做，就会发展为不被人发现就可以做不对的事。但这是不对的，我们应当制止。在孩子长大成人之前，大人们有义务教给他这些……"

没听完男人的话，那个妈妈就牵着男孩走了。

男人叹了口气，转向我说："你很有勇气。"他的大手轻轻地摸了摸我的头，往不远处看去。

我回头，看到美弥子姐姐正在那里对这位男士低头致意。这位先生也害羞地笑起来，说："再见。"

不知道为什么他对我说了这样的话后，像逃跑一般迅速走下了楼梯。

我举起手，拍了拍自己的脑袋。还真是蛮不好意思的。

我和安川一起去了下午一点开始的演讲。安川想观摩一下，为阳山节组织活动做准备。美弥子姐姐坐在靠近入口的位子上。

到了一点钟，看到在众人热烈的掌声中走进会场的作家，我"啊"地叫出声来。走上讲台的正是刚才表扬我很有勇气的那位先生。

"感谢大家在百忙之中参加本次活动。关根要先生的演讲现在开始。"玉木阿姨拿着话筒主持，"十年前，以《铅笔画的素描》进入文坛的关根要先生，陆续发表了多部力作……"

一边听着关于关根要的介绍，我一边看着他的脸。怎么总感觉以前在什么地方遇见过他，有点熟悉。

关根先生向大家敬礼之后，静静地开口了："以前我曾经住在这个城市。"咦？各种惊讶声在会场响起。关根先生笑了笑继续说道："也常来这个图书馆。可以说，这里是我写小说的学校。此刻坐在这里，我感觉就像回到母校一般。"

他演讲的内容主要是介绍自己的作品以及写小说的技巧，对我来说有些难懂。但是，演讲会后半段的问答环节，有人问他的兴趣爱好、喜欢的作家、童年趣事等，还挺有趣的。

最后到了即将结束的时间。

"结束前，请允许我讲一点儿私事。"关根先生缓了口气，昂起胸膛说："十年前，我离婚了。"话音落下，整个会场沉静下来。我不由自主地看了美弥子姐姐一眼，她正好也在看我，和我点头致意了一下。

关根先生慢慢地接着说："以离婚为契机，我和妻子终于有机会坐下来好好地长聊了一次。但是对于当时刚出生的女儿，我却没有机会做任何解释，就分开了。我一直希望能有机会跟她聊聊我和她妈妈为什么要离婚。我想这一定是个非常难的课题。对我来说，写小说是工作，但也是在训练我如何与女儿进行对话。语言有方便之处，也有不便之处。可以做到什么都传达，也可能什么都传达不到。理解、误解，都是因语言而生。最后，我想以拙作第一部中的一节，作为今天演讲的收尾。"关根先生深深换了口气，响亮地朗诵道：

"语言是我们的剑，是盾，是食粮，是恋人。

语言有时可以抵挡剑，破坏盾，隐藏食粮，夺走恋人。

当你驶入语言的海洋，语言就是船。

当你飞翔在语言的天空，语言就是翅膀。

有一天，如果你踏上新世界之旅，

一定会借助语言的桥梁渡过语言的河流，

用语言的钥匙打开用语言做成的大门。"

关根先生低头鞠躬，会场上响起了响亮的掌声。我也赶紧鼓起掌来。等到他走出会场，掌声停息，我还坐在椅子上，没有动。

美弥子姐姐担心地看向我，"芊芊，你没事吧？"

我终于站了起来，问道："美弥子姐姐，你早就知道了？"

她点点头说："从辈分上来说，他也算我的叔叔。这次不是我邀请的，是馆长以故乡机构的身份邀请他来的。"

我还有点迷惑，接着问："我妈妈也知道这事吗？"

"我告诉了她……"我们俩环顾会场，并没有看到妈妈的身影。也可能她说今天要上班是骗我的，她不想和爸爸打照面。

我走向大门，安川叫住我说："那个人，莫非是……"

我没有回答。之前我曾简单地和安川说过家里的情况，可能他也体会到了我的心情，没再接着问下去。

"我们回去吧？"我问，安川"嗯"了一声，点点头。

走到图书馆大门时，安川突然说："啊，我差点儿忘了，等我一下。"

他慌里慌张地跑回馆内。

怎么了？我疑惑地追在他身后。只见他走到文库本的书架，取下来一本薄薄的书，走向借阅柜台。回头看到我后，他又慌慌张张把书藏到了背后。

"那是……"

安川手中拿的正是我刚才还掉的书。

"啊，嗯，我也想看看。"安川的耳朵瞬间变得通红，我的脸也跟着红了起来。

"我回来了。"我打开家门，发现妈妈已经回来了。她正坐在客厅里发呆，不知道在想些什么。

"我回来了——"我大声叫道。妈妈从椅子上惊跳起来："啊，欢迎回来，你好早啊。我们吃晚饭吧？"

"什么呀，现在才刚刚傍晚，太早了吧。"我说。

妈妈看看墙上的钟说："啊，是哦。那我们喝点茶吧？我买了蛋糕。"妈妈走向厨房。

我对着她的背影叫道："妈妈——"

"嗯？"

"我今天见到爸爸了。"

妈妈停住脚步，回转身，"是吗……"然后她什么也没有说，只是严肃地点点头。

"妈妈，"我深深地吸了口气，下定决心说，"我想读读爸爸写的小说，我们家有吗？"

妈妈定住了。过了一会儿，她终于摇摇头，开口说道："有是有，但都在外婆家。难得你要看，去图书馆借本回来吧？"说着，她笑了。

第二部

图书馆的小奇迹

ちょっとした奇跡

比如，仰望蓝天，有时会看到好像小猫的云朵，望向星空，可以看到天鹅形状的星座。

　　但是，蓝天里当然没有猫，夜空中也没有天鹅。能看出小猫和天鹅，靠的是全人类自己的想象力。

　　正因为拥有想象力，人们才会享受四季，心怀梦想，体恤他人。

　　这本书里写的，就是由人类想象力带来的五个小小的奇迹的故事。

　　　　　　　　　——关根要在《小小的奇迹》出版发行纪念采访中所谈

第 一 个 谜 题

移 动 的 狗 粮

晴 れ た 日 は 図 書 館 へ い こ う

我在天空中飞翔。

远远看去，在地面上，我家所在的公寓楼、我上的阳山小学校舍就像微缩玩具那样小。

"哇——太厉害了——"

我探出身子，正想再仔细看看，突然身体失去了平衡。情急之下，我伸手抓住了身边的东西。

"啊，痛痛痛痛。"屁股下面传来一阵悲痛呜呼。

"你太过分了吧，芊芊。"坦托眼中噙着泪，扭过头用怨恨的眼神看着我。

"啊，对不起。"我慌忙一边向他道歉，一边松开了手。我用力抓住的东西原来是坦托那毛茸茸而雪白的尾巴。

我现在正骑坐在天猫的背上，飞行在阳山町上空。

所谓天猫，就是在空中飞行的猫，背上有一对很大的翅膀。很早很早以前，它们与在陆地上行走的陆猫们分别后，就在云上建立了属于自己的王国。

这个王国里有四位王子，但最小的四王子离家出走了。因此，王国里的天猫们在分头寻找四王子的下落。

"牢牢地抓住我哦。"

坦托说着突然提速，忽地一下就飞越过了被枫叶染红的云峰山。风大得让人睁不开眼睛。大风迎面吹来，我赶忙用手挡住自己的脸。

我们要去的是海对岸的玛莎岛。传说，天猫和陆猫的祖先就出生在那座岛上。坦托是王宫园艺师的儿子，又是四王子孩童时代的玩伴。据它所说，四王子从小就希望有一天能去验证一下这个传说的真伪。

我蜷缩起身子，以抵抗住风压。在太阳光的反射下，前方呈现出一片波光粼粼的景象。

"是大海！"

我情不自禁地直起身子，正在这时，坦托突然大叫一声："妈呀！"

从腰间吹来的强风一下子让它的身体失去了平衡。

我一边剧烈地晃动着，一边死命拉住冲向云霄的坦托。

"……芊。醒醒，醒醒，芊芊。"

耳边好像有人在呼唤我的名字。睁眼一看，原来是妈妈在轻轻地摇晃着我的身体。

"……咦？"

我直起身子，口中自言自语道："玛莎岛呢？坦托在哪里呀？"

"你在说什么梦话呀？"妈妈一脸错愕地站了起来，把手叉在腰间，说道，"虽然今天是星期天，但是你打算睡到什么时候呀？你今天是打算去图书馆的吧？"

"啊？已经这么晚啦？"我开始找寻闹钟。我那心爱的闹钟不知为何从床上滚落到了很远的地板上。闹钟好像被按停过一次，也许就顺势被扔到了远处。

"你又看书看到很晚吧。真是的，你这孩子一旦开始看一本书，就停不下来……"我一边听着妈妈的小声嘀咕，一边将目光投向枕边摊开的《天猫的传说》。这本书是《天猫王国》一书的续集，是天猫系列的第二部。

我恰巧是读到天猫们飞向空中，出发寻找四王子的场景后睡着的，难怪做了那样的梦呀。

"妈妈现在去上班，你出门的时候不要忘记锁门、带钥匙哦。"

"知道了——"我在回答的同时，打了个哈欠，等再抬头看时，房间里早就没有了妈妈的身影。

我从床上下来后伸了个大懒腰，然后拿起《天猫的传说》就走出了房间。

在切片面包上涂上比萨酱，然后再放上芝士，这速成的比萨吐司一口气就被我消灭了，我把盘子端到厨房，将匆忙出门去上班的妈妈的那份也一并洗了。谁有空余时间，谁就负责做家务，这是我们两个人一起生活的规矩。

和爸爸离婚后这十年来，妈妈一边在老家一个小出版社里工作，一边一个人将我抚养长大。因为是个小出版社，所以还会亲自去采访，然后写写报道之类的，有时还会兼当摄影师，像今天这样，从星期天一早开始就要去工作的情况也并不少见。即便如此，妈妈也一直努力坚持下来，她喜欢做杂志。

顺便说一句，我爸爸是小说家。也就是说，我喜欢看书这一点是遗传自父母。

我并不知道他们为何离婚。然而，我一直坚信总有一天他们会亲口告诉我原因。因此，我决定等待，他们不说，我也不问。

在换了睡衣来到阳台后，我抬头仰望天空。

与如同海报一般色彩鲜明的夏日里的蓝天所不同，秋天的天空在哪里都是一种通透的、像水彩颜料那般的蓝色。

我住在一幢五层公寓楼的顶层，走到阳台上，恰巧就能从正面看到刚才在梦里飞越过的云峰山。在云峰山的上空，有数片小云朵，就好像羊群一般缓慢地移动着。

我昨晚看书看到那么晚，并不是因为现在是"阅读之秋"，（如果要这么说的话，那么对于我而言，一年到头都可以算是"阅读之秋"了吧。）而是因为这本书今天就到期了，我却还没看完，这是非常少见的。

原因是昨天和前天整整两天都在举办阳山文化节。

阳山文化节是阳山小学于每年十月底召开的迷你校园文化

节，五、六年级的学生以班级为单位，每班开个店、摆个摊呀，或者当场制作些什么东西。

在经过多次商讨之后，我们五年级三班决定搞一个"鬼屋"。我们用纸箱将窗子都封闭起来，在一片漆黑的教室里，以暗幕为道具设置路线，让游客们通过。

我们设计了"入门"和"高级"两种路线，在细节处下了不少功夫，例如将黑色垃圾袋切成条状，从天花板上垂下来，长度可触及游客的脸，再用电吹风吹出一些温和的热风。布置成的鬼屋虽然大获成功，但是准备工作非常忙碌，最近几乎都没有时间看书。

然而，这些到昨天为止就结束了。明天是星期一，又碰上调休日，有整整两天的时间，可以看自己想看的书。

我手扶着栏杆，身体稍稍探向秋天的天空，深深地吸了一口气。这么好的天气，一直闷在家里实在是太浪费了。

我把借的书塞进心爱的双肩包里，飞奔出了房门。

从我家公寓到图书馆，骑自行车只需要五分钟。

我一踩自行车踏脚板，清爽的凉风就迎面扑来，包围了我的全身。因为这风吹在身上实在太舒服了，我选择了绕点远路。

在秋天里，风吹动的声音叫"秋声"，这是表姐美弥子告诉我的。

虽然秋天不像春天那样有樱花"啪"地一瞬间盛开，也不像夏天那样有蝉"吱——吱——"地鸣叫，更不像冬天那样"唰唰——"地下雪，但是秋天是靠风的声音，静静地告诉你秋姑娘的到来。

我一边听着秋声，一边骑向云峰湖。绕着湖边骑了半圈后，我把自行车停在了长椅旁。

云峰湖是一个一圈至少有两公里的小湖。如果早上再早一点儿来，就能看到很多人在湖边慢跑或散步。但现在可能是因为时间上有点不尴不尬，所以只有一个看上去像是低年级的小男孩，牵着一只小柴犬在散步。

我在长椅上坐下，从双肩包里取出读到一半的书。

眼前，透明的秋风吹拂在平静的水面上，形成一些细小的微波，水面上波光粼粼。

抬头仰望天空，一片小猫形状的云朵从头上飘过。

我觉得自己就像是在继续做梦一样，将书打开放在膝盖上读起来，和天猫们一起出游。

等我终于读完了《天猫的传说》，抵达图书馆时，早就已经过了中午。

云峰市立图书馆具有六十年以上的历史，是一座乳白色的三层建筑。一楼陈列着面向大人的小说以及面向儿童的书籍；二楼摆放着小说以外的书籍——例如科学、历史、烹饪、手工、美术等方面的书，馆藏的书多得一辈子也读不完；三楼则是为想要学习的人提供的自习室，以及为召开俳句会等开设的会谈室。

我存好自行车，正要进入图书馆时，忽然好像听到"喵"的一声猫叫。我在自动门前停住了脚步。

在图书馆的入口处，蓝色和绿色还书箱并排站在一起。所谓还书箱，就是图书馆闭馆之后以及休息日的时候，为归还所借书籍所设的一个箱子。我对着还书箱另一面窥眼望去，一个白色的小小的身影像飞一般一晃而过。

我正好刚读完一本关于小猫习性的书，想看看那是一只什么猫，但是那只猫的速度实在太快了，我没能赶上。

太可惜了，我叹息了一声，正想进入图书馆，忽然发现还书箱背后有个什么东西，于是又停下了脚步。

以前，还书箱里被扔进过罐装咖啡，一度还禁止使用了。因为记得有这么一件事，我条件反射性地将东西捡起，不由得皱了一下眉。

这不是咖啡，也不是果汁，是个空空的狗粮罐子。

图书馆一楼的入口处摆放的是成人小说，往里一点儿的地方排列着儿童书籍，这一层的正中央，有一个借还书的柜台。

真不愧是阅读之秋，柜台处排成了长龙。我排在队尾，从双肩包中取出了书。

"要赔吗？"柜台处传来一个女人尖利的声音，"我不必非得赔吧？图书馆不是不收钱的吗？"

我伸长了脖子，偷偷看向队伍前面。一位推着婴儿车的女子正横眉竖眼地和图书馆员争论。

"还没有确定是不是要赔。"在那边僵持着的是玉木阿姨。玉木阿姨跟我妈妈差不多年纪，戴着一副银边细框眼镜。她在云峰市立图书馆工作了近十年，虽然有时说话非常严厉，但她是深爱书籍和图书馆的人。

玉木阿姨身体从柜台上微微探出，尽力解释着："书我们暂且收下了，还要看一下破损程度，如果损坏严重，可能会向您收取一定的费用。"

"我这不是没办法嘛，是孩子把杯子弄倒了。"女子说到这里，用不屑的眼神看着玉木阿姨，说道，"这种情况应该很多见吧。"

"图书馆里的书是大家的共同财产……"

"对啊，那就没什么关系了吧？"

她居然说得这么轻描淡写、理所当然，我都惊呆了。她还在说着："你说是大家的财产，那也就是说也属于我了？那我把自己的东西弄脏了，竟然还要赔钱，这不是很奇怪吗？"

"可是……"

玉木阿姨耿直地继续跟她讲道理，僵持中队伍越来越长，气氛也越来越差。排在我前面的人已经在不耐烦地咂舌头。这时，从隔壁柜台那里传来了清脆的招呼声："让您久等了。后面排着的客人，请到这边来。"

顿时排成长龙的人们都长舒了一口气。柜台中穿着绿色围裙的美弥子姐姐微笑着向大家鞠躬致意。

美弥子是我的表姐，她是我姨妈的孩子。大学期间她考取了图书管理员证书，从去年开始在云峰市立图书馆工作。她长得漂亮，又温柔优雅，还看过许多书，是我在阅读方面的启蒙老师，也是我崇拜的女神姐姐。

"我要还书，麻烦您了。"

队伍在快速地变短。终于轮到我了，我把《天猫的传说》这本书放在最上面，将四本书叠在了一起。美弥子姐姐迅速地把书放在读取条形码的机器上扫了一下，确认完电脑画面后，微笑着说道："好了，可以了。谢谢您。"

其实，我还想和她再多说几句话的，但是我身后还有很多人在排队，于是我只能在胸前小幅度地挥了挥手，向她告别后，就离开了柜台。

在走过柜台时，我伸长脖子偷偷瞥了一眼，柜台上摊开的那本书好像是被类似红茶之类的东西泼洒到了，整页都被染成了茶褐色。书都已经那样了，还真是不能再放回书架上了吧。

我想起了几个月前发生的一件事。

今年夏天，我班上的同学也将图书馆的书弄脏了。那时，美弥子姐姐告诉过我，如果发生把书本弄脏，或者把书撕坏的情况，一般而言，图书馆是不会收取赔偿费用的。

图书馆的每本书都会被套上一个透明的塑料封皮，然后贴上条形码，最后必须将条形码的内容都输入到电脑上。也就是说，人们在每本书上所花费的精力和金钱都远远超过其本身的价格。

因此，如果书还能被修复的话，图书馆会尽其所能地修复，使其能够再次投入使用。如果无论如何都修复不了的话，那么图书馆会要求读者再去买一本相同的书，以实物来进行赔偿。顺便提一句，我同学之前弄脏的书已经绝版，原来的出版社也已经倒闭，但是我同学仍然不放弃，一直在寻找，功夫不负有心人，最后终于找到了相同的书。于是，她把找到的书本赔偿给了图书馆，然后将自己弄脏的书取了回来。

我把这件事告诉了妈妈，妈妈说："这本书对于那个孩子而言肯定是一辈子的宝贝了。"同样都是弄脏了的书，对于有些人而言，它是宝贝，而对另一些人而言，它就只是一叠脏了的纸罢了。

按照往常的话，我还完书以后，一般会轻快地走向儿童阅览区，但是今天不知道为何，突然感觉心情变得沉重起来。为了转换一下心情，我爬向了通往二楼的楼梯。

和一楼相比，也许是因为孩子们比较少，二楼比较安静，能让人静得下心。

在我看来，图书馆就是书的森林。沿着路标一步步走自然很快乐，但是有时故意迷一下路，绕远路走一回，也有可能会与自己意想不到的书相遇。那时，自己就像一个旅行者突然发现了新大陆那样喜悦。

据美弥子姐姐说，如果只是为了"找书"，只要有知识就足够了，但是如果希望能"与缘分之书相遇"，就只能自己一圈圈走寻了。

为了追求新的缘分，我在"森林"中一圈圈走着，忽然听到一声"您昨天辛苦了"。

我抬头一看，美弥子姐姐正抱着一摞高到她脑袋的书，站在我面前，冲我微笑。

"哪里哪里，您才辛苦呢。感谢您昨天特地到来。"我深深地鞠了一躬，抬头看着美弥子姐姐的脸，呵呵笑了。

在昨天的阳山文化节上，美弥子姐姐和妈妈两人作为宾客前来游玩。体验"鬼屋"项目时，妈妈"啊呀""呜哇"地惊叫个不停，而美弥子姐姐却像是在公园里散步一样，沉着冷静地走到了终点。

在回家的路上，我悄悄地问美弥子姐姐："你不害怕吗？"她也悄悄地在我耳边回答道："其实我在高中时的文化节上，也做过鬼屋。所以，我看到你们花了不少心思的布置，与其说害怕，倒不如说觉得很有意思。"说完，她又调皮地坏笑起来。

如果换做是我，估计双手抱都抱不动那堆书，美弥子姐姐用自己的身体和一只手支撑着书，另一只手熟练地将书一本本地放到书架上。一眨眼的工夫，书一下子都回到了原本的位置。

这么细的手臂竟会有这么大的力气。我佩服地望着她出神。

"芊芊，你是要查什么东西吗？"美弥子姐姐一边将最后一本书放回书架，一边问道。我正想摇头，突然想到自己确实有要查阅的东西。

"有没有什么关于猫咪习性的书呀？"

"猫咪的习性？"

美弥子姐姐真的像猫咪那样，睁圆了双眼，问道："芊芊，你是要养猫吗？"

"没有没有，不是这样的……"我把刚才在图书馆入口处看到类似白色猫咪身影的事情告诉了她，"所以我想，猫咪是不是也会吃狗粮呀。"

我说着，歪头思索起来。

"吃的哦。"令人惊奇的是，美弥子姐姐竟然如此轻描淡写地断言道。

据美弥子姐姐说，过去，她的妈妈——也就是我的姨妈，在一次什么悬赏比赛中，意外赢得了大量狗粮，结果只能到处发给附近的邻居。

"那时候，养猫的朋友试着将狗粮给猫咪吃了，据说猫咪吃得很欢呢。"

"嗨，原来如此。"

不知为何，我总觉得狗应该喜欢吃肉，猫咪应该喜欢吃鱼，但其实这其中应该并没有什么关系。

"不过，是谁把狗粮放在那里的呢？"美弥子姐姐小声说道。她皱起眉头，陷入了沉思。

"应该是图书馆的工作人员吧。"

"但是，你说的那地方应该是正门玄关处附近吧。我觉得如果是工作人员的话，应该不会在那里放东西……"

美弥子姐姐一边说，一边将目光投向了这一层最里面有温柔阳光照射进来的大窗户。我追随着她的目光，朝那里望去，终于明白了。

位于正门玄关正背面的窗户下，有一棵很大的栗子树，粗壮扎实地占据着狭小的里院。那里原本是要建成停车场的，但是正门玄关前已经有足够宽阔的场地用来作停车场，所以后来改变了计划，现在这块地就和空地没什么两样。天气晴好的日子里，人们经常可以看到猫咪蜷缩成一团，躺在树下打盹儿。如果是图书馆工作人员要放置狗粮的话，那么肯定会选择这个里院，而不是人流如潮的玄关。

我问道："图书馆里不让带宠物进来吧？"

"嗯，是的。"美弥子姐姐点头表示同意，"但如果是导盲犬这样的，又另当别论了。普通的宠物不论怎么听话，总归会给其他读者添麻烦。"

美弥子姐姐快速地看了一眼书架侧面的贴纸，从角落处取出了一本书，说道："因为会发生这样的事情哦。"

我拿起书，简直不敢相信自己的眼睛。这本书叫《假如与狗一起生活》，封面上画着人和狗友好地在街上散步的场景，但是狗的后腿处以及封面的边角处被撕了个稀巴烂。很明显，这是被动物啃过的痕迹。

"我们已经尽可能地去修复了，但还是……"我一边听着美弥子姐姐的叹息，一边"唰唰唰"迅速地翻看了一下。这本书大致说的是第一次养狗的人如何与狗一起度过愉快的时光，书中配有不少可爱的插图，解说得浅显易懂。

"这种情况不赔偿也可以吗？"

我突然想起刚才在柜台处的争执场景，问道。

"说实话，其实是想让读者赔的……"但是实际上，很难实现的啦，美弥子姐姐无可奈何地耸了耸肩。因为在外借书的时候，不可能每本书都拍好照片作证，所以当读者说书在借的时候就已经坏了，那也没有办法反驳。

"不过算了，反正图书馆里也有专业的修复人员，稍微有点破损也没关系……"

美弥子姐姐就像是自己受伤了那样，一脸愁容，用手指抚摸着破损的地方。

"刚才那个女子说的话中，有一点我也是赞同的。"

看到我说话时一副认真的表情，美弥子姐姐流露出"是什么"的惊讶表情。

"我想说啊。"我稍稍挺了挺胸，在美弥子姐姐耳边窃窃私语道，"'图书馆的书就是自己的东西'这句话。可不是嘛，我刚才看到书的时候，就觉得像是自己的书被弄脏了一样，心里难过极了……"

"是呀……"美弥子姐姐苦笑了一下。比起我，在图书馆里工作的美弥子姐姐肯定会看到更多"自己的书"被弄脏、被损坏的情况吧。

"不说这个了，芊芊。"美弥子打破了原本沉默的气氛，换了个语气对我说道，"你今天要借的书已经确定好了吗？"

"还没有。"我突然有一种预感，兴奋得心潮澎湃，一个劲儿地摇头。

"那要不要看看动物到图书馆来的故事呀？"

"要看！"我用力地点了点头。虽说一个人在森林中探险也不错，但是有美弥子姐姐指点的话，书的森林会变得更快乐。

那天，我最后借了三本书回家。一本是《森林里的图书馆》，讲述的是人类的孩子由于迷路，来到了年老的兔子馆长为森林里的动物们建造的图书馆里的故事。

另一本是《狐狸的借书证》，讲述的是狐狸宝宝在森林里捡到了一张借书证后，到处向森林里的动物询问借书证使用方法的故事。

还有一本是《云端上的还书箱》，讲述的是过去会飞的企鹅为了归还老祖先所借的书，努力来到为鸟儿们建造的云端上的图书馆的故事。

我在回去时又瞥了一眼，放狗粮的空罐头不知何时消失了。

阳山文化节结束后，一下子就深秋了。从阳台上可以看到的云峰山的枫叶也红到了山脚，而且覆盖面积越来越大。

细雨不知道从何时起静悄悄地下了起来，又不知道何时停了下来。这是星期三放学后，窗外可以看到被雨水冲洗过的蓝天格外清爽。

在像是剪碎的棉花毯似的白云中，我正努力找寻着猫咪形状的云朵，忽然听到身后有人叫我："芊芊。"

我回头一看，是同班同学北川京子在叫我。她神色凝重地站在那里，问道："今天是你值日吗？"

我摇了摇头。所谓值日，是指我加入的园艺委员会，大家需要每天轮流给花草浇水。京子好像放心下来，吁了一口气，说道："那你能不能陪我去一趟图书馆呀？"这么说着，她双手合十，一副拜托了的表情。

"可以是可以……怎么了？"我问道。

我隔一天就要去一次图书馆，陪她去一趟完全没有问题，但是我可是第一次受到京子如此拜托，不知到底发生了什么事，正这么想着，忽听京子说道："这是从图书馆里借来的……"

　　京子一边崇拜地看着我，一边拿出了两本书。书名分别是《会去买的怪谈》和《你所处地区的恐怖故事》。两本都是面向儿童的怪谈书籍。

　　"我不小心把它们弄脏了……"京子低下头小声说道。如果仔细看，确实会发现这两本书的封面都被红色和黑色的颜料弄脏了。在阳山文化节中担任执行委员的京子为了参考鬼屋的布置方法，将从图书馆借的书带到了学校，在准备过程中不小心将颜料打翻在书上了。

　　"我自己也想尽可能把书弄干净后再还，但要赶不上最后还书日了……"京子的声音越来越小。

　　"不用担心，没关系的。"我用力地点了点头，安慰道，"因为图书馆里有专业的修复人员。"

　　"嗯，这么一点点的话，没有关系。"天野先生只看了一眼书，就爽快地点头说道，"书会修复成以前那样的，放心吧。"

　　听天野先生这么一说，京子终于破涕而笑了。

　　这里是借书柜台旁的咨询柜台。天野先生是一位比美弥子姐姐稍稍年长的男子，头发经常因为睡姿不整而翘起。他一直从事图书的修理和维护工作，所以他是云峰市立图书馆里围裙最脏的工作人员。

"但幸好是封皮被颜料弄脏了，"天野先生"唰唰"地快速翻了一下书，笑着说道，"因为封皮外面还包着一层塑料纸。如果是内页弄坏的话，肯定就修复不到和过去一样了。"

"我说，天野先生啊，"看京子的书应该没什么可担心的了，我就转变话题，问了一个自己一直挂念的问题，"之前的那本书后来怎么样了呀？"

"之前那本什么书？"

"就是那本被红茶弄脏的书……"

"啊，那本……"一提到那本书，天野先生的神情一下子凝重起来，说道，"如果刚被红茶泼洒上时，就立刻擦拭，不管怎么样，还是可以想想办法的，但是现在这个样子，只能先暂时任由它放一阵子。"

"太过分了……"不由地，我就好像是自己被红茶从头顶浇下来一样愤愤不平道。

"你说的之前那本书是什么呀？"京子问道。

我把星期天看到的那个女子的事情原原本本告诉了京子。

"竟然还把责任都推给婴儿，那孩子也太可怜了……"京子听了后，有点生气地说道。

"如果只是一点点损坏或弄脏的话，马上送到我这里，大多数情况下还是能够完全修好的。"听到天野先生这么说，京子笑着说道："天野先生，你就像是书的医生。"

把修复京子借的书的事情托付给天野先生后，我们就走向了童书区。完全恢复元气的京子问我："芊芊，你有什么有意思的书可以推荐给我吗？"

"就包在我身上吧。"我拍了拍胸脯，自信满满地说道。如果要我推荐书的话，真是要多少本就有多少本。

"你想看什么样的书呢？"我问道。

"嗯，让我想想……首先，我不想看怪谈了，拜托给我找点内容阳光、积极向上的书。"京子说起了自己的要求。我首先拿了两本书。一本是《许愿时光机》，这本科幻小说讲述的是不擅长历史的中学生乘坐时光机回到了日本的古代时期，因他错误的知识掀起了风波狂澜的闹剧。另一本是《不幸的侦探》，讲述的是一个少年侦探每次一感冒发烧，推理能力就会提升，为了探案他每次都采取不同的手段让自己感冒的故事。

"京子，悬疑小说的话……咦？"

我正翻看回顾着小说内容，不知为何，京子却蹲下身子，朝着放在童书区和成人书区的边界处、靠着墙壁的椅子底下不停地张望。

"你怎么啦？"莫非是身体不舒服了？我不由地担心起来，关切地问道。

"这个……"京子一边站起来，一边指着脚边。我顺着她手指的方向望去，情不自禁地大叫道："咦？为什么会这样？"

椅子底下隐蔽地放着一个开了盖的狗粮罐子。

"说起来，图书馆不是禁止动物进入的嘛？"听了京子的话，我一边点头表示赞同，一边在椅子前蹲下身子。罐子里面放的是细碎的肉末，但很明显量并没有减少。

如果将狗粮罐子放置在正门玄关处的话，可以理解为给路过的狗呀猫呀吃的，可这里是图书馆里面啊。这究竟是怎么一回事呀，我不由地抱臂环胸，思索起来。

"你在这里干什么？"正想着，突然头顶上传来说话声，我条件反射似地站了起来。

"咦？安川！"站在我背后的是同班同学安川。

安川因为一件事情为起源，也开始来图书馆了，现在已经成了图书馆的常客。他在阳山文化节时和京子一样，也担任了执行委员的职务。

"我发现了一个奇怪的东西。"我趴在地上，把狗粮罐子指给安川看。

"咦？"看到罐子的安川，眨了好多次眼睛后，说道，"又是罐子？"

听他嘴里叨念出令人意外的话，我和京子不由地面面相觑。

"又是？你还在哪儿见过？"

"虽然今天没有，但是……"安川朝我们招了招手，走向了大堂，然后指向了自动门附近的两人座沙发，说道，"昨天，我在那里的沙发下面也发现了狗粮罐子。"

"我觉得这些罐子都是一样的……"安川接着说道。

"有人在这里养狗？"京子推测道。

"可我没有在图书馆里看到过狗呀……"对于京子的推测，安川像大人那样耸了耸肩，朝我看过来，问道，"茅野，你呢？"

"我也没看到过。"我摇了摇头，接着说，"但是……"

于是，我把星期天在还书箱后面看到罐子的事告诉了他俩。"不过那个罐子是空的……"

那一定是因为罐子被放置在了外面吧。今天的罐子里所有东西都还剩着，安川昨天所见到的罐子肯定也是如此。

我们三人分头行动，将图书馆内外调查了一遍，最后找到的也只是京子最先发现的那一罐。

回到童书区的我们为了不影响其他人，窃窃私语起来。

"肯定是有人在偷偷地养狗或者养猫吧。"京子看着我和安川，说道，"白天也许把它藏在哪儿了。"

听了这话，我立刻摇头表示异议："如果真如你所说的那样，那么图书馆里的工作人员不可能不会发现吧。"

"的确是哦……"京子表情严肃地抱着手臂。

安川看了，用积极轻松的口气说道："现在这状况应该不用这么担心吧，又不是发生了什么案子咯……"

"但是如果放任不管的话，说不定哪天就会发生什么案子了。"京子一脸担心，朝着童书区的更深处——绘本角望去。

那里有一块区域铺设了地毯，可以让小孩子坐下或者躺倒打滚。周围围着一圈只到我们腰间的矮书架。就在那附近，有一扇面向里院的大窗户，在栗子树树根旁，一只雪白的猫咪正惬意地打着盹儿。

"在这种地方放置食物，如果被猫呀狗呀的闻到，它们会不会破窗而入呀？"京子担心的问题确实有道理。我们是觉得小猫咪非常可爱，可它们对婴儿而言，可能如同猛兽一般危险。

"你们等我一下，我去叫美弥子姐姐。"我一边对他们说，一边径直朝借书柜台处走去。可是，借书柜台处只有玉木阿姨一个人在，而且她正在接待读者，看上去非常繁忙。

我朝咨询柜台望去，天野先生一个人面对着桌子，手里好像在干着什么活。我正在犹豫是不是要向他搭话时，从里面的事务办公室里走出一个大腹便便的男人——云峰市立图书馆的馆长。他对天野先生说道："小狗好像还是一如既往的多啊。"听到馆长的说辞，我情不自禁地竖起了耳朵，天野先生一边苦笑，一边说出了一个令人震惊的答案："就光今天已经赶走六条了。"

"辛苦你了。"馆长也一边笑着，一边说道，"天野，你也算是名人了，请努力赶走它们吧。"

"好的……咦？茅野，怎么啦？"天野先生注意到了我，对我招呼道。

"啊，没有，没什么事情。"我赶忙摆了摆手，逃似的离开了那个地方。

"你怎么啦？"我的表情大概是很害怕吧，京子担心地问我。我把刚才听到的馆长和天野先生的对话一五一十地告诉了这两人。

"这就是说的狗粮的事情吧……"听了我的话后，京子战战兢兢地说道。

"不会吧。"安川强硬地打断了京子的话，说道，"靠狗粮怎么可能赶走狗呀？反而会吸引它们过来吧。"

"所以我说呀，这里面肯定是先放了什么东西，比如说黄辣椒啊、芥末啊之类的……"

确实，对于图书馆而言，会啃书或者会撕书的动物实在让人头疼。因此，我起初也觉得正如京子所说的那样，图书馆工作人员把混杂了什么东西的狗粮放置在图书馆的各个角落作诱饵，企图赶走它们吧。

但是，现在我却有不一样的想法，插嘴道："我觉得不是那样的。要不然正门玄关处的狗粮罐怎么会是空的呢？"

如果狗粮夹杂着其他东西的话，照理应该不会被吃完。

"不过，'就光今天已经赶走六条了'这句话你不觉得奇怪吗？"安川补充道。确实，如此频繁地来往于图书馆的安川和我，一次都没有见到过狗，而今天一天里竟然有六条，感觉是有点多。

"那这么说来，天野先生所说的'赶走狗'和狗粮是没有关系的咯？"对于京子的疑问，我们都无言以对。如果这两者之间没有关系的话，那么天野先生和馆长之间的对话究竟又意味着什么呢？而且狗粮又是什么人、为了什么目的放置的呢？

不要说是解决疑问了，谜团搞得越来越多，我们只能选择暂且回家。

因为和京子的回家方向不同，所以我们在图书馆门前就道别了。随后，我一边推着自行车，一边和安川并肩走回家。这个时间虽然还算是傍晚，但是那么多飘浮的云彩已经完全被逐渐变黑的夜空所吞噬，取而代之的是很多星星在闪闪发光。

路过公园的时候，我们与一位牵着一条白色大狗的人擦肩而过。我有点自言自语地小声感叹道："好大的狗啊，不知道几岁了呀。"

"这是拉布拉多，像这样大小的话，估计连一岁都还没到吧。"安川立即回答道。

"你好懂行啊。"我一脸惊叹地望着安川。

"这狗和我家的品种一样。"安川不好意思地笑了笑。

"咦，安川，你家在养狗吗？"

"嗯，是的。"安川点了点头，然后又露出少许悲伤的神情，说道，"所以我也非常理解，对于图书馆而言，狗真的是非常麻烦的东西。不管碰到书还是什么别的东西，狗就会立刻去咬或者舔，但是……"

安川突然打住，沉默了下来。但是，我觉得自己知道他接下来想说什么。他肯定是觉得虽然狗会添麻烦，但还是希望图书馆不要采取一些太极端的措施吧。

看到安川低头叹了口气，我说道："下次可以让我去看看你养的狗吗？"

"啊？"

"看你的拉布拉多。"

听我这么一说，安川终于面露悦色，用力地点了点头。

第二天，妈妈有采访要晚回家，美弥子姐姐到家里来帮我做晚饭。图书馆的工作分早班和晚班，早班的话五点就可以下班了。

我和美弥子姐姐在超市门口见面的时候，天空还留有一丝蓝色。当我吃完美弥子姐姐特制的海鲜大阪烧的时候，天已经全黑了。

我一边在茶杯里倒上煎茶，一边在思考何时"搬出"昨天的话题。

"话说——"这时，美弥子姐姐好像突然想到了什么，主动发话道，"我今天在童书区那里发现了狗粮罐子哦。"

"啊？"听美弥子姐姐这么一说，我手中的茶杯差点掉落。因为星期一是图书馆的休息日，所以已经连续四天发现狗粮了。

"你怎么啦？"美弥子姐姐看到我的反应，非常诧异。于是我跟她说起了昨天发生的事。

"嗯……"美弥子姐姐听完我的话，就好像是在搜索回忆一般，抬头看向天花板，说道，"我每天闭馆前都会去童书区查看一圈，昨天还有前天我都没有注意到啊。"

我心想：肯定是傍晚的时候罐子被收回了吧。

"那你今天是在哪里发现的呢？"我问道。

"在童书区的柱子背后。"

我的脑海中浮现出图书馆的地形图，那里比起昨天京子所发现的地方还要再稍微往里一点。

"……对了，话说今天也是的，我一不注意，等再看的时候，罐子已经没有了。"美弥子姐姐歪着脖子，像是自言自语地说道。

"——我说，美弥子姐姐啊。"我稍作犹豫后，决定还是问问看，"你觉得有没有可能是图书馆的工作人员放置的呀？"

"我觉得没这个可能吧……为什么这么问呀？"

"其实……"

我把昨天偶然听到天野先生与馆长之间的对话告诉了美弥子姐姐，又说道："所以，我觉得或许有这种可能……"

我正想说，或许那狗粮就是天野先生放置的呢。

这时，美弥子姐姐突然说话了，我吓了一跳，惊得身体都僵住了。

"不好意思，不好意思。"美弥子姐姐一边笑，一边双手合十在面前，说道，"没关系的，天野先生所驱赶的并不是真正的狗。"

"啊？"我更是丈二和尚摸不着头脑了。

美弥子姐姐调整了一下呼吸，突然问了我一个莫名其妙的问题："芋芋，你看书看到一半，要把书合上的时候，会怎么做？"

"啊？那应该……会夹一支书签吧。"

在日语中，"书签"的发音是SHIORI，我的名字就是因此而来的，芋芋，与书签的签字同音。我最近喜欢用的是此前在图书馆节上获得的一支书签。这书签乍看上去是空白的，但实际上上面有细小的凹凸，是盲文写就的"书籍是通往新世界的大门"与"书籍是打开新世界的钥匙"这两句话。

"那如果你手头没有书签的话会怎么办呢？"

"会夹一根线。"我不假思索地回答道。很多精装书都带有一根线，在手边没有书签的时候，我会用那根线来做标记。

"那如果你要夹东西的时候，什么都没有呢？"

虽然美弥子姐姐问的时候特地强调了什么都没有，但是我仍然昂首挺胸、自信满满地立刻作答道："我自己记得，所以没有问题。"

"原来如此。"美弥子姐姐高兴地点了点头。

当然，我并不是能够记住看到第几页、第几行这种非常细节的事情，但是要说记不住看到了哪个场景，也是不太可能的。

"但是，也有人在手边什么都没有的时候，会在看到的那一页上折个角。"美弥子姐姐把报纸的广告页拿到手边，在边角处折了个小角。

"啊，我看到过。"

虽然我不太见到精装书有这种现象，但是在看文库本（小开本的平装书）的时候，看到有的页角处有折过的痕迹。严重的时候，甚至有人像要折个纸飞机似的，会把整页的一半都折进去。

"这个三角形从外观上来看，像是垂下来的狗耳朵一样，所以我们把它称为 dog ear——狗耳朵。"

"啊，原来这样……咦？"

我把脸凑近折成三角形的部分，然后又看了看美弥子姐姐，说道："那也就是说……"

"嗯。"美弥子姐姐咯咯笑着，点了点头，说道，"天野先生和馆长所说的是指这个哦。"

"那照此看来，一天之内就赶走了六条狗，说的是指……"

"说的是指光那一天就修复了六本带有狗耳朵的书吧。"

"原来是这样。"我一下子松了口气，放松地将身体陷入座椅里。确实，在修复折角页这方面，天野先生绝对可以算是"名人"了。因为馆长说了句"请努力赶走它们吧"，我完全误认为是在说真正的狗。

"因为在书上并没有写字，只是在页角上折个角，所以大家往往都会不经意地折一下……"

美弥子姐姐告诉我，要把折角弄平这件事其实是出人意料得困难，而且非常花时间和精力。

尽管如此，我脑中还在进行着乘法运算。光一天工夫，就能找到六本这样的书，那么天野先生一年究竟要修复多少本带有狗耳朵的书呀。

"不过，比起被真正的狗啃咬，这还算是好的。"美弥子姐姐小声叹了口气，把茶水喝完。这时，门铃恰巧响起，是妈妈回来了。

妈妈说自己已经在外面稍微吃了点晚饭，在为大家重新倒上茶后，我又说了一遍"赶走狗的谜团故事"和"狗粮之谜"。

妈妈在听了"狗耳朵"的故事后，对于我的误解毫无顾忌地哈哈大笑起来。随后，她又突然表情严肃起来，对美弥子姐姐说道："但最好还是小心点儿。这次幸好是芊芊在一旁听到对话，所以可以像现在这样消除误会，如果是其他读者听到的话，可能会一直误会下去。"

美弥子姐姐也认真地点了点头，说道："我会跟馆长和天野先生说的。"

"然后，狗粮的问题……"妈妈一边对热茶呼呼地吹气，想让它尽快凉下来，一边问道，"只有一楼才有吗？"

"大概是的。"我一边伸手去拿妈妈买回来的土特产——酱油糯米圆子，一边回答道，"昨天我去二楼和三楼也大致看了一圈，好像没有发现类似狗粮的东西……"

"这样啊。"妈妈喝了一口茶，朝天花板望去。

"我一开始还在想呢，到底是谁把小狗偷偷带进来，养在图书馆呢……"我一边看着妈妈的侧脸，一边说出了自己的想法。

"这应该不可能吧。"妈妈把茶杯一放，断然地摇了摇头，说道，"可不是嘛，应该有的东西那里没有。"

"应该有的东西是什么？"

"是水哦。"妈妈回答道，"如果真的在养狗的话，比起食物，没有水这一点岂不是很奇怪吗？"

"啊，原来如此。"我用手敲了敲桌子。我确实听说过，为了生存下去，比食物更重要的应该是水。如果没有水的话，就说明是——

"我总觉得与其说是在养狗，倒不如说是用狗粮在做诱饵呢。"对于美弥子姐姐的观点，妈妈点了点头，说道："是啊。"

"当然也不能说是引诱成功吧。最后图书馆里的狗粮也并没有减少。"

"确实是哦。"美弥子姐姐松了口气似的笑起来，一口气把杯中的茶喝完了。

美弥子姐姐因为第二天又是早班，所以回家去了。和妈妈两个人在客厅独处的时候，我抱着双臂，小声感叹道："但究竟是为什么呢？"

"我虽然不明白是为什么，但是我大致能猜出是谁干的哦。"妈妈一边把酱油糯米团子塞入嘴里，一边轻描淡写地说道。

"啊？"我惊讶地叫道。

妈妈一边弯着手指，一边窥视我的表情，说道："芊芊，你最先发现狗粮的地方是在正门玄关前吧？然后再是一楼的大厅里，再之后是在童书区那里……你不觉得地点一步步在向图书馆里面转移吗？"

"那也就是说……"如果我一直守在处于一楼最里面的绘本角的话，嫌疑人可能就会出现——我正想这么说，最终还是缄口沉默了。

这个夏天，当图书馆发生了童书陆续消失的案件时，我为了抓捕罪犯，曾经在童书区那里蹲点看守过。结果，我对一些毫无关系的人都怀疑起来，当时还被美弥子姐姐批评了："虽然我们对你的心意感到很高兴，但是还是请你不要随便怀疑读者。"

可能我脸上的表情流露出了我心中所想，妈妈乐观地说道："没有关系的啦。这次我们不是以抓住罪犯为目的，而是以尽快找到狗粮、不让狗进入图书馆为目标呢。"

"是哦……"我神情认真起来。确实，如果让饿着肚子的狗进入图书馆的话，那些小孩子可能会受到很大的伤害。

"而且好像有人为了遮人耳目，躲过图书馆工作人员的监管，放置了狗粮罐子，然后又将它收回，反倒是芊芊你更方便在现场抓获那个人。"妈妈一边笑着一边说道。随后她又突然神色严肃起来，说道："只是有一点你要记住，那就是千万不要去模仿一些危险动作。你用不着去抓捕罪犯或者去追嫌疑人，你只需要一发现狗粮，就立刻报告图书馆的工作人员。明白了吗？"

"明白了。"我高高地举起右手，答应道。

"这也就是说'反正即便是被禁止也要干，那还不如一开始就在大家能够看得到的地方着手干呢'，对吧？"

京子一边"咯咯"地笑，一边说道："芊芊，你妈妈真是个有意思的人。"

我双手抱头，怀疑道："是这样吗？"

第二天午间休息时，我在教室的角落里把"狗耳朵"的故事和我妈妈的推理告诉了京子和安川。

"真的太好了，天野先生不是真的在驱赶狗呀。"京子像是松了一口气，用手拍了拍胸口，说道。

"不过，如果仔细想想的话，确实如此。"安川一边苦笑，一边说道，"如果真的要赶走狗的话，肯定还有其他方法——"

确实如此。仔细想想，狗粮果真只可能是用来吸引狗而放置的。但那究竟是为什么呢？

我陷入了沉思。

"接下来你打算怎么做？"安川一边窥视我的神情，一边问道，"你真打算去蹲点守候吗？"

安川自从夏天发生的案件开始，就一直和我一起并肩作战，因此他深知当时我被美弥子姐姐批评时，内心是多么的难过，所以现在，他也是考虑到我的心情才这么问吧。我不禁心中暗喜，回答道："我打算先去图书馆看看再说。如果绘本角那里什么都没有的话，那当然最好了。如果那里有狗粮的话，我打算在狗到来之前把狗粮清理掉。"

"如果这样的话，我陪你一起去吧。"安川举了下手，说道，"因为我可不想把狗当作坏人哦。"

下午上完课，京子说自己家里有事，就和我们在学校里道别了。我和安川一同前往图书馆。

我和安川并肩走在从学校通往图书馆那条熟悉的道路上，安川开口问道："你觉得是什么原因呢？"

"嗯？"

"为什么会有人要在图书馆里吸引狗过来呢？"

"嗯……"我一边走，一边抱着双臂说，"也许是因为喜欢狗呢。比如说其实是想把狗养在自己家里的，但是因为有无法饲养的理由，所以……"

"但是，根据你妈妈的推理，在图书馆里偷偷养狗的可能性很小吧。"

"所以我说呀，也许并不是饲养，而只是想和狗玩玩……"

"那如果这样的话，我觉得诸如图书馆的里院、附近的公园等地方，不是有更好的去处嘛。为什么偏偏要选择图书馆里面呢……"

安川的疑问最终又回到了原点。确实如此，如果现在是盛夏或者是寒冬，还可以认为在外面饲养太可怜了，所以要在图书馆室内饲养。但现在是秋天，一年中最舒适、最惬意的季节。

我们最终也没想出个所以然来，就这样抵达了图书馆。我们一边查看着还书箱背后、椅子底下等地方，一边朝一楼里面走去。目前，好像还没有发现哪里有放置狗粮。

在绘本角的地毯上，有位妈妈将自己两岁左右的女儿放在面前，在给她读绘本。每当妈妈在讲故事时穿插些比较夸张的肢体动作时，小女孩也会探出身子，前俯后仰。对这个小女孩而言，现在妈妈所讲述的故事肯定就是她所认识的世界的全部吧。

正当我被她认真的模样吸引时，安川捅了捅我的胳膊。待我恍然回过神来的时候，看到一个背着单肩包，看上去像是二年级或三年级的男孩子，正一边注意着周围的情况，一边朝我们这边靠近。

我看向安川，只见他不知何时已从书架上抽出一本书，一边装作在看书，一边不时地朝男生瞥了几眼。

我也装作是在选书的样子，用眼睛的余光观察着这个男生。

男孩子神情紧张地靠近了绘本角，然后又在快到时突然停住了脚步。在绘本角的旁边，有一扇面对里院的窗户，窗户下排列着一排低矮的书架。男孩子在那书架上放下了背包，伸手将窗户打开一条小缝。随后，他迅速地从包中取出一个什么东西，然后将那个东西塞入了书架旁边的窗帘背后，逃似的离开了现场。

一看到男孩子的背影消失，我们互相点了点头，朝窗户走去。撩开窗帘一看，那里摆放着我们早已熟识的狗粮罐子，开着盖子静静地躺在那里。

"好奇怪啊……"安川拿起狗粮罐子，伸长了脖子在四周张望了一圈。

"怎么啦？"

"如果是以和狗玩耍为目的，那么他应该会在附近等待闻到气味后被吸引过来的狗吧……"

我也跟着一起找了，但是并没有在附近看到男孩子的身影。

我一边回想着刚才那个男孩子的样貌，一边说："因为那孩子也在养狗。"

"嗯？"安川惊奇地睁大了双眼，问道，"茅野，难道你认识刚才那个男孩子？"

"认识，不过也算不上认识……"我一边模棱两可地歪了歪脑袋，一边回想起第一次发现狗粮的那个星期天早上所发生的事情。那天，我坐在云峰湖边的长椅上看书，突然有一条柴犬从眼前走过，牵着这条柴犬的正是刚才那个男孩子。我在说这些事情的时候，安川把罐子放回了书架上，抱着双臂思考着，说道："嗯……比如说，那时他手里牵的并不是自己的狗呢，也许只是帮助邻居把邻居家的狗牵出来散步呢……"

"具体我不是很清楚，但是我感觉不是那样的。"

况且，即便那不是自己家的狗，但既然身边已经有可以带着去散步这样关系密切的狗了，我觉得应该就没有必要去遮人耳目，大费周章地用狗粮设圈套，来吸引图书馆里的狗吧。我这么一说，安川好像对自己的话也失去了自信似的，立刻点头同意道："确实是哦。"

"那么，最后就剩一个问题，为什么要选择图书馆呢？"

安川撑开双臂，大大地伸了个懒腰。这时候，只听"喵"的一声，身边传来了一声猫叫，我们俩互相看了一眼。把窗户打开朝外看时，窗户正下方有一只白色的猫咪，正用前腿趴在墙壁上，抬头看向我们这里。

"小猫的鼻子也好灵敏哦。"安川一边很敬佩地说着，一边"嗖"地向窗外探出身子，把罐子放在窗户下的地面上。白猫一看到罐子，就高兴地"喵"地叫了一声，迫不及待地舔起了狗粮。看着它的那副模样，我嘀咕道："还是小孩子吧？"

"说不定它的年纪比我们还要大。"安川说着，笑了起来。突然，他又严肃起来，忽地直起身子，又重新面向我，问道："那个孩子牵着的柴犬，应该还是条小狗吧？"

"嗯？嗯，大概吧……"我模棱两可地点了点头，安川也点头说道："原来是这样啊……"接着，他又像是回想起什么似的，一下子把窗户又关上了。

猫咪的叫声也感觉变远了。

"你发现什么了吗？"我开口询问道。安川表情凝重地沉思了片刻后，终于轻轻地叹了一口气，像是自言自语似的嘀咕道："我觉得还是向他本人确认一下比较好吧……"

星期天，从一大早开始就是晴朗的好天气。在蓝得就像是用水彩画的颜料薄薄地涂了一层的天空中，有无数片细小的云彩整齐地排列在一起。我觉得这些云彩就如同鱼鳞一般，正这么想着，只听身旁的安川小声叹道："啊，怎么感觉看上去像是鱼鳞呀。"

"啊？"我大吃一惊，朝安川望去。

"你看。"安川把手臂举到水平位置，指向眼前的云峰湖。水面被风一吹，就像是鱼鳞那般波光粼粼地闪耀起来。

稍稍有点晚的星期天早晨——也就是说，和一星期之前完全一样的时间段里，我和安川并排坐在上星期坐过的长椅上。

我们一致认为，如果是遛狗的话，在同一时间段，走同一条路线的可能性比较大。

"我们应该带本书来的。"听安川这么一说，我差点儿笑出声来。就在几个月前，安川还对书完全不感兴趣呢。面对要写读后感的作业时，他甚至还抱怨说"为什么不能写漫画的读后感呀。"不知从什么时候开始，他深深地爱上了看书，这真是太奇怪太滑稽了。

我问道："你现在在看什么书呢？"

"我刚刚把《飞向天空的圣诞树》这本书看完。"安川说到了我之前推荐过的悬疑小说。

《飞向天空的圣诞树》是"双胞胎怪盗"系列丛书中的第二本，讲的是双胞胎怪盗到处作怪的故事。故事发生在某个玩具公司里，"在圣诞夜，我们会过来取走摆放在社长室桌子上的某棵圣诞树。"一封这样的预告信是故事的开端。在森严的警备下，怪盗成功地盗走了整棵树，并打算将其交付给委托人。然而，在约定的场所出现的并不是委托人，而是警察。

好不容易逃离约定现场的怪盗在第二天的新闻中得知，藏在社长室保险箱里的新产品的设计图稿被人偷走了。警察和世人都认为是怪盗将设计图稿偷走的，然而事实是委托怪盗去偷树的人早在几天前就把设计图稿偷走，然后将此事栽赃给了怪盗。得知自己其实是被利用了的怪盗决定去把那张设计图稿重新夺回，为此开始到处行动。

"其实，那本书应该是一个提示吧。"

"啊？"对于意料之外的这句话，我不禁惊讶地睁大了眼睛。

"'真正的目的并不是树，而是以偷树为借口，让那家伙侵入公司，让他背负偷盗设计图稿的罪名。'那里面有这样一句台词吧？"

我点了点头。这是书中怪盗永远的对手——钱丸警官发现案件真相时的场景。而且，顺便提一句，所谓"那家伙"指的就是双胞胎怪盗——只是，警官一直以为怪盗只有一个人。

"所以，我就想到了。莫非以狗粮为诱饵这件事背后真正的目的其实是……"

安川正要张口继续往下说的时候，远处传来了狗的叫声。我抬头一看，一条脖子上套着红色纤绳的柴犬像是拉着男孩子似的，向这边跑了过来。

安川猛地站起身，冲到路中央，朝那男孩子招呼道："这是柴犬吗？"

男孩子停下了脚步，虽然脸上稍许露出了惊讶的神色，但他立刻笑容满面地点了点头。

安川靠近那个男孩子后，稍稍弯下了腰，在有些不知所措的男孩子面前拿出了之前的罐子，说道："关于这个东西，我有点话想问你……"

风突然变大了，湖面激起了大浪。我一边压住头发，一边等待风平浪静。

男孩子一看到罐子，顿时像是僵住了似的脸色大变，任由人摆布似的坐到了安川的身旁。被他的手紧紧抓牢的绳子另一端，柴犬以一种不可思议的神情抬头看着我们。

我和安川进行了自我介绍后，男孩子用被风一吹就能吹走的声音小声说出了自己的名字。他叫小田正利，是云峰小学三年级的学生。

"这条小狗叫什么名字呢？"安川一边抚摸着柴犬的脑袋，一边询问道。一直神情恐慌的小田终于舒了一口气，说道："叫巴龙。"

我从长椅上站起身，蹲到巴龙面前，抓住它的前爪，和它握了握手，招呼道："你好，巴龙。"巴龙用一种"你是谁"的神情，歪了歪脑袋。我也把脑袋歪向同一个方向，问道："你几岁啦？"我没有饲养宠物的经历，所以看不大出小狗的年龄。

因此，当听到小田回答"已经快三个月了"时，我不禁有点吃惊。才三个月啊，如果是人类的婴儿，还处于无法从自己的小床上爬出来的阶段呢。然而，安川像是早已预料到似的，

非常自然地一边抚摸着巴龙的背，一边对它说道："如果是这样的话，你应该牙齿很痒吧。"巴龙自然听不懂他在说什么，但它心情愉悦地甩了甩尾巴。看到巴龙这副模样，小田像是很紧张似的抖了抖肩膀。

"牙齿会变痒吗？"我一边坐回长椅，一边用手指着自己的牙齿。安川一边笑，一边说道："如果是碰上换牙、长牙的时期，小狗会觉得牙龈很痒。与其说是很痒，倒不如说是不舒服，在这种时候，只要是能放到嘴里的东西，它们都会去啃。比如说桌子脚呀，拖鞋呀，书本呀之类……"

小田在膝盖上猛地握紧了双拳，默默地低头不语。安川温柔地对小田说道："你为了隐藏巴龙啃坏图书馆书本的事情，所以做了这样的事情吧？"我听后大吃一惊，看着小田和巴龙的脸，问道："这究竟是怎么一回事呀？"

"我接着刚才的话继续说哦……"安川越过小田耷拉着的脑袋，看着我的脸，说道，"在怪盗潜入的大楼里的设计图稿被偷，每个人都会认为是怪盗偷窃的吧？如果是这样的话，在野狗闯入的图书馆里，当发现了有小狗齿印的书本后，会怎么样呢？"

"这个嘛……"我说到一半，"哇！"大叫了起来。到现在为止的所有谈话内容终于在脑海中全部联系到了一起。

"起初，我们都认为是喜欢狗的人希望和小狗一起玩，所以才做出了这样的事情。"安川双目望向云峰湖，一句一句像是为了确认似的说了起来，"然而，如果是这样的话，放下狗粮后就立即离开，这就太奇怪了，如果原本就养狗的话，就更没必要做这样的事情了。于是，我就想，会不会是有其他想把小狗吸引进图书馆的理由呢，这时，我想到了或许是为了让人觉得是这些野狗所为，但其实另有其谋呢。"

对于安川所说的话，小田一直以一副奇怪的表情倾听着。

"在养狗的家庭里，如果在从图书馆借来的书上发现狗的齿印，一半都会认为是家里所养的狗干的吧？然而，如果最近在那个图书馆里发生了有狗入侵的事件的话……"

我突然想起前段时间在电视上看到的，不记得是哪里的图书馆里突然有梅花鹿闯入，引起了巨大骚乱的新闻。后来我听说，小田也看到了那则新闻，于是策划了此次事件。如果只是进来几条野狗的话，也许成不了什么新闻，但是也应该会引起一些骚乱吧。这样，也许就可以掏出书说"其实呀……"，把责任都推给野狗了吧。

当然，没有人知道实际上能否顺利地进行。但是，至少对于小田而言，他想不出什么其他方法。

小田沉默了片刻，双目凝视着巴龙，最终他像是放弃了一样张口说道："巴龙还是个小孩子，所以即便我凶过它好多次，跟它说过不能乱咬，但是它真是一只耳朵进，另一只耳朵出，立马就忘了。啃咬桌子腿那简直就是家常便饭了，之前还在家里玄关处，把我妈妈非常珍爱的一双鞋子咬了个稀巴烂……"

"你肯定骂过它吧。"

听了我的问话，小田重重地点了好几下头，噙着泪说道："我妈妈已经说了，如果它下次再敢啃咬贵重的物品，就把巴龙送还到我外婆那里。"

"送还？"安川咬文嚼字地追问道。

小田有气无力地点了点头，回答道："巴龙就是在外婆那里出生的。所以，要是它再做坏事的话，妈妈就要把它还给外婆。"

也不知道巴龙是不是听懂了我们之间的谈话，总之，它"汪"地朝我们叫了一声，好像在对我们说，正是如此。

"所以，你就想到去隐瞒它啃咬了图书馆的书的事吧。"

"都是我的错。"不经意间，小田的眼泪夺眶而出，"是我把书随便放了……"

看到小田的样子，巴龙也一脸悲伤地哀叫起来，还吐出舌头一个劲儿地舔着小田的手。小田看到巴龙这样，稍稍露出了笑脸，抽泣着继续往下说。

事情发生在十天前，小田从图书馆里借来的书被巴龙咬坏了。幸好，此事并没有被妈妈发现，然而如果就这样还给图书馆的话，图书馆也许会和家里联系。这样的话，巴龙就肯定要被送回到外婆家了。这么一想，小田慌了神。

话虽如此，但又没办法把责任转嫁到其他家养的狗身上，也说不通是自己在外面看书的时候，碰上了野狗的纠缠。

在冥思苦想之后，小田想到了可以在图书馆里放下狗粮这一诱饵。只要图书馆里发生了有狗入侵的事件，那即便图书馆和家里联系，也可以坚持说嫌疑人并不是巴龙，小田如此打着算盘。

于是，他一开始就尝试着将打开的狗粮罐子放置在图书馆的玄关处，没想到罐子立刻就空了。小田并不知道这一切都是猫咪搞的鬼，于是从第二天开始，他就将放置狗粮的场所一点一点地向图书馆里移动，一直靠近到摆放巴龙咬坏的书的绘本角。

　　最后，小田的作战计划以失败而告终了，但是一想到他真的成功的话，我不禁打了个寒战，也许会有更多的书本遭到损坏，又或许会有小孩子被咬伤。

　　这样想来，我绝对不会赞成小田的处理方式。但是看到小田深情地凝视着巴龙那痛苦的表情时，我又什么话也说不出了。他肯定也是别无他法了吧。

　　小田说完后，把巴龙拉到自己身旁，颤抖着说道："我妈妈肯定讨厌巴龙……"

　　"但是一开始也应该是经过你妈妈的允许，你才收养巴龙的吧。"听我一说，小田把头摇得像个拨浪鼓似的，长长地叹了口气，说道："我到外婆家玩的时候，软磨硬泡，苦苦哀求了好多次，妈妈没有办法才只好同意的。但其实，她肯定是……"

　　"那本书的还书日期是什么时候呀？"

　　面对我的提问，小田一时语塞，轻声回答道："是后天。"但明天是闭馆日，所以实质上只剩一天了。狗粮一点儿都没有减少，可摆放的位置却每天都在向图书馆里面移动，虽然这非常不可思议，但他一定是因为还书日期渐近，心情焦急而为吧。

　　"既然如此，我们现在就一起去还书吧。"我突然站起身大声说道。两人听闻，不由惊讶地抬起头。

"小田，你现在就回家把那本书带到图书馆来。我和安川先过去。"

"但是……"小田焦虑不安地皱起了眉头，说道，"把那被咬得稀巴烂的书带去的话……"

"放心吧，没关系的。"我脑海中浮现出天野的身影，安慰道，"因为图书馆里有一位技术高超的医生哦。"

《漫长的散步》这本绘本讲述的是世界上身体最长的狗和主人一起散步，环游世界的故事。每翻开一页，都可以对这个国家的名胜古迹和土特产一目了然。比如说翻到法国这一页，埃菲尔铁塔、凯旋门和凡尔赛宫并排罗列，狗的主人在这些景点前一边吃着法式面包，一边散步。在墨西哥这一页，狗的主人在太阳金字塔和仙人掌面前，一边吃着墨西哥卷，一边散步。另外，每一页上都有一条很长很长的狗，从右到左，画面占满了整整一大页纸。

最后一页上，在月球上，狗的主人和长长的狗身穿宇航服，在一起漫步。在右边那一页的边角处，恰巧是狗脸那一块好像被紧紧捏了一把一样，皱巴巴的。再仔细一看，封皮和其他书页上也有好几处残留着巴龙啃咬过的痕迹。虽然不是页面被撕破了，也没有大洞，但是牙齿印子却清晰地残留在书上。

拿到书本的天野先沉默不语地"哗哗哗"正着翻了一下，又反过来翻了一下，然后说道："嗯，不要紧的。"这么说着，天野把书轻放到桌子上，对着一直不安地盯着他的手看的小田微笑着说道："多多少少还会残留下一点儿印迹，因为还只是幼犬，所以伤口也并不是很深……这种程度的话，基本可以恢复到原样哦。"

"真的吗？"我情不自禁地提高了嗓门，看着美弥子姐姐的脸，说道，"这也就是说……"

"嗯，是的。"美弥子姐姐也放心地笑了起来，说道，"这样就没有必要再跟你家里联络啦。"

听到这话，小田也许是放下心来了吧，一屁股瘫倒在椅子上，大口大口地吐着粗气。

我和安川、美弥子姐姐、天野先生还有小田五人来到了图书馆三楼的会谈室。这是一间跟教室差不多大的屋子，平时会办故事会、朗诵会等活动。这次我是跟美弥子姐姐借用的。

其实在此之前，也就是三十分钟前，在云峰湖和小田分开后，我就和安川一起先赶到了图书馆，向美弥子姐姐讲述了事情的经过，并一起商量，无论如何都不要先和小田的家人联系。

听了我们的话后，美弥子姐姐一脸严肃地抱起双臂。

据美弥子姐姐说，本来孩子把书弄脏、损坏后，是否要和家长联络，本身就是件非常难以决择的事情。不管怎么说，谁借了什么样的书这种信息在图书馆里属于最高级机密，即便是亲生父母、亲兄弟姐妹询问，也是不能告诉的。

"然而，如果是未成年人的话，一旦发生需要赔偿的情况，就必须得和监护人进行联络。”美弥子姐姐小声叹息道。

据说，碰到这种情况后，原则上是通过借书人本人与其家人联络。但是，小田现在这种情况是他本来不想被自己的妈妈知道，才不得已做出了这样的事情，所以让他自己去联系家人应该比较困难。

因此，我们决定暂且先等小田把书拿来，让天野先生诊断过目后再做打算。

“但是哦……”看到小田浑身放松地瘫坐在椅子上，美弥子姐姐在他身旁蹲下，一脸严肃地说道，“如果图书馆里真的有饿着肚子的狗侵入的话，有可能会出大事情哦。”

听了美弥子姐姐的话，小田挺直了腰板，脸色凝重起来。看到小田的神色变化，美弥子姐姐稍稍缓和了一下，继续说道：“你珍视巴龙的这份心意固然很好、很重要，但是如果因此而变得看不到其他东西的话，那将会变得非常可怕。因此，今后如果再碰到什么烦恼的话，千万不要自己一个人扛着，记得也要和我们商量哦。”

小田像是在一句一句斟酌美弥子姐姐话语的含义一样，沉思了片刻后，突然站起身，说道：“对不起。”这么说着，他就像是设置好的人偶一般，忽地低下头、弯下腰。

以前，我听男孩子说过，在男孩子的世界里，看绘本之类的行为，不知为何，多多少少会给人留下不够酷的印象。即便如此，还从图书馆里借绘本的小田一定是非常爱看书的吧。因此，这次发生的事情也是他痛苦烦恼后最终不得不采取的行动吧。

"太好了。"我拍拍小田的肩膀，说道。

"嗯。"小田终于露出了笑容，然后，他重新面对我，爽朗欢快地说道，"姐姐，谢谢你。"

"啊？嗯……那个……"

作为独生子女的我听到这种不常听到的称呼，心里小鹿乱撞，紧张不已，竟然一时语塞，大家见状，不由地都笑了起来。

我一边觉得自己脸刷地红了起来，一边想，什么事情都没发生真是太好了。如果因为小田的所作所为导致图书受损、小孩子受到伤害，我们肯定就也不会像现在这样开心地笑了。

"我在下周前会认真把它修复好的，如果你牵挂的话，可以再过来看。"天野先生开口说道。

小田开心地点了点头，说道："好的。"

小田向我们道歉了无数次后，回家了。

"我说……"安川稍稍举了下手，向天野先生咨询道："您能不能也教我一下赶走'小狗'的方法呀？"

"啊？什么？"天野瞪圆了双眼，反问道，随即，他好像意识到什么，笑着点了点头，说道，"啊，你说的是狗耳朵吧。当然没有问题咯，怎么啦？"

"我问了担任图书委员的朋友，据说我们学校的图书馆里也有好多狗耳朵到处隐藏着呢。"

"是这样吗？"大吃一惊的我情不自禁地插嘴问道。安川脸色凝重地点了点头，说道："嗯，是的，所以我们在想自己是不是能帮忙修复一下呢。"

"如果是这样的话，放心交给我吧。我来教你怎么去除狗耳朵。"天野先生胸有成竹地拍了拍胸脯。我脑补了一下学校里老师听到大家互相询问"今天你赶走了多少条狗"这样的对话后惊讶得目瞪口呆的情景。

"也请教我一下吧。"我也活力满满地举起了手。

指定图书

晴 れ た 日 は 図 書 館 へ い こ う

我一边看着缓缓流动的笹耳川，一边在河岸骑着自行车，眼前突然晃过一只红色的蜻蜓，从我的右边飞向左边。

接着，好几只红色的小东西像是追随着第一只红蜻蜓的脚步似的，一只接一只地从眼前飞过。我停下车，遥望了一番眼前的景象。

从学校回来后，我立刻就从家里飞奔出来了，所以现在说是傍晚还有些为时过早，但是在这条道路的另一端的天空尽头，已经开始被熏染成暗红色。

红色的蜻蜓就如同被晚霞染红了一般，浑身鲜红。看着这番光景，我突然想起几年前和妈妈两人一同在河岸散步时的情景。

那时的我一味地认为存在名叫"红蜻蜓"的一种蜻蜓。然而事实上，大自然中并不存在红蜻蜓，妈妈告诉我，我们把到了秋天后，身体自行变成红色的"夏赤蜓"和"秋赤蜓"称为红蜻蜓。

那时候也如同现在一般，在道路的另一端隐约能够看到刚开始出现的晚霞。

晚霞、红枫叶、红蜻蜓……

"秋天真可谓是'红色之秋'啊。"我嘴里轻轻叨念着，打算等红蜻蜓群从面前飞过后，继续踩起脚踏板向前行进。

经过笹耳川后还不到十分钟的时间，我在图书馆的停车场停放自行车时，天空已经完全被染成了暗红色。

云峰市立图书馆的闭馆时间为下午六点，但是之前夏日里的六点，即便是在闭馆后离开图书馆，外面也和白天一样明亮。最近走到外面的时候，夜幕早已降临，骑车的时候必须得打开车灯照路了。

我把自行车钥匙塞到裤兜后，往自动门里钻去。这时，一股图书馆特有的纸墨味道扑鼻而来。

这是我最喜爱的书本的味道。

我把两手背在身后，模仿着警卫员巡视的步调，朝儿童图书区走去。

迎着秋风，沿着河岸散步，抑或是寻找新的商店，在街上闲逛之类当然是非常开心的事情，但是我最喜欢的还是一边感受着书香，一边在五彩缤纷的书的森林里漫步。

就如同在非常熟悉的地方，也会有从来没有走过的路，会有从来没有进去过的商店那样，即便是在经常光顾的图书馆里，我也常会有新的发现。

今天我发现的就是一个畅销幻想小说系列的最新一辑。虽说是最新一辑，但其实也已经出版了快一年了，因为一直有十个以上的排队预约，所以从来没在书架上看到过它的身影。

有预约的书在归还之时就会存放在柜台内侧，直接借给下一个预约人，所以即便它被归还了，也不可能被摆放回书架上。因此，今天能在这里看到这本书就意味着，这本书的预约人数终于变为零了。

我伸手把书取出来。半年前我借过这本书，在那之后，这本书又历经数十人之手，就好像是连续被借走了几十年一样，已经变得陈旧不堪了。这么受欢迎，肯定很快又会被借走吧。

辛苦了，我心中对它说着，把书又放回了原来的位置。这时，"芊芊！"有人从背后拍了拍我的肩膀。

我回头一看，发现是同班同学吉田茜，她正怀抱着一本又大又厚重的书，朝我微笑。她身着浅蓝色的连衣裙，和那一头及背的栗色大波浪卷发极为相称。

茜茜环视了一周后，询问道："今天你一个人吗？安川呢？"

"啊……嗯，他说他要去补习班。"我答道，觉得自己脸上有点发烫。茜茜的询问虽然并不富有什么别的深层次含义，但是可能是因为我们两个人经常一同去图书馆，所以我最近在学校老被大家取笑和安川的关系。

"你借了什么书呀？"我打算转移话题，朝茜茜捧着的书指去。茜茜笑着问："你是说这本吗？"于是，把怀里抱着的书给了我。

这本书是《颜色与名字》，看上去好像是本摄影集。书的封面上印着如同甜甜圈般圆形的彩虹飘浮在蓝天中。

我站在原地，"唰唰唰"地快速翻看了一下大致内容。如果说到摄影集的话，一般上面都会印一些诸如天空啦、花朵啦、海豚之类的东西，但是这本摄影集稍稍有些不同，某个页面上还是展翅翱翔的白鸟呢，接下来一页上就变成了夏天里湛蓝湛蓝的天空，然后另一页上又印着热气腾腾的咖啡。

这些照片的相同之处就在于它们都在表现一种"颜色"。白鸟的"白色"，蓝天的"蓝色"，然后是黑咖啡的"黑色"。"金色"和"银色"的页面上印有外国的钱币，然后"黄色"的页面上印有戴着黄色帽子的幼儿园小朋友们。

"好有意思哦。"我稍稍有点感动，才翻了几页，我的手就停住了。在海平面的另一端，逐渐下沉的色彩鲜艳的夕阳照猛地映入眼帘，这是代表"暗红色"的一页。

我抬起头，茜茜正一边害羞似的朝我笑，一边用双手托着下巴。

"还记得之前在语文课上，我们做过一个'调查自己的名字'的练习吗？我一直在想茜色到底是什么颜色呢……"

这么说来，确实有过这么一堂课。在课上，老师告诉了我们一些著名作家笔名的由来，真是非常有趣（听到"二叶亭四迷"的名字由来，我都忍不住笑了）。但是对于自己的姓名，因为我父母是从事与书有关的职业——编辑和小说家，所以我觉得自己的名字应该也只是从书上受到启发所取的。

我一边想着，要不我也稍微查查自己的名字吧，一边又将目光回到"暗红色"这一页，那里不光印有照片，还解释了这个颜色所蕴含的意义、汉字的来源、名字包含这个颜色的生物——夏赤蜓和秋赤蜓（日语发音含有"茜"字读音）的名字也被列在其中，而且以这种颜色所起的电影名和小说名也同样被刊登在上面。

其中，我还找到一本自己喜爱的儿童书籍的书名，不由得高兴起来。

我随即告诉了茜茜。"其实，我就是在想芊芊你是不是应该知道这本书，所以就叫住你了。"茜茜说着，调皮地吐了吐舌头。

我把摄影集还给茜茜后，正打算走向摆放童书的书架时，忽然背后传来一声："喂，你们是六年级学生吗？"这声音响亮得仿佛对方已然忘记这里是图书馆。我们同时回过头，那里站着一位身着黄色衬衫、米黄色裤子的女子，她双手插在驼色短大衣口袋里，里面的黄色衬衫黄得刊登在刚才那本书"黄色"页面上也不足为奇。这名女子的年龄看上去介于我妈妈和美弥子姐姐的中间。

"我们是五年级的学生……"不知道为何有种抱歉的心态，我小声回答道。

"啊，原来是这样啊……"她夸张地皱了皱眉，露出一副真是可惜呀的神情。接着，她好像在思考了些什么后，突然又满脸堆笑，"啪"地拍了一下手，说道："好吧，五年级学生也可以吧。"她边说边将脸凑近我们。我俩被搞得莫名其妙，互相对视了一眼。

"吓到你们了吧，不好意思啊。"这位女子说话声音轻了下来，应该是意识到自己吸引了图书馆里大多数人的目光吧。

"嗯，我其实正在寻找指定图书……"

"指定图书？"茜茜歪了歪脑袋，表示不解。

"是为了写读后感的指定图书吗？"我询问道。

"是的。"女子点点头，接着说道，"我是在寻找适合六年级学生的指定图书，不过刚才仔细一想，像这种东西，不管五年级还是六年级应该都是一样的吧？"

听了这个女子的话，我们不约而同地点了点头。确实，指定图书被分为"面向低年级学生""面向中年级学生"和"面向高年级学生"，但是五年级和六年级的指定图书是一样的。

顺便提一句，以前美弥子姐姐告诉过我，图书馆里指定图书一年里大概有两次人气高峰。

第一次自然是在暑假的时候。读后感一般都会被学校以暑假作业的形式布置给学生，所以那一年的指定图书一旦被公布，就立刻会有人来预约。然而，图书馆里的书毕竟数量有限，如果按照一般的借书原则，大部分孩子还没有读到书，暑假就已经结束了。因此，只针对暑假的指定图书，图书馆将原本两周的借书期限缩短为了五天。

第二次借书高峰是在读后感征文大赛的结果公布之后。在这个征文大赛中，被选为优秀作品的读后感会被刊登到报纸上，读了这些文章的人们会对原本作者所读的书籍产生兴趣，随即来图书馆借阅。因此，据美弥子姐姐说，第二次高峰时，来借阅书籍的大人反而要比小孩多。

但是，现在应该已经过了第二次高峰了吧。

"你为什么要找指定图书呢？"我匪夷所思地问道。那女子双臂交叉抱着，认真地说道："我是用来探望病人的。"

我们移步到沙发，坐下后开始自我介绍起来。这位女士自称为沟口，说是为了去探望自己姐姐的女儿——也就是侄女，特地前来图书馆找书。

"我侄女叫叶月，现在还只是个六年级的学生，但她非常爱看书，每年都会参加读后感征文大赛，还曾经被选拔为年级代表呢。小叶月的妈妈，也就是我的姐姐，小时候曾梦想过当作家。小叶月应该是受到她妈妈的影响吧。"沟口女士就像是在讲述自己女儿的故事，满脸自豪，滔滔不绝，突然，她脸色沉了下来。

"这个小叶月啊，两星期前在人行天桥上摔了一跤，不小心把脚摔骨折了。"

说起两星期前，还是秋雨绵绵不断的时候。我清楚地记得妈妈当时在不停地抱怨洗完的衣物怎么晾也晾不干。

"她现在住在医院里吗？"茜茜脸上露出一副疼痛的表情，关切地问道。沟口女士摇了摇头，回答道："虽然住了几天院，但伤口并不是那么严重，上星期就出院回家了。但是，自那以来，总觉得她一下子内向了好多……"

说到那里，沟口女士一下子打住了，猛然把脸凑近我们，坏笑着问道："我这人是不是话很多？"

我们俩面面相觑，不知道如何回答是好。沟口女士笑着说："没关系。我其实自己也知道啦。"这么说着，她又手舞足蹈起来，"小叶月之前一直会微笑着听我在那里唠叨的，可自从她骨折以后，总是摆出一副双眼无神的木讷表情……"

沟口女士压低了声音，继续说道："虽然说是出院了，但石膏还没有拆掉，所以她只能在家里走动走动。于是，我就想小叶月无精打采的原因会不会是因为在家太无聊了呢。所以，昨天去看她的时候，我试着问了下她'有没有什么想看的书呀'，于是……"

从床上爬起身子，眺望着窗外的叶月小声地吐出了句："我想看我的指定图书。"

沟口女士虽然也知道现在已经过了时节，但仍然拍拍胸脯，向叶月保证道："你想看指定图书对吧？知道了，放心交给我吧。你想看指定图书中的哪一本书？"

然而叶月在听了沟口女士的话后，又转过头，慌忙摇头改口道："不好意思，还是算了吧。"然后，她就称自己身体不适，又钻进被窝睡觉去了。

"结果昨天，她后来什么也没跟我说。所以，我就想先来看看指定图书究竟是什么样的书……"

我抬头看向图书馆的天花板。在我们云峰小学里，暑假作业是可以自行选择写读后感还是做自由研究的，不擅长写读后感的我每年都选择去搞自由研究。我正在回忆以前时，只听"那个……"，茜茜像是在仔细端详沟口女士似的，开口说道，"我认为指定图书也有好几种……"

"哦？是吗？"

"是的。"看到沟口女士露出惊讶意外的表情，茜茜解释道，除了全国性读后感征文大赛的指定图书，还有各个县（相当于中国的省）的"推荐图书"、各个市里的读书俱乐部为孩子们推荐的"力荐图书"等，这些也都被学校统一称为"指定图书"。

"原来是这样……"沟口女士为难地双手环抱起来。

如果是这样的话，我想向别人打听应该会更快知道答案。于是，我伸长了脖子，环顾了一下图书馆四周。然而，在这个时间，根本找不到手头空闲的图书馆员。即便如此，我觉得如果到柜台询问的话，总归应该有人在的。

"我去问问看。"我正准备站起身，"啊，请等一下。"沟口女士慌忙拦住了我，说道，"如果可以的话，我不想让图书馆的人知道，还是想自己查找。"

"要保密……是吗？"我重新坐回座椅，不禁有些费解。不过这么说来，沟口女士从一开始就是向不是图书馆员的我们询问的。

"其实……"沟口女士有些为难地继续说道，"虽然我是住在云峰市的，但是小叶月住在空知市。"

空知市是位于云峰市隔壁的隔壁一个靠近大海的小城镇。

"所以，如果我在这个图书馆里找到我想要找的书，其实是用我的借书证借了书后，我再借给小叶月。"

"嗯……"

我也为难起来。在图书馆里，除非是妈妈帮小婴儿借绘本，除此之外，借用他人的借书证借书，或者自己借了书后再去借给他人这种"二传手"的情况都是明令禁止的。

但这也只是在找到想要的书之后才需要讨论的话题。因为只要能够找到书的话，再让沟口女士去书店里买就可以了。

图书馆的各个楼层都有检索机，只要输入书名或者作者名、关键词等，就能马上知道自己所要找的书在图书馆的哪个位置。然而这次，我们连书名、作者名都不知道，即便输入"指定图书"这个关键词，应该也不会出现相应的信息吧。

"如果有一张指定图书的一览表就好了……"我小声嘀咕道。

"《图书馆通讯》怎么样？"茜茜戳戳我的手臂，提示道。

"啊，对。"

所谓《图书馆通讯》，就是图书馆每半个月发行的大约有八页纸的小册子，上面会刊登新书信息、图书馆工作人员的推荐书目以及晚会的通知等。我好几次都用订书机帮忙一起装订过。我记得那本暑期刊《图书馆通讯》上应该刊登有指定图书书单。

我猛地站起身子，走到柜台旁与我差不多高的书架前，那里摆放着图书馆使用指南、人偶剧的通知等各种五颜六色的宣传单和小册子。它们全都以封面朝外的形式整齐地排列在架子上。

我一眼就看到了在与自己视线平行处摆放着的《图书馆通讯》，随即伸手将架子打开。这个架子的构造就如同信箱一样，是可以朝自己这个方向拉开的，里面藏着小册子以往的期刊。

正如我所想的那样，《图书馆通讯》的暑期刊用一半以上的篇幅刊登了指定图书特辑。我从留存的近十本暑期刊中取出三本后，回到沙发旁，把期刊递给沟口女士和茜茜。

"指定图书竟然有这么多啊？"沟口女士一边快速浏览起书目一览表，一边惊讶地感叹道。

"不过，如果只看面向高年级学生的书目的话，其实也不是很多。"茜茜一边翻阅着《图书馆通讯》，一边说道，"而且，说不定最后我们能够把范围缩小到一本哦。"

"哦？"我情不自禁地提高了嗓门，问道，"茜茜，你难道知道小叶月想看什么书吗？"

"叶月不是说过这样一句话嘛，'我想看我的指定图书'。如果是这样的话，我觉得她也许想看的是今年征文大赛中用来写读后感的书……"

"原来如此。"

沟口女士"啪"地拍了一下自己的膝盖，从沙发上站起身。

"既然如此，我觉得问一下我姐姐应该就知道了。我想给小叶月一个惊喜，最好事先不要让她知道。这个一览表我也先拿走了哦，真是太感谢二位了。"她像打机关枪似的一口气把话说完后，也不等我们回复什么礼节性的话语，就冲出了图书馆。

我们两人杵在那里，只能呆呆地目送沟口女士的背影，直到消失为止。然后，我们不约而同地相视一笑。

"说起来，芊芊你暑假作业好像一次都没有选择写读后感吧？"妈妈一手端着咖啡杯，问道。现在是晚饭后的喝茶时间，饭桌上摊开着《图书馆通讯》的暑期刊。

"可不是嘛，我不擅长啊。"我一边捧起泡着淡淡红茶的马克杯，一边抱怨道。当我阅读那种能让我感叹"啊，能碰见真是太好了"的书时，我只会叹气，其他什么也说不出来。当我碰上并不是那样的书时，我也还是只会叹气。

"而且，"我继续说道，"我不太喜欢看指定图书。"

"咦？可你不是说过《临门射击》呀，《秘密的甜甜圈工厂》之类的书很有意思嘛。"

《临门射击》讲述的是一个初中一年级的学生因为对美少女前辈一见钟情，参加了快要被废除的台球俱乐部，为了将俱乐部从"灭亡"线上救回来而奋力拼搏的故事。《秘密的甜甜圈工厂》讲述的是在某个小城镇突然出现了一家价廉物美、移动的甜甜圈商店，小镇面包店老板的儿子为了探寻其中的秘密，进行冒险的故事。顺便提一句，《秘密的甜甜圈工厂》这本书在讲述故事的同时，还可以让人学到应该去哪里获取作为甜甜圈原材料的小麦和鸡蛋，它们又是通过怎样的途径被运送到了工厂，制作完成后的商品又是如何定价等一系列流通环节的构成。

这两本书都是去年的指定图书，内容也确实非常有趣，但是《临门射击》是面向初中生的，而《秘密的甜甜圈工厂》则是面向小学高年级学生的，这两本书都不在我所在年级的书单上。

而且我并不是不喜欢指定图书本身，而是不喜欢把书规定为指定图书这个做法。

的确，指定图书不愧是从几千本书中千挑万选出来的，其中有很多内容有趣的书。但是对于我而言，"选书"这件事情本身也是读书的乐趣之一。听我这么一说，妈妈称赞道："像你这样，以去图书馆为乐趣的孩子可真好——"

妈妈喝了一口咖啡，微笑着接着说："指定图书对于平时不怎么看书的孩子而言，还是挺便利的。从零基础开始挑书，这项任务本身就很辛苦。"

听了妈妈的话，我想到了安川。今年暑假时，安川还只是个图书馆的初学者，为了完成读后感，来图书馆找书。面对着一排排的书脊，他显出一副手足无措的模样。

确实，对于那些不常去书店和图书馆的人而言，他们面前突然摆放出那么多书，然后被要求"选出一本自己想看的书"，确实会比较伤脑筋吧。

我重新翻看起《图书馆通讯》。

今年面向小学高年级学生的指定图书总共有三本，分别是一本日本小说、一本外国小说，还有一本是非虚构类图书。

除此之外，各个县的"推荐图书"有五本，各个市的读书俱乐部所推荐的"力荐图书"有四本，然后还有云峰市立图书馆自己介绍的暑期推荐书目十本。叶月在空知市，所以应该和后两者推荐的书目没有什么关系。

那么叶月想读的书究竟是这里面的哪一本呢……

我一边目不转睛地看着《图书馆通讯》，一边思考着这个问题。

"但是有点奇怪哦。"妈妈小声嘀咕道。

"什么奇怪啊？"

"在小叶月家，她妈妈应该属于非常热衷于这种事情的人吧？如果是这样的话，为了写读后感，应该会从书店把指定图书买回家吧？"

"啊，也对呀。"

确实，经妈妈这么一提醒，这种情况更为自然合理。我稍作思考后，回答道："那莫非她想读的并不是征文大赛里出现的指定图书。"妈妈歪了歪脑袋，好像并不赞同我的说法："既然这样，她不是应该把书名说出来吗？"

"只要是指定图书的话，应该随便什么都可以吧……"

"但小叶月不是说了要读指定图书吗？"

"嗯……"

这回轮到我歪了歪脑袋，不置可否了。妈妈继续说道："而且据沟口女士所说，小叶月是个很爱看书的孩子吧？这样一个孩子会用这么含糊不清的方式来拜托别人吗？"

我又思考了一下，然后斩钉截铁地摇了摇头。如果我受了伤无法出门，让别人替我去图书馆借书的话，我应该会把希望借的书名、系列名、作者名等一清二楚地告诉对方。听我这么一说，妈妈笑着耸了耸肩，说道："嗨，大家都有各自的处理方式，并不是每个人都会像你这样对书那么有要求和讲究的。当然，沟口女士也不是没有听错的可能。"

"嗯，我下次再碰到沟口女士的话，问问她事情的进展吧。"我一边把空杯子放回饭桌，一边说道。我想大家住在同一个城市，今后总会有机会再相遇的，但没想到，再见的机会竟然这么快就到来了。

第二天傍晚，在图书馆的大厅里，我正坐在沙发上，把刚借好的书重新整理后塞进背包里，只听入口处传来一句熟悉的招呼声："茅野同学。"我抬头一看，沟口女士手上挽着昨天那件短大衣，正好走进图书馆里。

"沟口女士。"我一惊，条件反射性地站起身子。沟口女士脸上露出放下心来的神情，说道："太好了，我正想着来这里会不会碰见你呢……"说着，她握住了我的手。

"指定图书找到了吗？"我问道。沟口女士皱起了眉头，说道："这个嘛，还没搞清楚。"

"啊？"听到我的反问，沟口女士坐到沙发上，开始跟我说了起来。

昨天和我们分别后，沟口女士就立刻去了叶月家，询问姐姐关于今年读后感征文大赛的指定图书。没想到姐姐轻描淡写地回答说："那书啊，我们家就有啊。"于是，姐姐从自己的书房里拿出了一本今年面向高年级学生的指定图书。

"如果是这样的话，应该指的是去年的指定图书吧？"我一想到这种可能性就脱口而出了。但是，沟口女士随即就摇头否认道："你这个想法可行不通。至今为止，凡是在征文大赛里出现过的指定图书我姐姐书房里的书架上都有。"

"那应该是没有写过读后感的指定图书里的某一本书咯。"我边说，边从背包中取出《图书馆通讯》。然而，沟口女士长叹了一口气，慢慢地摇了摇头，说道："我也是这么想的，昨晚，我把从你这里得来的《图书馆通讯》给小叶月看过了。我本来是不想事先告诉她的，但是如果我带着她本人并不想看的书去看她的话，也不太好吧。没办法，我只能这么做……"

看了一眼指定图书的一览表后，叶月在床上摇了摇头，说道："不好意思，阿姨，这里面并没有我想要看的书。"

据说，叶月当时一边向沟口女士抱歉地低下头，一边眼中噙着泪，悲伤地说出了这些话。

"啊？"大吃一惊的沟口女士情不自禁地提高了嗓门。这时，沟口女士的姐姐——小叶月的妈妈过来告诉她们晚饭做好了，因此也就打断了原本的对话。

"这里面没有吗？"我又重新看了一遍《图书馆通讯》里的书单。如果不是刊登在这上面的指定图书的话，那么能够想到的就只有比去年更早的指定图书，或者是空知市自行指定的推荐书目了吧……

"那你问过叶月的妈妈了吗？"我问道。沟口女士表情复杂地摇了摇头，说道："其实昨天小叶月在跟我道完歉后，有那么一瞬间，张口想说什么的。但是，在我姐姐走进房间的那一刻，她又慌忙闭口缄默不语起来……我感觉这其中一定有什么隐情，所以什么都没有跟姐姐说……"

"我的指定图书……这样吗？"我口中念念有词。如果这和指定图书、推荐图书之间并没有联系，而是意味着"只属于我的指定图书"的话，我们就无从下手了。

"我也没有其他线索，恰好自己也正想读读这书单上的指定图书，所以就过来了……"听了沟口女士的话，我抬头看了下挂在墙上的时钟，距离闭馆时间只剩三十分钟左右了。

"那我也来帮你吧。"我们分头行动，一起搜集起了指定图书。我负责在一楼的小说区寻找，沟口女士则跑去二楼的非虚构区寻找。

我单手拿着《图书馆通讯》，在童书区那里转了一圈。只听"啊，这不是芊芊嘛"，系着墨绿色围裙的美弥子姐姐从书架背后忽地露出了一个小脑袋。

"你在找什么东西吗？"

"嗯，在找指定图书……"我把《图书馆通讯》朝美弥子姐姐晃了晃。

"指定图书？"美弥子姐姐稍许露出了一丝惊讶的表情，随后用手托着下巴，说道，"嗯……因为第二个借阅高峰还没有完全结束，所以也许它们都不在书架上吧。"

"啊？这样啊？"我不禁吃惊地提高了嗓门。

美弥子姐姐点了点头，说道："优秀作品在很久以前就已经公开了，预约的高峰虽然早已过去，但是那个时候的集中预约到现在还没有完全轮转借完呢。"

"原来是这样……"我有些失望，把目光投向了《图书馆通讯》。

"你在找哪本书呢？"美弥子姐姐稍稍弯下腰，盯着《图书馆通讯》看。我把事情的来龙去脉简单地跟美弥子姐姐解释了一下。

听我说完后，美弥子姐姐一直保持双手托着下巴的姿势，思考了片刻，终于开口小声嘀咕道："我的指定图书啊……"

"你在这里稍微等我一下？"她对我说着，就快步走向位于借书柜台里侧的事务所，不见了踪影。

我在原地等着，还没有一分钟，美弥子姐姐就回来了，递给我一本硬壳封面的书。

看上去是一本外国的儿童书。在封面的正中央，有一个金发少女正坐在那里看书，她周围堆着几十本、甚至上百本书，形成了一堵感觉快要倒塌的墙。

我若无其事地看了一下书名，不禁"啊"地大叫了一声，看着美弥子姐姐的脸说道："这个是……"

美弥子姐姐微笑着点了点头，说道："那个女孩子想读的应该是这本书吧。"

我在图书馆二楼的内侧深处找到了沟口女士，连拖带拉地把她带到了一楼大厅里。在匆匆介绍完美弥子姐姐后，我赶紧把书拿给她看。

"啊！"拿到书的沟口女士表现出和我相同的反应。

"原来有这样的书啊……"她一边小声嘀咕道，一边仔细盯着封面上所印的书名看。

《我的指定图书》——这原来是一本书的书名。

"我想看《我的指定图书》。"叶月从一开始就已经把答案告诉我们了。但是就好比以"红蜻蜓"为名的蜻蜓不存在那样，我们擅自认为以《我的指定图书》为名的书籍也应该是没有的。

"在听芊芊说的时候，我也觉得叶月没有说出书名这件事实在是太不可思议了。"美弥子姐姐小声说了起来。在快要闭馆的图书馆里，我们在离入口最近的沙发上并排坐了下来。

"如果每年都报名参加征文大赛的话，指定图书里有哪些书她应该是熟记于心的，然而为什么叶月没有说出自己想读的书的书名呢，我在思考这个问题的时候，想起了这本书。"

"这本书讲述的是个什么样的故事啊？"沟口女士认真地问道。"我不可能把故事的全部内容一下子都说完……"美弥子姐姐事先给我们打好"预防针"后，说了起来。

这本小说的主人公名叫小梅，是个和叶月一样同为十二岁的女孩子，她非常喜欢看书。故事的"舞台"设在美国的某个乡村，好像在小梅居住的州上，也有和日本类似的读后感征文大赛。

但是那一年，小梅在读了妈妈为妹妹买的面向低年级学生的指定图书之后，感动不已，写了那本书的读后感，递交到学校。由于学校的失误，那篇读后感以妹妹的名字署名，被寄送至州立征文大赛，最终竟然被选中了。这件事引起了巨大的骚乱，故事的开头大致就是这样——

　　"当然，这本书也不一定就是叶月在寻找的书。"美弥子姐姐容易犹豫不决。

　　沟口女士一听，斩钉截铁地断言道："没错，我觉得肯定就是这本了。"然后，她又接着说道："我听了这本书的故事梗概，突然想到了一件事。"

　　"事情好像发生在暑假快结束之前。有一天，也不知道是什么原因，小叶月突然嘀咕说好想回到二年级。我当时觉得很不可思议，心想为什么不是一年级，而非得是二年级呢？当时她那不像是在开玩笑的认真表情，给我留下了深刻的印象。"

　　沟口女士翻开《图书馆通讯》，在面向低年级学生的指定图书中指出一本书。这本书讲述的是海豚为了去见自己的笔友女孩，横跨大海的故事。

　　"这也许是她说希望回到低年级这话背后的原因吧。这个人是小叶月非常喜爱的作家，她肯定是想写这本书的读后感吧。但如果这样的话，由于她的年级不符合，也就无法报名参加征文大赛了……"

"但是……"美弥子姐姐感觉有些不可思议地歪了歪脑袋。

"如果这样的话，她可以不参加命题组，而去报名参加自由组啊……"

读后感征文大赛分为以指定图书为对象的命题组以及以任何作品为对象的自由组。

但是，如果是读了其他年级的指定图书，然后用它去报名自由组别的话，这是否可行呢……

我脑海中浮现出这个疑问。这时，沟口女士严肃而坚决地摇了摇头，说道："我觉得这也许会遭到我姐姐——也就是她妈妈的反对。我姐姐一直认为，相比自由组，报名命题组的话，被选上的几率要更高一些。"

"哦？是这样吗？"我反问道。

沟口女士耸了耸肩，说道："事实是不是这样我不清楚，但至少我姐姐是这么认为的。"

"但是……"我也有些无言以对。

"确实，我觉得根据被选拔上的概率来挑书这件事本身就很愚蠢……"沟口女士苦笑着叹了口气，说道，"我姐姐就是这样的人。以前，她就是个非常非常在意别人评价的人。她自己写小说的时候也是，比起自己真正想写的内容，她更倾向于去写那些容易通过审核或者被选拔上的内容……当然，这并不是什么坏事。如果能够被选上，得到别人认可的话，自然是值得高兴的事。姐姐应该也是希望小叶月能够体会到这种喜悦，所以才让她去写容易被选上的读后感……但是对小叶月而言，却越来越痛苦吧。"

我想，小叶月应该也是感受到了她妈妈那种望女成凤的心情吧。所以，她才无法坦率地说出自己真正想读的是这本《我的指定图书》。如果让她妈妈得知这本书的内容，那么其实小叶月对于妈妈所坚持的方针抱有不满这点也就暴露了。

"叶月她今年报名参加征文大赛了吗……"听到我的小声嘀咕，沟口女士也不确定地歪了歪脑袋，说道："我姐姐什么都没有说，应该是报了吧……只是小叶月心中存有不满和迷惑。在那时，不知道是不是从网络上得知有这么一本书，所以对它产生了兴趣吧。"

"在这本书里，有这么一句话。"美弥子姐姐把手放在书的封面上，咬文嚼字似的一句一句背诵起来，"'面向低年级''面向高年级'之类的分类都是由大人们擅自决定的，然而对于我而言，这本书才是真正'适合我'的书。"

"确实如此。"

沟口女士放松地笑了笑，问道："我可以把这本书借走吗？"

"不好意思。"美弥子姐姐抱歉地摇了摇头，说道，"其实这本书是我们刚买来的，还没有完成馆藏登记手续。"

图书馆对于刚购入的书，不会把它们马上摆放到书架上去。为了不让书受伤，每本书都会被套上一张塑料封皮，然后再贴上一张条形码，登记到电脑里。

"原来是这样啊。"沟口女士看上去好像并不失望，说道，"那我到书店去找找。"

"如果这样的话 ——"美弥子姐姐建议去位于车站前的大正书店看看，"那里肯定会有的。"

"谢谢你。这样，我终于可以带去看望小叶月了。"沟口女士"唰"地站了起来，鞠躬鞠得脑袋都要碰到膝盖了，向美弥子姐姐深深感谢道。随后，她又转向我，说道："茅野同学，也谢谢你，麻烦替我向吉田同学问好。"她一边披上短大衣，一边又再次微微低头致意。

"啊，好的……"我连忙鞠躬回礼，等再抬起头看时，沟口女士的身影已经快在自动门那一头消失了。美弥子姐姐被其行动之神速惊得目瞪口呆。我"咚咚"地碰了碰美弥子姐姐的胳膊。

"嗯？怎么了？"美弥子姐姐回过头来。我指着她手里的书，说道："我可以预约借这本吗？"

"那结果如何呢？"茜茜双手背在身后，一边走一边观察着我的神色。我心不在焉地"嗯嗯"附和着她，停下了脚步。"叶月想读的书果真就是这本书。"我一边说，一边从背包里取出《我的指定图书》。

　　这是一个晴朗的星期天午后。我们在低头可以看到笹耳川的河岸上并排走着。凉爽的秋风将岸边的芦苇吹得"簌簌"摇摆，柔和的阳光洒在河面上，波光粼粼。

　　听美弥子姐姐说，沟口女士昨天给图书馆打了致谢电话，并报告了之后所发生的事情。我去跟茜茜汇报通气时顺道把她约出来一起散步。

　　据沟口女士所说，当叶月看到《我的指定图书》时，一开始非常惊讶，什么都没有说，后来终于吐露心声："其实从以前开始，为了参加读后感征文大赛而被迫去读指定书目，又被要求得出成果，我一直就很痛苦。"

　　叶月得知有《我的指定图书》这本书是在其出院回家之后不久。她在网上查阅有什么新出版的图书的时候，对其书名和内容产生了兴趣，不管怎么说，这是一个讲述"不喜欢指定图书，用其他年级的指定图书来报名参加征文大赛的小女孩的故事。"如果妈妈知道自己其实想看这本书的话，一定会很伤心吧——这么一想，无论买还是借这本书，自己都不能拜托妈妈。话虽这么说，可自己又无法一个人独自外出。

就在那时，被沟口阿姨问到有没有什么想看的书时，叶月条件反射性地说出了那本书的书名。

可没想到的是，沟口阿姨误以为那不是个书名，而是指定图书中的一本。

"据说，叶月当即就发现沟口女士其实是误解了，但那本书的故事她怎么也说不出口，所以索性就让阿姨就这么误会吧。"我又重新迈出了步伐，边走边说。

"但是——"

茜茜一脸担心状，"啪"地踢飞了一颗小石子。

"可如果那样做的话，无论到何时，岂不是一直都读不到自己想看的书了嘛。"

"是啊。"我点头表示赞同。

美弥子姐姐也对沟口女士说过："如果一直这样下去的话，不光是想读的书，自己想看的东西、想去的地方、想做的事情也可能会变得必须要忍住啊。"沟口女士听后，表示要再和小叶月谈一次。然后——

"据说后来，叶月把自己心里所想的话全都告诉妈妈啦。"听我这么一说，茜茜露出了一副终于放心了的表情，望着匆匆流水，说道："这样啊……"

我也被吸引了过去，一边眺望着河流，一边想，能够阅读自己想看的书，真是一件非常幸福的事情。

"啊，红蜻蜓。"我顺着茜茜手指的方向看去，两只红色的蜻蜓正互相交错着在芦苇上飞旋。

"它们和茜茜名字一样哦。"听我这么一说，茜茜愣了一下，随即笑着说道："确实是哦。"

我一边和茜茜一起笑着，一边想，下次我去图书馆，一定要去读读《横渡大海的海豚》。

第 三 个 谜 题

遥 远 的 约 定

晴 れ た 日 は 図 書 館 へ い こ う

每件东西都有各自的名称。

例如，我们平时用数字来命名的——一月、二月——这些月份其实也有自己的名字。在日本，七月因为在七夕节要写下许愿文，而被称为"文月"；九月因为其夜晚很长，而被称为"长月"；十一月因为会下冰霜，所以被称为"霜月"。

日本的十二月也被称为"师走"。这里所谓的"师"是指和尚，也就是说，"就连平日里一直非常清闲的和尚都要四处奔走，是繁忙的月份"。

可不是嘛，就连小学生在十二月里也很繁忙。不管怎么说，学期结束后，就会迎来寒假、除夕夜以及新年，一系列大型节日庆典接连不断，让人觉得分一点给其他的月份——比如六月之类——就好了。

就在十二月的第一个星期天，我在客厅里为去图书馆做准备，妈妈看着我的打扮，笑着说道："明明还没有下雪呢，你怎么穿得像个雪球呀。"

确实，我全副武装，身着一件厚厚的羽绒服，还戴着毛线手套、毛线围巾和毛线帽子。除了红围巾，其他全是白色的，被称为雪球，我也只能乖乖承认了。

"雪球出发走了哦。"我刚鼓足勇气踏出房门，刺骨的北风就"呼呼"地吹打到脸上。

"哇！"我一边惊叫了一声，一边快速向电梯跑去。

"啊，好冷啊。"我钻进图书馆，摘下手套，用手捂了捂脸颊。

"啊，那不是芊芊嘛。"美弥子姐姐正在大厅的中央装饰着一棵树，一看到我，就吃惊地睁大了双眼，招呼道，"你怎么啦？怎么穿得像个雪球一样？"

"啊，果真像？"我摘下帽子和围巾，最后把羽绒服外套也脱了，感觉就像是脱掉了宇航服一般，浑身顿时轻巧了很多。

浑身轻松后，我站到美弥子姐姐身旁，抬头看了看比我稍微高出一点的树。据说原本是计划在图书馆玄关外面摆放一棵更大的树的，但又担心太大的话，如果倾倒会比较危险，最终缩小到了现在的尺寸。

我一边感受着稍稍有些早的节日气氛，一边从树旁走向童书区。在新到图书的书架上，我看到了水野远子新出版的作品，于是伸手去拿。水野是一位居住在云峰市的儿童文学作家。今年春天，我通过她的女儿佳娜认识了她。

水野的新书看上去好像是本科幻小说。时间设定在 34 世纪，中学生的"我"（小男孩）利用暑假休息，打算去在宇宙殖民地工作的爸爸那里玩。虽然他乘坐了宇宙飞船，但是由于在途中遭受陨石撞击，宇宙飞船脱离了航线，结果在偏离航线很远的一个小星球上着陆。而且，这架宇宙飞船因为完全是由电脑来操控的，所以飞船上乘坐的都是初中以下的小孩子。

这本书讲述的是主人公们在引擎和通讯设备均被损坏的宇宙飞船上，一边与接近于地球两倍的重力、凶猛恐怖的野兽、饥饿和口渴等重重困难作战，一边合力设法重回地球的故事。书名叫做《我们的遥远旅途》。

接着，我又将手伸向摆在它旁边的《魔法师的通讯录》。这是"魔法师系列"丛书的最新作品，讲述的是在魔法学校里成绩并不优秀的魔法师贝璐卡为了逃避寒假补习班，挑战补考的故事。读起来，我总觉得好熟悉，不像是在讲述别人的事情。

在云峰市立图书馆，按规定每人最多可以借五本书。我已经借了两本书回家了，加上这两本共计四本。科幻小说和幻想小说都已经选好了，接下来是不是再选一本悬疑小说呢……我一边扳着手指合计，一边走向悬疑小说的书架。

这时，不知从哪儿传来了"啦……啦啦啦……"的小声歌唱，我停下了脚步。如果是手机的来电铃声或是来电歌曲的话，我偶尔是听到过的，但如此清晰的歌唱声真是极为罕见。

我环顾四周，找到歌声的源头后，就更大吃一惊了。唱歌的人竟然是天野先生。而且，天野先生是在咨询柜台里，对着听筒认真地唱着。"啦啦啦……啊，不对吧？是啦啦……啦啦吧？"

天野先生时不时地停止歌唱，对着电话的另一头说着什么，然后又再次皱起眉头，对着电话听筒一遍又一遍地重复着相同的歌词。因为歌声断断续续的，听不太清楚，但我总觉得应该是现在非常热门的动画片的主题曲。不过，天野先生为什么如此拼命地一个劲儿地唱歌呢？当我正匪夷所思地望着他时，"芊芊，你怎么啦？"被恰巧从柜台里走出来的美弥子姐姐叫住了。

"天野先生在干什么呀？他唱的是不是动画片的主题曲？"我若无其事地问道。美弥子姐姐顿时两眼放光，把脸凑近我，问道："芊芊，你知道那首歌吗？"

尽管有些被美弥子姐姐的阵势吓到，但我还是小鸡啄米似地点了点头。

"你快过来一下。"美弥子姐姐突然挽住我的胳膊，把我拉到了咨询柜台里。然后，她与天野先生简单地交流了几句后，对我说："芊芊，你能唱几句刚才那首歌吗？"

这回，他们两人蹲下身子，认真地观察起我的口型来。在他们两人的"威慑"下，我也不明白究竟发生了什么，只得小声唱起了高潮部分。

"就是它！"天野先生兴奋地站起身，对着电话听筒，重复了一遍刚才的旋律，然后又问道："芊芊，你知道刚才那首歌是哪部动画片的主题曲吗？"

"嗯，我知道啊。"我一说出动画片的片名，随即天野先生又回到电话旁，热心地转述给对方。

"哎哎。"我拉了拉美弥子姐姐的围裙，压低嗓门问道，"到底发生了什么呀？"

"其实呀……"美弥子姐姐把嘴巴凑近我的耳朵，正准备告诉我的时候，只听"芊芊，谢谢你啊，今天真是全靠你帮忙了。"挂上电话的天野先生握住我的手，用力地上下晃动。我觉察到柜台的外侧好像有读者露出一副"发生了什么事情"的表情，不禁有些害羞，逃似的快速离开了柜台。

就这样，我飞奔回大厅的时候，美弥子姐姐追了上来。

"对不起哦。你肯定被吓到了吧。"听她这么一说，我使劲儿地点了点头。美弥子姐姐"咯咯咯"地笑了起来，抬头看了看墙上的挂钟，说道："现在正好是我休息的时间，我们一起去喝杯茶吧。"她边说，边把我推出了图书馆。

"刚才的电话呀，是一位想给自己孙子一份礼物的老奶奶打来的。"我们来到一家名叫灯亭的小咖啡馆，它就位于图书馆的隔壁。我们俩在靠窗的位子面对面坐下，美弥子姐姐开口解释道。

灯亭这家店原先真的卖过灯具，店长的父亲曾经是一位技能精湛的灯具匠人。即便现在这里已经变成咖啡馆了，并不宽敞的店里仍然处处都摆放着店长父亲的作品。据店长说，仓库里还留有许多灯具，这里时不时地会更换一部分。

现在距离吃午饭的时间还有点早，店里除了我们俩，就只有一位老太太，她正坐在里面的位子上安静地喝着茶。

点完单后，美弥子姐姐又回到刚才的话题，说道："那个老奶奶啊，听说是和孙子分开居住的。上个月，孙子来玩的时候，嘴里一直不停地唱着一首歌，所以她想偷偷买一张含有那首歌的CD唱片，当作礼物送给小孙子。可是，她不知道那首歌的歌名，所以烦恼了许久的她把电话打到了图书馆。"

但是，那位老奶奶只记得那首歌旋律的极少部分，歌词也基本背不出来。刚才的电话里，那位老奶奶一遍又一遍地在重复高潮部分的旋律，天野先生在努力听取读解。

哼歌的谜团虽然被解开了，但是我的脑海中又浮现出另一个问题。

"但是，她为什么把电话打到图书馆呢？如果是歌曲的话，CD唱片店的人不是应该更熟悉吗？"我正开口提问时，只听咖啡馆的门铃响了起来。

"你们两果真在这里。"天野先生连墨绿色的围裙都没有脱，就这么来了。他满脸笑容地径直走向我们。

"谢谢你啊，芊芊。全靠你，我终于弄明白那首歌的歌名啦。"他一边说，一边又握住我的手，用力地上下晃动起来。

正巧这时，店长端来了我点的奶茶和美弥子姐姐点的薄荷茶，天野先生顺势点了杯热咖啡，坐到了美弥子姐姐身旁。

"你来得正好。我刚才正在跟芊芊解释之前的那通电话呢。"

美弥子姐姐重复了一下我刚才的疑问，天野先生听后，露出一副不好意思的神情，用手抓了抓头皮。

"其实啊，我原本也忘记了，经刚才那老奶奶一提醒才猛地想起来……"

恰巧是一年前的今天，老奶奶当时也是为了给小孙子寻找一本绘本作为礼物，来到了图书馆。在天野先生的帮助下，她找到了。

"那件事情，我也记得很清楚。"美弥子姐姐从旁插话道，"当时老奶奶只提供了绘本中的一个人物，而且还只是个配角的名字还有就是书脊颜色这么点信息，天野先生竟然立马就帮忙找到了。"

"哇！"我吃惊得睁大了双眼，目不转睛地看着天野先生说道，"天野先生，你实在是太厉害了。"

"那是碰巧。"天野先生害羞地笑了起来，说道，"当时被问起的时候，我正好刚读完那本书。但是，那位老太太好像对当时的事情印象非常深刻，觉得图书馆是万能的。"

天野先生说到这里，突然猛地挺直腰板，深深地低下头，向我致礼道："所以呀，刚才幸好有芊芊你在。谢谢你。"

"哪里哪里……"我连忙大幅地摆了摆手，然后又把脸藏到了装有奶茶的杯子后面。

尽管如此，迄今为止我也从美弥子姐姐那里听过不少图书馆的工作内容，觉得自己对此也算了解得比较深入了，但是查询 CD 曲名的事情还是第一次听到。听我这么一说，天野先生否认道："也并不是这样哦。"

他笑了笑，继续说道："因为图书馆里也有用来外借的 CD 唱片。诸如在电视广告里播放过的那首曲子的 CD 有没有呀之类的问题也有很多。不过，像这种时候，只要在网上搜索一下，就基本可以找到答案了。像今天这样没有什么线索的提问还是比较罕见的。"

"你们真的要做好多工作啊。"我敬佩地感叹道。

"这种工作叫做参考咨询服务。"美弥子姐姐嘴里说出了一个我并不熟悉的单词。

"参考咨询服务？"

"对。"美弥子姐姐点了点，认真地看着我，说道，"比如说，芊芊你有时候会想再读一遍小时候看过的某本绘本吧？但是，书名啦、作者名字啦之类的早就不记得了，你记住的只有绘本中出现过的料理名。这时候，芊芊你会怎么做？"

"我会去问妈妈。"我不假思索地回答道。如果是我小时候看过的书的话，妈妈应该会知道。

"那如果连妈妈也不知道呢？"

"我会来问你。"这次，我还是不假思索地回答道。妈妈和美弥子姐姐都是我阅读的老师。

"那如果还是不知道呢？"

我不知道该如何回答，朝天野先生瞥了一眼，说道："我大概会问玉木阿姨或者天野先生吧，问他们有没有看到过包含这种料理的绘本……"

美弥子姐姐终于点了点头，说道："这就是参考咨询服务。"

"所谓参考咨询服务，就是指为需要寻找书和资料等，或者是想要查询什么东西的读者提供帮助。"

"哇，这就好像是书籍的侦探哦。"

"是啊。"美弥子姐姐笑了起来，说道，"确实是这样。从仅有的一点点线索中找到读者所想要寻找的书时，的确会有些当上了名侦探的感觉哦。"

当我们正热烈地进行着以上对话时，却听到一声"我以前也让侦探帮过忙哦"。原来是店长恰巧把天野先生的咖啡端过来。他好像在透露自己某个秘密似的，压低声音对我们说道："有一次朋友推荐我去看一本小说，说'那本小说很有意思，你也去看看吧'，我就去找了，可怎么搜索都找不到……"

"莫非是书名搞错了？"

我以前也有过类似的经历，把一本名叫《天空的远方》的历史幻想小说的书名误解为了《天空的刀》（日语中"远方"和"刀"的发音相同），怎么检索都查不到。

店长勉强地"嗯"了一声，苦笑了起来，说道："与其说是搞错了……我本来想找的是一位名叫'桐野瞳'的作家所写的名为《积水》的作品……"

说到这里，他有些调侃地耸了耸肩，随后继续说道："结果朋友推荐的其实是一位名叫水田麻里（日语中'水田麻里'的发音与'积水'的发音相同）的作家所写的名为《雾之瞳》（日语中'雾之瞳'的发音与'桐野瞳'的发音相同）的作品。"

说完，店长朝我们鞠了一躬，便走回柜台里。我们呆呆地目送着他。

"如果是这种情况的话，的确是直接询问便可以很快得到答案。"

天野先生小声嘀咕道，"而且水田也非常有名。"

"把书名跟人名搞反了，机器是不会告诉你的，因为你提的问题本身就不正确。"美弥子姐姐端起茶杯，用悠闲的口吻说道。听她这么一说，我的心顿时感觉像是被揪了一下，大吃一惊。

确实，利用诸如图书馆里的检索机、因特网之类的，也许可以给出问题的正确的答案。但是，它们自然也不会告诉我们问题本身是否正确，同样也不会跟我们多说问题以外的内容。

这一方面，如果直接询问图书馆工作人员的话，理所当然地，他们会回答我们正在找寻的书。不仅如此，他们还会推荐我们一些书目以及向我们介绍一些我们并不知道的好书。我觉得这点很划算啊。

"但是……"天野先生开口说道，"我们也会碰到回答不了的问题。不，倒不如说是我们回答不了的情况可能占大多数哦。"

"啊？"我感到非常意外，反问道，"这究竟是怎么回事？"

"比如说，芊芊你在做学校布置的作业时，碰上要调查日本的人口数量，你就会来图书馆，对吧？但是，即便我知道问题的答案，我也不能通过自己的嘴巴来告诉你答案。"

"这是为什么呢？"我不解地问道，"难道因为是作业的缘故？"

"当然，这也是一方面的因素……"

"因为我们的工作任务是帮忙寻找书或者资料啊。"美弥子姐姐搅拌着薄荷茶说道。

"对于作业呀小测验之类的答案，我们自然是不能回答的。除此之外，对于客人需要调查的内容，原则上我们也是禁止把答案直接告诉客人的。但是我们会通过其他形式来回答，比如说，如果有人想要调查日本的人口数量，我可以告诉他哪本书上所刊登的数据是最新的，或者给他推荐哪本书有很多插画，对小孩子而言浅显易懂之类的。"

"哦……怎么感觉像是在指引道路一样。"听我这么一说，美弥子姐姐笑着说："确实如此哦。"

"图书馆就如同书的派出所吧。派出所的巡警叔叔也会告诉我们该如何走到目的地，提示我们这里有一条近路啦，平时工作日的话走这条路人比较少之类的。但是至于休息天去哪里玩最开心之类的问题应该不会回答我们吧？我们所做的就和巡警叔叔一样。"

听了美弥子姐姐的话，天野先生笑着说道："一会儿做侦探，一会儿做巡警，图书馆工作人员还真是繁忙啊。"

我一边跟着一起笑起来，一边抬头仰望窗户对面能看到的图书馆。当我们有想看的书或者是想知道的事情时，我们会去图书馆，但是，那里并不是直接告诉我们答案的地方，而是我们通过自己的努力去摸索答案的指路标。

也许是午饭时间临近了，我忽然意识到，不知道何时店里几乎一半的座位都坐满了。

差不多该走了吧，我们正互相示意的时候，只听身边传来一声"那个……"抬头一看，原来刚才在里面座位上喝茶的老太太不知道何时站到了我们座位附近。

"不好意思，打扰了。我不小心听到了你们的谈话……"老太太毕恭毕敬地向我们鞠了一躬，一边看着美弥子姐姐和天野先生，一边说道："不好意思，请问你们是书的侦探吗？"

"啊？"面对惊讶得目瞪口呆的我们，老太太"噗嗤"一声笑了起来，继续说道："其实我有本书想让侦探老师替我查询一下。

"这已经是半个世纪之前的古老故事了……"

这位自称姓白石的老太太坐到我们对面的座位上，有些害羞地笑了笑，中气十足地说道："其实我曾经在这个城市住过。"

这时候，店长帮白石老太太把里面座位上的茶杯端了过来。

因为休息时间快要结束了，所以我们把与图书馆沟通的任务拜托给了天野先生。于是，我把座位挪到美弥子姐姐的旁边，让白石老太太的座位转移到我们桌子旁。

白石老太太向店长稍稍低头致意后，平静地继续刚才的话题。

——自从离开这座城市后，白石老太太一直居住在离这里很远的城市，一起居住的儿子因为换工作，在上个月重新回到了云峰市。

因为刚搬家过来，白石老太太还没有什么朋友，每天的功课就是在这座已经完全变样的城市里无所事事地散步。今天也是，她漫无目的地散着步，偶然路过了这家店。

"我想起来了。以前，这里是家漂亮的灯具店。"

我和美弥子姐姐不约而同地互相看了一眼。虽然我们是问了店长才知道咖啡馆灯亭曾经是家真正的灯具店，但是与实际知道灯具店那时候事情的人相遇还是第一次。

"那是一家怎样的店呀？"我一边朝店长的方向瞟了一眼，一边问道。白石老太太合起纤小的双手，眯起眼睛，说道："那家店很漂亮哦。一到天黑，店门前那代替指示牌的大灯就会亮起。我就只进过这家店一次，店里的墙壁上挂满了数也数不清的灯饰，让人感觉就像是进入了梦中王国。"白石老太太出神地描绘道。

我一边听她说，一边打量起这家店。即便是现在，店里还到处装饰着各式各样漂亮的灯具，以前这里应该还有更多的灯饰吧。

不过，如果这里到现在还是家灯具店的话，我们就喝不到店长做的美味红茶啦，但我又不能跟白石老太太这样说。这么想着，我不由地觉得灯亭现在是家咖啡店可真好。

"对了对了，刚才说到书吧。"白石老太太一只手捶胸道，"那还是我上小学读书之前的事情了。因为父母工作的原因，搬到这座城市的我在这片陌生的土地上，每天都过着孤单寂寞的生活，但即便是这样，我也有一个关系很好的朋友。她就是住在我家隔壁、比我小一岁的小绿姑娘。当时自然也没有电视机和游戏机，我们在天晴的时候跳橡皮筋，在雨天的时候玩翻花绳或者画画。所以那一定是雨天时所发生的事情吧——"

说到这里，白石老太太拿起茶杯，喝了一口，润了润喉，继续说道："一天，小绿给我看了一本书。和现在不同，那时候的书可算是奢侈品，所以我也不知道那本书到底是她自己的，还是从其他人那里借来的。书的封面都已经有点褪色了，里面的纸张也破旧不堪，即便如此，对于那时候娱乐活动极为贫乏的我们而言，那本书真可谓是一大宝贝。"

"您还记得那本书的书名或者作者名吗？"对于美弥子姐姐的问题，白石老太太非常惋惜地摇了摇头，说道："这个，我已经完全不记得了……不过，我还隐约记得那本书封面上的图画。在平缓的山坡那头，暗红色的晚霞映照着整个天空，一对年纪尚小的兄妹在金黄色稻穗的包围下，目送着龙爸爸和龙宝宝飞向天空。"

"原来是彩色的封面呀。"

"啊？"白石老太太好像没有意料到美弥子姐姐的话似的，眨了眨眼睛，犹豫地说道，"到底是什么样子的呀……"她顿时像是失去了自信似的，小声说道："因为我对晚霞的印象非常深刻，所以就一味地认为应该是彩色的，但是现在又觉得也有可能是黑白的……"

"那本书讲述的是一个什么样的故事呢？"我在一旁等不及了，插嘴问道。"虽然具体的细节我记不清楚了……"白石老太太事先给我们打好"预防针"，然后开始说起了故事的内容。

故事的背景设定在古时候的日本。在山村里，住着年幼的兄妹和父亲三人。有一天，那位父亲收到一封邀请信。父亲在年轻的时候，曾经在旅行途中救过一条掉入陷阱的龙宝宝，这封信是龙宝宝的爸爸寄过来的，说一定要感谢当时的救命恩人。龙和人类的寿命长短不同，虽然龙当时立刻就发出了邀请信，但是抵达人类世界时已经过去了好几年。

因为当时临近收割季，父亲无法离开村庄，所以年纪尚幼的两个孩子就代替父亲，骑到前来迎接他们的龙宝宝背上，一起飞向龙的王国。可是，途中碰上了大旋风，坠落的龙宝宝和兄妹俩被村民们逮捕了。在那个村庄里，有这么一个传说，说的是只要能够喝到龙血，就可以得到永恒的生命。好不容易设法逃出的兄妹借助村庄里的天狗和树木精灵的力量，希望能够救出龙宝宝——

虽然他们后来顺利逃离了村庄，但是又碰上和小山差不多大的名叫"迪达拉"的巨人堵住了道路，还结交了名叫"斯内科斯利"的妖怪朋友。

不知为何，光故事梗概就听得让人感到兴奋。一点都想象不出这竟然是一本几十年前的老书。

"我也好想读读哦。"我情不自禁地感叹道。

"我也是啊。"白石老太太微笑着，随后再次面向美弥子姐姐，说道，"在那之后不到一年的时间里，战争越来越激烈，我又不得不搬家了。所以，我大概只读过一两遍那本书，要说线索的话，就只有封面的印象和记得模糊不清的故事梗概了。迄今为止，我不断地向人打听，去书店、图书馆到处找寻，但最终都没能找到。然后，在不知不觉间，就渐渐放弃，把这事情也给忘了。但是这次重新回到这座城市，我再次想起这本书时，恰巧听到你们的对话，听说了你们是书的侦探……"

白石老太太用充满期待的目光凝视着美弥子姐姐。美弥子姐姐低下头，盯着茶杯思考了片刻，终于又抬起头，开口问道："我能问您一个问题吗？"

"当然。"白石老太太挺直了腰板，回答道。

"您还记得这本书大概是以多大年龄的读者为受众群体的吗？比如说，记不记得这本书是不是有很多插画，或者是有没有使用汉字呢？"

可是，白石老太太闭上眼睛，抱歉地摇了摇头，回答道："我不知道……其实，我和小绿都不是自己去读的。"

这究竟是怎么回事，我正觉得匪夷所思，美弥子姐姐却好像突然想到了什么，问道："那是有人念给你们听的吧？"

白石老太太点了点头，说道："是小绿的哥哥读给我们听的。那本书好像也是小绿的哥哥拿过来的吧……因为他和我们相差好几岁，放到现在来看的话，他大概算是高中生吧，也可能是大学生这样的年纪。"

"原来是这样。"美弥子姐姐把眼睛闭上，看上去好像在搜索脑海中的书架似的，终于，她又睁开眼睛，"吁"地吐了一口气，说道："……在我所掌握的范围里，好像找不到这本书。不过，图书馆里有很多优秀的侦探，我过会儿就去问问他们。"

"那就拜托您了。"白石老太太深深地低头致意。等她抬起头后，我问道："那个……我想问一下，您所说的小绿，她现在怎么样了呀？"因为我觉得也许那个孩子，或者那个孩子的哥哥会记得那本书。可是，白石老太太看上去有点悲伤，凄凉地笑着说道："我一回到这里，就立刻去了当时住过的地方，可毕竟已经是几十年前的事情了，所有的一切都已经完全变样了……"她这么说着，缓缓地摇了摇头。

不管如何，我们先暂且跟白石老太太约定，如果我们有线索的话，就会立刻和她联系的。所以在问好白石老太太的联系方式后，我们就在咖啡馆门前告别了。

"我说，芊芊啊。"美弥子姐姐一边目送着白石老太太的背影，一边感叹道："书真是神奇啊。即便过了几十年，还会留存在人们的心中。"

我试着想象了一下五十年后的自己。可那实在是太久远了，我什么都想象不出来。

五十年后，成为了老太太的我还会记得自己小时候读过的书，还会记得小时候玩伴的名字吗？我的朋友也还会记得我吗……

厚厚的云层遮住了太阳，天色一下子暗了下来。

"我们回去吧。"美弥子姐姐抬头望了望天空，朝着图书馆的方向跑了起来。我忽然感觉自己像是一个人被剩下来一样，慌忙跟着美弥子姐姐的脚步追赶上去。

美弥子姐姐双手环臂，神情严肃，眯着眼扫视着书架。与其说她是在寻找书籍，倒不如说是画家在展览会上审查自己的绘画作品。

"美弥子姐姐。"我一边招呼道，一边轻轻地拍了一下美弥子姐姐的背，她抖了一下回过头，惊讶地说道："啊，原来是芊芊你呀。"

她稍稍睁大眼睛，又重新恢复到往常那温柔的表情，说道："竟然会在这种地方碰见你，真是很稀奇哦。"

"嗯。"我也点了点头。

当然，与美弥子姐姐在书架前不期而遇这件事本身并不稀奇。稀奇的是，这里是书店。

我们是在云峰商店街里的大正书店相遇的。这是家地上有三层，地下有一层的大型书店。比起买书，我经常会为了查看新出版的书籍来这里。

距离上次与白石老太太在灯亭相遇，已经过去了三天。与美弥子姐姐也已经三天没见了。

"你刚才脸色那么狰狞，怎么啦？"我从下往上打量着她的脸。

"我刚才脸色真那么恐怖？"美弥子姐姐捏了一下自己的脸蛋，

一边害羞地笑着，一边从面前的书架上取出一本金光闪闪、花里胡哨的书，书名是《你也能在一星期瘦下来！神奇的气球减肥！》

"美弥子姐姐，你是要减肥吗？"我惊讶地盯着美弥子姐姐看。

"没有没有。"美弥子姐姐笑着摆了摆手。

"我今天是来学习书架摆放的。"

"学习？"

"是的，比如说哦——"美弥子姐姐把刚才拿到手上的书的封面向我展示道，"书店里的书往往会这样摆放，让人们能够看到书的封面，但是图书馆的书大家只能看到书脊，对吧？你觉得为什么会这样呢？"

"啊？嗯……我觉得是为了能够摆放更多的书吧。"

"是啊。"美弥子姐姐把书放回书架，说道，"图书馆的话，希望尽可能摆放更多的书来让客人们从中挑选，所以书脊朝外摆放的情况比较多。而书店的话，大家无论买多少本相同的书都没有关系，所以会把那些特别希望大家购买的书籍像这样，封面朝外摆放。"

"哦。"我再次重新审视书架，确实，有很多书都是封面朝客人摆放的。而且，在脚边的架子上也有很多书是封面朝上叠起来摆放的——这种好像叫做平铺叠放——是图书馆里不会有的摆放方式。

"当然，图书馆也会把推荐书目封面朝外摆放，我觉得即便是书店，也应该是希望尽可能地摆放更多的书吧。因为书架情况不同，有很多值得参考的地方，所以我偶尔会来这里侦察一下。"美弥子姐姐一边观察着周围的情况，一边像间谍一样小声地说道。

"不过话说，芊芊你去那里的书架是有什么事情吗？"美弥子姐姐指向位于这一楼层最里面的儿童书籍角。

"啊，对哦。"我正打算往里走，又立马折身返回，用无比敬仰的目光抬头看着美弥子姐姐，说道："我说，美弥子姐姐。"

"怎么啦？"

"蛋糕店的物品摆放对你的工作有没有参考价值啊？"

——我和美弥子姐姐约好在回去的路上去吃蛋糕，步伐轻盈地走向童书区。

我想：对于我而言，图书馆和书店最大的差别就在于美弥子姐姐吧。如果美弥子姐姐不是在图书馆，而是在书店里工作的话，那么我应该也会经常去书店的。

我站到了书架前，以刚才美弥子姐姐的话作参考，专挑封面朝外的书本扫视起来。

《乘坐去图书馆的巴士吧》这本书封面上画的是一个和我差不多年纪头戴草帽的女孩子，正在公交车站等巴士，她那蓝色的小拎包里好像塞着什么东西。《妖怪电车，向西开》这本书封面上画的是在昏暗的车厢里，身为座敷童子①的驾驶员狡黠地一笑，敬礼致意。《深夜里的王国》这本书的封面乍一看是全黑的，但把脸凑近仔细观察的话，会发现整张封面上隐约浮现出一座巨大的城堡。

就这样，我依次看过去，不知是在第几本书的封面前，我不由自主地停下了脚步。

在平缓的山坡上，晚霞映照了整个天空，父亲和两个孩子正在目送龙爸爸和龙宝宝的剪影飞向天空。

___

① 座敷童子，日本民间传说的一种妖怪。

书名是《遥远的约定》。

我的某种预感让自己激动不已，心脏扑通扑通跳个不停。于是，我拿起书翻开看了起来。

故事就是从一封邀请信开始的。

这是一封来自龙的王国的邀请信，是为了邀请曾经在旅途中搭救过龙宝宝的父亲来访。父亲由于工作原因无法脱身，"我"和妹妹正值暑假，所以就代替父亲骑到前来迎接的龙宝宝的背上，向着遥远的龙的王国飞去。然而，途中却碰上了龙卷风——

匆匆浏览了大约十分之一的内容后，我合上书，开始寻找美弥子姐姐的身影。终于，我在杂志区找到了美弥子姐姐，悄声招呼道："美弥子姐姐。"

"咦？你这么快就看完了？"美弥子姐姐回过头。

我把怀里抱着的书递给她道："你看看这个……"

美弥子姐姐一看到书的封面就露出"咦"的表情，随后立即"唰唰唰"地翻看起来。翻页的速度越来越快，大约翻到书中间的时候，美弥子姐姐直接跳过后半段，一下子翻开了最后一页。

"对吧？应该是这本书吧？"我压抑不住自己的兴奋，情绪激动地问道。可是，美弥子姐姐皱了皱眉，只是含含糊糊地敷衍了句"嗯……"

"怎么啦？"我顿时感到有些不安，问道。

美弥子姐姐还是说了句"嗯……"

"这个故事确实和之前白石老太太所说的没什么两样，可是……"美弥子姐姐一边说，一边把翻开的那一页给我看。

书本的最后一页上印着这本书最新出版的日期、出版社名称、作者的简历等，这页往往被叫做"版权页"。

"看了这里，我发现这本书是上个月出版的哦。"

"啊？"

我把脸凑近版权页仔细一看，出版发行的日期确实是上个月。这么说来，这个故事的时间设定也比白石老太太所说的故事要近很多。

"但是我之前也碰到过类似的情况啊，那些虽然是古代的小说，但是到了现代，又被重新出版了。"

听我如此反驳，美弥子姐姐回答道："你说的那是重印本。"

"重印本？"

"重印本是指那些一度从书店里消失了踪影，后来因为人气恢复，又重新再版的书籍。而这本书显然不是这种情况吧？"

美弥子姐姐指着版权页上方，说道："这里印有作者介绍，这本书可是这位作者的处女作哦，而且这部作品是去年长篇幻想小说大赛中获选佳作奖的哦。"

"啊？"我有一种跟刚才不一样的兴奋感，心里又"砰砰砰"地直跳，激动起来。

"那这意味着什么呢？"

"也就是说……"美弥子姐姐一脸严肃地说道，"如果这本书和白石老太太读过的那本书的内容完全一模一样的话，那么这个人就是把别人的作品拿去参加比赛了吧。"

"我说，妈妈啊。"吃完晚饭，我对正在准备饭后茶点的妈妈招呼道，"你觉得世上会不会有两本书的内容碰巧是完全一模一样的呀？"

"你所说的'一模一样'，是指每个词、每句话都一样吗？"

"我不是说这个啦，我是指小说的内容情节完全相同。"

听了我的回答，妈妈一边把两人份的茶点端过来，一边歪了歪脑袋犹豫道："哦，这样啊……"

"如果是旅行杂志的话，我倒是听说过这种情况。在同一个季节去了同一个地方的同一家旅馆采访，结果所推荐的景色和所品尝的料理都完全相同，写出来的文章也基本都一模一样……你刚才所说的莫非是指之前你跟我说过的那位老太太寻找的龙的幻想小说？"

我点了点头，把自己在大正书店里找到书的事情告诉了妈妈。顺便说一句，后来美弥子姐姐说自己想"仔细地慢慢看看"，就把《遥远的约定》这本书买下后径直回家了。现在我们面前摆放着乳酪蛋糕和巧克力蛋糕，这是妈妈买来的土特产。

"和五十年前一样的内容啊……"听完我的话，妈妈露出一副为难的神色，用叉子戳了一下巧克力蛋糕，说道，"即使是小说，场景的设定、故事情节的一部分也是有可能重复的。在推理小说中，我还碰到过国外的推理作家和日本的推理作家，他们都非常有名，结果竟然使用了思路完全一样的推理方式呢……不过，故事场景、小说情节等都完全重复的情况嘛还真有点……"

"这样说来，那个叫夏目的人果真是抄袭模仿了吧……"

这位名叫夏目贤太郎的人就是《遥远的约定》一书的作者。如果夏目原先知道白石老太太那本"记忆中的书"的内容，对其进行了模仿的话，那就是剽窃了。

"就目前的状况而言，这种情况的可能性最高吧。"妈妈说着，喝了口红茶。妈妈的说法让我突然想到了什么，"那也就是说，也有其他的可能性吗？"我问道。

妈妈把茶杯放回碟子上，神情舒缓地说道："是啊……有一种可能性就是这两部作品都有一个共同的故事原点。"

"共同的故事原点？"

"就好比浦岛太郎或者西游记故事那样，都是家喻户晓的故事，对吧？夏目所写的书也好，白石老太太小时候所看的书也好，或许都参考了一个共同的故事——比如说中国的古代故事，或者是其他什么地方的传说之类的，会有这种可能性吧？"

"原来如此。"

我双手捂着杯身，微微地点了下头。如果是那样的话，确实有可能写出同样的作品。

"另外，还有一种可能性是……"妈妈在嘴上竖起了一根手指，说道，"其实白石老太太也读过那本《遥远的约定》……你觉得呢？"

"啊？"我不由得大吃一惊，差点把手里的茶杯都打翻了。妈妈把茶杯端到嘴边，平静地继续说道："那本书是在你们碰到白石老太太之前出版的吧，并不是没有这种可能哦。"

"不过……那白石老太太跟我们这么说，又究竟是什么意思呢？"

"不管怎么样，我并没有说白石老太太在说谎哦。"妈妈像是要平复我的心情，说道，"我觉得也许只不过是她小时候看到过一个类似的——比如说，有龙出现啦，有年幼的兄妹一起探险啦之类，然后最近又偶然看了《遥远的约定》这本书，一不当心记忆混淆了吧。"

"可是……如果是这样的话，那为什么白石老太太不告诉我们自己读过《遥远的约定》呢？"

"有可能是她读的时候不知道书名，又或者是她本身忘记自己读过了……嗯，这些解释确实有点牵强。"对于我的反问，妈妈耸了耸肩，轻描淡写地否定了自己刚才的意见。

不管如何，如果下次再碰到白石老太太的话，我要跟她说《遥远的约定》这本书——我一边大口吃着蛋糕，一边下定决心。

"如果是这种咨询的话，还是本人亲自过来问比较好……"我走过大厅时，听到柜台那里传来了玉木阿姨极为烦恼的声音。我不禁偷偷窥探，只见玉木阿姨露出一副好像是咬破了苦虫似的神情，与一位和她差不多年龄的女子隔着咨询柜台面对面说着什么。

"我刚才不是已经说了嘛。"那女子提高了嗓门，说道，"小航太忙了，没有时间来图书馆。"

"有关心理学方面的书，可以在二楼找到……"

"可我这不是看也看不懂，所以才过来问你嘛。而且，也没有时间了，截止日期就快到了。"

"但是，对于您所提的问题，请恕我这边难以回答。"

"为什么呀？你这里不是咨询台吗？"

"她所问的是参考咨询服务吧？"我一边从背包中取出书，一本本堆在还书柜台上，一边悄声向天野先生问道。

"嗯，差不多算是吧。"天野先生苦笑了下，熟练地把书在扫码器上扫了扫。等确认我身后并没有人在排队后，天野先生探出身子，小声对我说道："这人问的是大学毕业论文写什么好，希望我们能告诉她。"

"啊？"我大吃一惊，不由地提高了嗓门，问道，"图书馆还负责回答这种问题啊？"

"怎么可能呀！"天野先生苦笑着摇了摇头，说道，"当然，如果论文题目大致确定了的话，我们会介绍一些可以参考的书目。比如说，如果有人想要研究动物的话，我们会问他是想研究鸟类呢、鱼类呢，还是昆虫类呢，如果对方回答说想研究鸟类的话，我们就会这样告诉他，如果想了解鸟类在空中飞行时的身体构造，哪本书比较详细；如果想要研究鸟类所吃的食物，哪本书比较值得推荐等。不过，那必须是本人来咨询……"

"啊？"我把目光投向咨询柜台。那位女子不知何时已经离开了柜台，拿着手机和人说着些什么。

"她不是为自己吗？"

"她好像是帮儿子来问的哦。"天野先生说着，耸了耸肩，继续说道，"她儿子现在是大学三年级的学生，今年年底前必须确定毕业论文的题目，可他却怎么都确定不了，很是烦恼，所以想来让我们告诉他一个容易写的论文题目。"

我听后惊得目瞪口呆，不禁望向那个女子的侧脸，她正对着手机，高声说着话。我们连在暑假里所做的自由研究，都是自己确定题目的呢，一个大学生竟然连自己的研究课题都确定不了，这真是……

我再次真切地感受到图书馆工作人员的工作可真辛苦，既有人会像白石老太太那样，来拜托你寻找应该存在的东西，也有人过来让你寻找一些不可能存在的东西。

自从上次和白石老太太相见，到今天为止正好一周。

后来，我从美弥子姐姐那里借来了《遥远的约定》一书，也读了一下。真不愧是在幻想小说大赛中获得佳作奖的作品，内容本身非常有意思。可是，我越读就越觉得这和白石老太太所说的那个发生在古时候的奇幻故事相似得不得了，几乎可以说是一模一样。

既然这部作品已经获得了新人奖，那就不可能是重印本。而且据美弥子姐姐所查，它也不像是妈妈所说的那样，参照了更古老的某个故事——诸如中国的古代故事，或者是其他地方的传说之类。

最后剩下的可能性就是，夏目将白石老太太所读的那本书改写成了现代风格，去报名参加了新人奖的选拔。但是，只要找不到这本书的原型小说，就无法证明夏目所写的作品是抄袭之作。

那究竟如何才能查到呢？我一边思索，一边背上变轻了的书包，在书架间漫无目的地走了起来。

"漱漱漱"，好像有人拉住了我夹克衫的衣角，使劲往后拽。

我停下脚步回头一看，有一个身高只到我肚子这里的小女孩一只手紧紧地抱着书，另一只手正拉着我的衣角。

"你好，佳娜。"我蹲下身子，跟她打招呼道。佳娜看到我突然变得和她一样高了，不可思议地盯着我的脸看了一会儿，终于露出了笑容，说道："给你。"她的声音就如同银铃般清脆可爱。说着，她把怀里的书递给我。

"好的，谢谢你。"我被她逗笑了，拿过书后，只听一声"你好"，佳娜的头上露出了佳娜的妈妈——水野远子女士的脑袋。

"我想给你看一下这本书，今天把它带来了。如果方便的话，请读读看。"水野女士一边看我手上的书，一边说道。我再次把目光投向那本书。

书的封面是一张颜色鲜艳的照片。在雪白的屋子正中央，放着一张橘黄色的沙发，有白色和黑色两只小猫正惬意地睡在沙发上。

书名是《猫咪们的温暖午后》。

"这是我写的第一本散文集。"水野女士有些害羞地笑着说道，"芊芊，你读过散文吗？"

"我在我妈妈编辑的杂志上读过。和小说不同，散文是把自己内心所想如实地写成文章吧。"

至于如何欣赏散文，这仅仅是个人观点。妈妈在跟我事先打好"预防针"后，这样说道："如何将内心所想的事情用确切的、优美的语言表达出来，这就是散文的魅力所在。"

我把妈妈的话告诉水野女士后，她"嗯"了一声，抿了抿嘴，然后凑到我耳边，小声说道："芊芊，你能晚些时候再把这本书给你妈妈看吗？"

"我还想重新再读一遍，等下定决心了再给你妈妈看。"

"好的。"我"扑哧"一笑，小心翼翼地把书塞进背包。

佳娜说想看绘本，我就把鞋子脱了，走到绘本角的地毯上。我把白石老太太所要寻找的"记忆中的书"的事情和在书店里发现一本内容一模一样的书的事情，原原本本地都告诉了水野女士。

我当时想，不管怎么样，水野女士身为有名的作家，说不定对于白石老太太所要寻找的书能够提供一些线索，可是没想到，水野女士的回答更是出乎意料。

她竟然与那位名叫夏目的作者见过面。

"我还出席了幻想小说大赛的颁奖仪式，因为我们的责任编辑是同一人，所以我们之前在编辑会上见过面。那时，我就收到了《遥远的约定》这本书，确实，如果要和那本书的内容完全一模一样的话，很难相信这只是个偶然的巧合。"

水野女士面露难色地小声嘀咕道。然后，她跟我约定，如果下次有机会的话，她会通过编辑不露声色地去问问那本书的写作背景和过程。

走出图书馆时，我不由自主地停下了脚步，我还以为现在只是傍晚呢，没想到外面的天色已经完全变黑了。深蓝的天空笼罩在头顶，安静得悄无声息，就如同在海底深处一般。

这么说来，在一年里，现在应该算是夜晚最漫长的时节了。妈妈好像这么说过。我一边回想，一边把自行车推出停车场。

这时，从灯亭的方向传来一声熟悉的叫声："小侦探。"我回头一看，白石老太太正站在咖啡馆门前，朝我挥着手，说道："我碰巧从窗户这里看到你从图书馆里出来……刚才正好在跟店长说起你呢。"

"说我吗？"我一只手推着自行车，另一只手指向自己的鼻子。

白石老太太手舞足蹈，夸张地点了点头，说道："是啊。是你帮我找到这本书的吧？"

直到这时，我才发现白石老太太的手里拿着本《遥远的约定》。

"这个是……"

"这是那位图书馆工作人员——早野小姐告诉我的，所以我立刻就去书店买了一本。实在是太怀念了……等我回过神来时，我已经读到了第二天天亮。"

看到白石老太太把印有夕阳的封面举在胸前，兴奋不已的模样，我不假思索地开口说道："可是……这本书应该不是……它的内容确实和白石太太您小时候读的书一模一样，但它……"

我还没搞清夏目为何会写这本书，不知道该如何解释。

"我已经知道了。"白石老太太斩钉截铁地说道，"大致情况我从早野小姐那里听说了。而且这本书和我读过的那本书相比，故事背景的时代也不同……但是没有关系。我只是，只是想再读一次这个故事。"

白石老太太一脸满足地笑了。既然委托人已经满意了，那么就不需要侦探再出马做些什么了。

"那我告辞了。"我向白石老太太鞠躬道别后，一蹬脚踏板离开了。我一边骑着自行车，一边回头看，发现白石老太太仍旧站在灯亭门前，目送着我。

灯亭的亮光就好像真的电灯那样温暖，把白石老太太紧紧包裹住。

过了一阵子，在一个星期五的晚上，我接到了水野女士打来的电话。

"昨天，我听编辑说要去和夏目商谈，所以就拜托编辑，要求一同去了。"我一接电话，水野女士就异常兴奋地打开了话匣子，"然后我在编辑离场只剩下我们两个人的时候，试着问了夏目'你那部作品是从哪里来的灵感呀？'然后他说'其实那部作品并不是自己的原创'……"

"啊？"我听后大吃一惊，"那也就是说，他承认他是剽窃了他人的作品咯？"

"这个嘛，我也不是很清楚……"我可以感受到电话的另一头，水野女士也是一头雾水，疑惑不解。

"所以，我就索性把情况一股脑儿地告诉他了。然后，夏目也好像是非常惊讶，他说自己有话想要对那位老太太说，问我是否可以帮忙安排他与老太太见上一面……芊芊，你看怎么办？"

事情进展得太出人意料了，我脑海中一片混乱。

"要说怎么办呢……"

我必须得去问问白石老太太的意见，而且我还想和美弥子姐姐商量一下。总而言之，我暂且挂断了电话，跟水野女士说好我还会再跟她联系的。随即，我立马打给美弥子姐姐。

听了我的讲述后，美弥子姐姐虽然好像也非常吃惊，但她立刻帮我与白石老太太联系上了。

"真是太感谢你们了。你们不光替我找到了想看的书，还能让我见到作者，实在是感激不尽……"

白石老太太向我们深深地鞠了一躬。我和美弥子姐姐见状，连忙摆了摆手。

这是星期六的早晨。我和美弥子姐姐，还有白石老太太三人在图书馆的会谈室里等待水野女士和作者夏目的到来。

昨晚和白石老太太取得联系后，美弥子姐姐又和水野女士取得联系，调整了日程安排，帮忙实现了今天的面对面会谈。

"不知道他究竟有什么话要对我说呢。"白石老太太将摆放在桌上的《遥远的约定》一书挪到自己面前，小声嘀咕道。她的声音听上去既期待又紧张。

"我觉得他应该会说一些创作这本书的背景和经过吧……"美弥子姐姐歪了歪脑袋。不光是我们，恐怕就连水野女士也应该不清楚今天谈话的具体内容。

房间里不知不觉地沉默起来，就在这时，传来了"咚咚咚"的敲门声，我们不约而同地抬起头。

"请进。"美弥子姐姐招呼道。门被轻轻地打开了，门口是水野女士。

我们一同起身迎接，在水野女士的指引下，一位身穿紧身牛仔裤的男子走了进来。他手里提着一个米色的拎包，脸上架着一副黑框眼镜。他看上去非常年轻，可能还只是个大学生。

水野女士向唯一没有见过面的白石老太太简单做完自我介绍后，往后退了一步，向我们介绍了一下这位男子。

"这位是《遥远的约定》的作者，夏目贤太郎先生。"

"大家好，初次见面，请多关照。我叫夏目。"夏目先生有礼貌地鞠躬致意。

"欢迎欢迎。我是图书馆的工作人员，名叫早野。"美弥子姐姐作为代表，介绍了我和白石老太太。

大家介绍完后，我们围在一张桌子旁，坐了下来。夏目先生再次深深地低下头，致意道："今天，大家在百忙之中特地聚集到这里，真的非常感谢。我从水野女士这里听说了事情的全部情况，无论如何都想对大家说一些话……"

"你想说什么？"白石老太太探出身子。夏目先生拿起桌上的书，环视了一下我们的脸，像是宣誓似的说道："我想大家都已经知道了，其实这本书并不完全是我自己独创的。"

"您是指有古代的故事或是传说之类的素材原型吗？"美弥子姐姐措辞谨慎，小心翼翼地问道。

没料到夏目先生轻描淡写地摇了摇头，说道："不是，是参考了小说。我是将某本小说作为素材原型进行创作的。"

果不其然——我小声嘀咕道。那本小说肯定就是白石老太太想要寻找的书。

夏目先生转向白石老太太，深吸了一口气后，询问道："请问您是白石奶奶吧？"

"是的。"白石老太太"呼"地挺直了腰板，回答道。

"莫非您以前姓冰室，叫冰室小百合吗？"

听他这么一问，白石老太太猛然睁大了双眼，问道："您为什么会知道？"

"果真如此……"夏目先生看上去好像松了一口气，用平静的口吻继续说道："我的奶奶叫神崎绿。"

"神崎……绿？"白石老太太的眼睛睁得更大了。

"神崎是她结婚后的夫姓，以前姓筱田，叫筱田绿。"

白石老太太用手捂着嘴巴，激动得说不出话来。慢慢地，她的双目泪光闪闪，热泪盈眶。我们还在一旁惊讶得目瞪口呆时，夏目先生又继续解释道："我奶奶结婚之后虽然搬家了，但她以前曾经住在这座城市里。而且我奶奶告诉过我，在她小时候，隔壁邻居家住着一位名叫小百合，比她大一岁的小姑娘。"

"那么，你就是小绿的……"白石老太太顿时老泪纵横。

"是的。"夏目先生微笑着回答道，"我就是筱田绿的孙子。"

待白石老太太的心情稍稍平复后，夏目先生又继续说道："因为我父母是双职工，都要上班，所以我算是奶奶养大的孩子。从小时候起，我就经常让奶奶给我读绘本，睡觉前给我讲故事。我想成为小说家主要是受到了奶奶的影响。奶奶一遍又一遍地反复跟我讲过一个故事。"

"那就是……"美弥子姐姐把目光落到《遥远的约定》这本书上。夏目先生点了点头，说道："是的。这本书是以从奶奶那里听来的故事为原型创作的。当然，故事背景的年代设定之类我多多少少做了一些改变。"

"那么，你应该是有那本作为素材原型的书吧？"我情不自禁地提高了嗓音。可是，夏目先生有些悲伤地摇了摇头，说道："那书……已经没有了。"

"啊？"我们不由地面面相觑。夏目先生从身后取出一个大信封，然后又从信封里拿出一张 A4 纸大小、早已破旧不堪的画，摆放到书的旁边。

那是一张晚霞的绘画。

在山的另一头，马上就要下沉的夕阳上，龙爸爸和龙宝宝在亲密地一同飞翔，看上去像是兄妹的两位年纪尚幼的孩子站在田野里挥手目送着它们。这幅画原本应该是色彩非常鲜艳亮丽的，可是在经历了岁月的蹉跎后，已经完全褪色了。

龙的身影上方，书名好像是用手写的文字从右到左写着《龙啼向空晚》。

这里的"啼"和鸟儿"鸣叫"的意思相同，美弥子姐姐悄悄地小声告诉我。

"这个是……"白石老太太颤颤巍巍地将手伸向那幅画。

"白石奶奶，您还记得我奶奶有个哥哥吗？"

"哥哥……"面对夏目先生的提问，白石老太太猛地抬起头，说道，"我当然记得。给我讲这本书的故事的就是那位哥哥……"

"贤造先生是我奶奶的大哥，也就是我的大舅爷。当贤造先生还是个文学学院本科生的时候，他的梦想是，希望自己能成为一名小说家。可是——"

夏目先生说到这里，把目光投向了窗外。从三楼的窗户向外看，可以看到万里无云、湛蓝的天空和云峰市祥和的城镇街道。

"在当时的日本，如果一个大男人写小说，写的还是以孩子为主人公的幻想小说，那是绝对不允许的。即便如此，贤造先生仍然没有放弃，他通过自己的双手仔细修订自己创作的故事，然后又自己印刷成册，制造了世界上绝无仅有的一本书。"

我们一边看着这两张时隔几十年画有晚霞的绘画，一边听夏目先生娓娓道来。

"这张封面据说是拜托当时在美术学院上学的朋友画的。当然，自己手工制造的书和真正的书相比，还是非常粗糙的。但当时物资贫乏，即便是出版的书，质量也不好。我奶奶和白石奶奶因为也只是听大舅爷口述，没能真正拿到书，也没有近距离地翻看书里面的内容，所以就一直以为那是本真的书吧。"

"对了……"水野女士伸手轻轻地抚摸着夏目先生带来的绘画，问道，"这本书的剩余部分是不是在战争中损毁了？"

"不是的。"夏目先生摇了摇头，叹了口气，说道，"这本书在战争时总算是被尽力保全下来了，可在战争之后，家里遭了火灾……"

据夏目先生所说，火灾是在奶奶结婚几年之后，在一个冬天的夜里发生的。幸好发现得早，家里人都平安地逃了出来，可是没有时间去拿书。

奶奶当时一边抱着还是小孩子的夏目先生的爸爸，一边呆呆地望着自己家被熊熊大火所吞噬。这时，就好像是有神灵显灵似的，一张纸飘落到奶奶的脚跟旁。

那就是这本《龙啼向空晚》一书的封面。

"这本书毕竟只是业余爱好者的手绘作品，其实在那个时候就早已散了架，据说大部分纸都处于未粘连的散页状态。不过，这反倒成了一种幸运——这幅绘画被风吹起，逃过了灾难。"

我的脑海中浮现出在被熊熊大火照亮的夜空，一张龙的绘画悠然自得、缓缓飘落下来的情景。

这简直就是奇迹般的景象。

"所以在我出生的时候，这本书就只剩这张封面了。"

"那也就是说，夏目先生，你奶奶在给你讲故事的时候是没有书本可以照读的？"我吃惊地问道。夏目先生笑着点了点，说道："是啊。"

"在发生火灾前，奶奶肯定是反反复复地看了一遍又一遍吧。所以只要我一央求奶奶，她就好像是面前摆放着一本书一样，可以流利地把故事讲给我听。要说我想成为作家，起初也是因为这本书已经没有了的缘故吧。"

夏目先生说得实在是太自然流畅了，我差点就这么听过去了。

"你是说因为没有这本书的缘故吗？"我歪了歪脑袋，不得其解，"而不是因为有这本书的缘故？"

"嗯，一般来说，即便书因火灾烧毁，如果去图书馆或者书店里寻找的话，总归能够在什么地方找到一本吧？可这本书是——"夏目先生说到那里，又重新对着白石老太太，说道："白石奶奶，您可能一直坚信这本书是一本真正的书，但我一直都知道这是贤造先生手工制作的世界上仅有的一本假书。所以，我在很小的时候，就与奶奶约定，将来我成为小说家后，会把这个故事写出来，出版成真书，那时，我们再一起把书带到贤造先生的坟前……"

"啊？"我不由自主地插嘴问道，"贤造先生已经去世了吗？"

"在战时去世了。"夏目先生望向我，凄凉地笑了笑，说道，"据说是在和我现在差不多的年纪去世的。"

"那么，你大舅爷留下的就只有一部作品吗？"对于美弥子姐姐的提问，夏目先生点了点头，回答道："是的。"

"正因为如此，我才那么想把这部作品出版成书。"夏目先生坚决地说道。但接着，他的声音小了下来，"只是……"他继续说道，"至于是不是要报名参加幻想小说大赛，这个问题可让我犹豫了好久，伤透了脑筋。参加大赛是出版成书的最快捷径，可是我也不知道是不是可以用非原创的作品去报名。最后，当这部作品作为最终候选时，我向出版社的负责人坦白了所有事情，得到了这没什么问题的答复……"

"可是……"美弥子姐姐温和地说道，"即使您奶奶再怎么跟你讲故事，但她毕竟不是把每个单词、每个句子都背出来吧？所以，文章的大部分内容还是夏目先生您创作出来的吧？"

"嗯，虽然确实是这样……"

妈妈告诉过我，写小说就是要孜孜不倦、专心致志地积累完成一件看似平淡无奇、极不起眼的工作。照妈妈的话说，"写小说没有捷径可走。"因此，夏目先生为了完成这本书的创作，一定也倾注了许多心血，做了很多努力吧。

"我觉得两部小说都非常有意思哦。"听到白石老太太的夸奖，原本严肃地低着头的夏目先生猛然抬起头。白石老太太目不转睛地盯着夏目先生的脸庞看，微笑着说道："不可以这么认为吗？"

"没有……谢谢您。"夏目先生害羞地笑了起来，又把头低了下去。但是，"知道你获奖后，你奶奶一定也很高兴吧。她去参加颁奖仪式了吗？"听自己的前辈作家水野女士这么一问，"这个嘛……"夏目先生顿时脸上愁云密布，他摇了摇头，说道，"其实，比起任何人，我最希望我奶奶能够来参加颁奖仪式。可是在那之前，她不巧感冒病倒了……结果，也是我一个人去大舅爷的坟前汇报喜讯的。"夏目先生有些凄凉哀伤地说完时，只听窗户"咯哒咯哒"地抖了起来。外面的北风好像越吹越大了。

"那个……"不知道为何，我很想打破沉默，于是，就像在教室里回答问题时那样，我举手提问道，"您为什么把书名改掉呢？"

"嗯？"夏目先生露出一副大吃一惊的神情。我连忙补充道："啊，我并不是说现在的这个书名不好。只是因为听您刚才提及，出版此书是您的梦想，所以我就想为什么要把书名改掉呢……不好意思。"

也不知道是不是因为我谦卑地低下头的模样非常奇怪可笑，会谈室里爆发出一阵笑声。笑声持续了片刻停下后，夏目先生有些害羞地开口说道："改掉书名其实是我个人的主张。我觉得在当时那个娱乐设施很少的年代，大舅爷肯定是为了逗我奶奶——也就是他的妹妹开心，才写下那本书的。但是我写这本书却是为了兑现自己小时候和奶奶之间的约定。对于我自己这份独有的情感，我想把它融入作品的某个部分……夹杂着自己这种私人情感来确定书名，作为专业作家应该算是失职吧。"夏目先生边说边向水野女士瞟了一眼。水野女士笑着说道："哪有这回事。作品既是属于读者的，也是属于作者自己的，我觉得想融入什么样的感情都可以。"水野女士说着，朝我悄悄地闭上一只眼睛，眨巴了一下。其实，水野女士自身也会将私人情感融入到自己作品的题目中，深谙这一点的我"扑哧"一声笑了。

"而且，我这么说可能有点儿失礼……"水野女士拿起《遥远的约定》，继续说道，"编辑在看完夏目先生写的第二部作品后，称赞夏目先生的才华是货真价实。和第一部作品不同，第二部完全都是自己原创的吧？"

"已经写完续集啦？"我探出身子，问道。

"这也并不能算是续集吧……"夏目先生简单地跟我们说了一下新作的故事梗概。

故事"舞台"设定在稍微有些古老的日本。在某个地方，村里流传着这么一种传说。被河水淹死的孩子会转世成为河童（河里的妖怪）。有一对感情非常和睦的姐弟生活在那个村庄里，可是某一天，弟弟被河水冲走，下落不明。一直相信弟弟会转世成为河童的姐姐为了寻找弟弟，开始了以河流下游为目标的征程。

"第二部作品也是将日本设为故事背景呀。"听了美弥子姐姐的话，夏目先生说道："我希望尽可能地写一些以日本为背景的幻想小说。"他的声音听上去充满着一腔热血，"就像日本的小孩子们热衷于阅读外国的幻想小说那样，我希望外国的孩子也能喜欢上日式风格的幻想小说，这是我的写作目标。"

随后，他把目光转向窗外，眺望着云峰市的景象，继续说道："多希望将来有一天，我能以这座城市为背景写一部作品。"

"这里对于我大舅爷和奶奶而言，也算是故乡了……现在我们住在S县，即便距离这里很近，却也不会经常过来。我提到云峰市的时候，我奶奶也欣喜地感叹，说好怀念啊。"

"啊？"我情不自禁地提高了嗓门，美弥子姐姐他们也惊讶得面面相觑。看我们这副模样，夏目先生有些不可思议地歪了歪脑袋，问道："怎么啦？"

"那个……"我代表大家，开口问道，"您奶奶身体好吗？"

"嗯？"这回轮到夏目先生吃惊得睁大眼睛了。我慌忙解释道："您刚才不是说她感冒病倒了嘛，所以后来呢……"

夏目先生好像稍稍思考了一下我所说的话语背后隐藏着什么含义，终于小声嘀咕道："啊，原来如此。"

他苦笑着抓了抓头皮，说道："不好意思，我确实没有表达清楚。我奶奶感冒病倒后，就住进了医院，所以没能来参加颁奖仪式。结果没想到这一住还住了很久，所以我只能一个人去大舅爷坟前汇报。不过后来，我奶奶平安出院了，现在每星期去一两次医院，身体渐渐好起来了……"

这时，传来了"咚咚咚"的敲门声。

"我跟奶奶说今天我会来云峰市，结果奶奶说她也想见见白石奶奶——也就是小百合姑娘……"

夏目先生站起身，走向门口，说道："她说她去医院后就过来……"

夏目先生打开门，只见门外站着一位身材矮小的老太太。

"哐当"一声，只听到椅子翻倒了。我回头一看，白石老太太站起身子，双眼睁得滚圆滚圆的。

"小绿……"她激动得热泪盈眶。

第 四 个 谜 题

神 奇 飞 书

晴 れ た 日 は 図 書 館 へ い こ う

　这是一个安静的夜晚，安静得投石有声。

　细长的月亮把夜晚照得白而亮。许多的星星像是在说"我在这儿呢"一样，急急眨着眼睛。

　突然，"呦——"传出一声类似笛子的声音，北风"啪啪"地拍打着我的脸颊。我吓得"呀——"地叫出声来。

　"还是应该戴上围巾出来呢。"

　美弥子姐姐在一旁歪着头笑起来。我一边重重地点头，一边用白线手套把冻得发疼的耳朵捂上。十二月已经过半，这是周日的晚上，我和美弥子姐姐一起来到省科学文化会馆参加"冬季星空讲座"——这名字读起来真像绕口令。

这个地方被俗称为"橘子球"，因为建筑的外形看起来就像一个橙色的球。这个建筑里有可以进行科学学习与体验的科学馆，以及省内最大的天文馆，还有个活动厅——用来观看演出与戏剧，还有会议室和咖啡厅。

是妈妈告诉我关于这个讲座的情况的。本来是要和妈妈一起来的，但是编辑部的人因为流行性感冒接二连三地倒下了，妈妈只得落入"周末换班"的命运。

橘子球距离我家最近的地铁站只有三站路，讲座与天文馆的最终场是同一时间。时节已经靠近冬至，讲座开场，天已经全黑。

虽然我说我一个人去也完全没有问题，但妈妈还是说"绝对不行"，请了正好在假期的美弥子姐姐陪我一起去。

"不好意思啊，你难得的休假。"我说。

"哪里的话，"美弥子姐姐笑着摇摇头，"我也对这个讲座很感兴趣，邀请我参加真是太好了。"

今天的讲座分为两个部分，前半部分是由天文学家介绍星空的运行，后半部分是民俗学专家讲述各个星座的由来与相关神话故事。两部分都很有意思，但话题稍微有点难理解，所以来的听众大多是成人。

"对了，"美弥子姐姐接着说，"一定要说的话，'不好意思'不如'谢谢'。'不好意思'像是你做了什么错事似的，而'谢谢'则表示我做了什么好事。"

看见郑重地挺胸叉腰的美弥了姐姐，我边笑边改口说："是的呢，美弥子姐姐，谢谢你陪我一起来。"

于是不知不觉的，我的心情变得轻松，脚步也变得轻快起来。

"咦，那是猎户座吗？"

"哪个？"

"那边的，那个——"

我看着夜空中明亮闪耀的点点星光，笔直地指向其中一个宛如沙漏的星座。

"猎户座的参宿七，距离地球大约七百光年，到天鹅座的α星大约一千八百光年。"

我的耳边回响起刚才讲座中天文学家的话，那是一位年轻的女子。

一光年指的是光在一年的时间里所经过的距离。

光的速度约是每秒三十万公里，光年就是九万四千六百亿公里。新干线列车的速度大约是每小时三百公里，跑一光年的距离需要三百六十万年。因此，所谓的几百光年、几千光年是很远很远的距离。

这个单位太大了，我听着听着，脑袋发晕。

提到这个，在讲座最后的提问环节，有个和我年纪相仿的男生站起来提问说："在参宿七和天津四Ｔ上能看见地球吗？"我心想，地球不像太阳那样自己会发光，大概是看不到的吧。可是出乎意料的是，天文学家思考了片刻，然后慢慢地点着头说："我们在夜空中看到的月球很明亮，那并非自己发光，而是反射太阳的光。同样地球也会反射太阳的光。这种光和我们眼睛所看到的星星的光相比要弱得多。但是如果使用性能非常高的望远镜——地球上还不存在的——超级望远镜，从遥远的星星也是有可能看到地球的。"

最后天文学家笑着补充道："也说不定，就在此刻，某个星星上的天文学家正在用望远镜看着我们这个城市呢。"

想象起来，这个情景真是让人心情激动，我面向参宿七招了招手，说："你好——"

"怎么啦？"美弥子姐姐惊讶地回过头来问。

"没什么。"我害羞地笑了笑，又开始蹦蹦跳跳地向前走。

美弥子姐姐突然"啊"了一声，站住了。

"怎么了？"我问。

"我忘东西啦。"姐姐两手掏着口袋，难为情地说："讲座开始前不是要求关闭手机嘛，我就这么一直放在座位上了。"

今天的会场位置比较空，我们就把包和大衣放在旁边的空位上了。

"怎么办呢。"美弥子姐姐焦急地看着漆黑的来路。我们出了会场走了五分多钟，马上就要到车站了。

她大约是在犹豫应当让我自己去车站，还是让我和她一起回去找手机。其实我都可以的，只是一起回去估计更花时间，而且还要让她担心我。所以我便在她开口前说道："你去吧，我在车站前的便利店等你，好吗？"

"你一个人不要紧吧？"

看着一脸担心的美弥子姐姐，我笑着摇摇手说："没事没事，就在前面很近啦。"其实再拐两三个街角，就要到热闹的商店街了。

"不好意思啊。"美弥子姐姐双手合十道了个歉，转头奔向来路。我看着她的背影，拿出了口袋里的蜂鸣报警器，确认了开关，把报警器捏在手中，摆着手臂、镇定地向前走去。

一个人走在街上，便觉得风格外冷，我缩起了脖子。

说到这里我想起来，散场时，天文学家说："如果有往车站方向走路回家的朋友，在这个季节这个时间点，可以看到夜空中的方向辨识标志——猎户座。"

我以猎户座和它旁边的双子座为参照向前走着，在一个被围栏隔开的单行道中停住了脚步。我看到，在前面的街灯下，有一个和我年纪相仿的女孩子，她抬头看着夜空，慢慢地走着。

咦？

我瞪大眼睛看着那个人的背影。毫无疑问——那是我的同班同学麻纪。

对了，我想起来麻纪上的补习班就在这附近。我心想着，加快脚步走上前，麻纪也在商店街的门口突然停住了脚步。

"麻纪！"我走到她的身边，顺势拍了拍她肩膀。麻纪惊得肩膀抖了抖，猛然回过头来。她瞪大了眼睛瞪着我，又回过头去直直地看向前方，又回过头来看向我。看到她的脸，这回是我惊讶了，她双眼都噙着泪。

"你怎么了？"我赶忙问道。

她的嘴唇有些发颤，盯着我看，不知道是生气还是发怒，浮现出一种无法形容的表情。然后她就这么跑向车站去了。

这事发生得太突然，我还是呆呆地站在原地，看着她的背影。

"芊芊——"身后传来了呼唤我的声音。我回过头来转身一看，美弥子姐姐喘着气担心地看着我。

"你们怎么了？"美弥子姐姐问。

我还糊里糊涂的，只是摇摇头"不清楚呢"。

麻纪是我从一年级开始就很要好的同班同学，这是我第一次看到她那样可怕的表情。

"美弥子姐姐，怎么办呀？"我拉着美弥子姐姐的大衣袖子问，"我可能惹怒麻纪了。"

美弥子姐姐不清楚我在说什么，惊讶地瞪大了眼睛。

"大概是大晚上突然和她打招呼吓到她了？"在厨房里备好茶，美弥子姐姐说。

美弥子姐姐把我送回家，但是妈妈还没有下班回来，因此我们就一起喝个茶。

"但我只是正常的打个招呼而已。"我其实更想要静静地打招呼，不要吓到她。

"你们两个没有吵架吧？"美弥子姐姐边把热水瓶端到客厅边问。

"没有耶。"我毫不犹豫地回答，"我们星期五在学校还正常地聊天呢。"

"有可能芊芊你心里没有注意，但是麻纪她有什么想法呢。"

美弥子姐姐将红茶倒入两人的茶杯。

"这是什么意思？"

"比如说，上补习班的事是瞒着你的，现在回家的路上被你看到了，吓了一跳……"

"没有这样的事啦。"我边将牛奶倒入红茶，边摇摇头，"麻纪在橘子球附近上补习班的事朋友们都是知道的，可不止是我一人。"

"那么相反的，会不会是她补习班逃课的事情被你看到了，所以很慌张？"

"我想也不是。"那个时间，补习班都已经结束了，在路上遇到而已，没有必要慌张的。

美弥子姐姐双手捧着茶杯，用杯子外围暖着冻得冰凉的手，轻轻抓了抓头，说："但是，确实有些怪。以麻纪的性格为人，要说是夜晚路上碰到会被吓到，不如说相反，是会来吓人的类型吧。"

是的，之前我和麻纪一起去过图书馆多次，所以美弥子姐姐对她也很熟悉。麻纪才是走夜路遇到熟人，会"哇"的一声吓对方的人。

"会不会是我在不注意的时候惹怒麻纪了？"我突然开始担心。

美弥子姐姐为了安抚我，微笑地说："我觉得按麻纪的脾气，如果有生气的事，一定会直接和芊芊你说的。不如明天到学校问问她吧？"

"嗯，就这么办。"我点点头。

虽然最终还是不知道麻纪为什么会是那样的反应，但多亏了和美弥子姐姐聊了聊，我的心情没有那么沉重了。

喝完茶，我们俩走到了阳台上。在越发寒冷的北风的包围中，我们仰视夜空。

刚才还横倒着的猎户座，慢慢上移了。

但是，我怎么看它都不觉得像是希腊神话中的英雄，只是觉得像一个沙漏。可能是因为以前空气比较干净，能见度高，所以能看到比现在多得多的星星，所以猎户座看起来真的是像一个人的样子。我这样想着，告诉美弥子姐姐。

"有道理。但是……即使看到很多星星，能够从中看出人的样貌，也是很难的吧。"美弥子姐姐看着星空答道，"而且，星座老师也说了，神话说到底，不是星星创造的，而是看星星的人类凭借想象力创造的。"

"星座老师"说的是刚才讲座的后半部分登场的民俗学者——一位银发高个子的老爷爷。他的声音非常洪亮，让人感觉他根本不太需要话筒。他介绍了很多关于星座的事。在讲座的最后，他说："与以前相比，现在肉眼能看到的星星的数量已经少了很多很多。比我小的时候都少了很多，相比这些神话产生的数千年前，如今肉眼可见的星星更是少之又少吧。即使这样，如果大家感兴趣，可以稍抗寒冷，静静眺望夜空一会儿。看的时间越长，眼睛越适应，看见的星星就会越来越多。你也可以试着自己创造一个神话故事，或许这个神话故事就会流传几千

年，被未来的人们传承。"

我俩一直注视着星空。慢慢地，夜空中增加着闪耀的星星，眨着眼睛。

"好厉害呢。"美弥子姐姐感叹道。

"嗯。"不断增加的星光点点，让我们忘记了寒冷，看得痴迷了。

星期二放学后，我直接去了图书馆。

图书馆的大厅里放置了一棵很高的装饰树，上面装饰着星星、长袜等，树枝上面覆盖着白雪。我正从树下走过时，"啊，芊芊！"美弥子姐姐正好双手抱着书山，从楼梯上走下来，她叫住了我。

"你穿得这么暖，要去做什么呀？"

听她这么一说，我才注意到，已经身处室内，可我还戴着手套和围巾呢。

"美弥子姐姐……"我仰视着美弥子姐姐，吸了吸鼻子。

不知道是不是因为寒冷，还是因为看到美弥子姐姐的脸，我就放下心来了。

"你怎么了？"美弥子姐姐抱着书，在我面前蹲下来。

"不知道。"我强忍住眼泪，摇摇头，"我大概真的惹怒麻纪了。从那天起，她就不理睬我、不和我说话了。"

昨天早上，上课前，我想去找麻纪说话，所以比往常要早一些到学校，在教室里等麻纪。但是往常很少迟到的麻纪却是踏着铃声进教室的。之后也是，一下课她就冲出教室去了，放学后更是，我还在整理书桌，她就已经离开了。所以我根本没有机会和她说上话。

今天也是，我早早来到学校等麻纪，但她还是伴着铃声才走进教室。之后，我下定决心，一定要在午休时找她说话，可就在中午，她突然回家了。

"我在想要不要打电话到她家里，但又有些害怕……"

"麻纪只是和你不说话吗？"美弥子姐姐突然问道。

"嗯？"被她这么意外地一问，我开始仔细回想昨天到今天的情况。于是我发现，这两天来，不仅是对我，麻纪基本上没有和班级里的任何人说话。

听完我的话，美弥子姐姐说："那就是了，她不是对芊芊你生气，而很可能是她发生了什么事情。"

"是哦……"我有些不好意思地低下头。我满脑子都是担心自己是不是惹麻纪生气了，完全没有想到麻纪是不是有什么苦恼的事。

这时我才注意到，我拦住了捧着满怀的书的美弥子姐姐，说："不好意思，工作途中打扰你了。"

"没事啦。但是……"美弥子姐姐突然提声说，"正好碰上，帮我一下吧？"

"嗯！"

我跟着脚步飞快的美弥子姐姐，一起来到了一楼最里面的童书区域。

"我们要设立'冬日的星空'的专题特展，但二楼的特展区已经放满了'节日'特展的书，所以打算在这个角落开设'冬日的星空'专题展。"美弥子姐姐边说，边把手上的一摞书搁到了长桌上。

以往这个长桌是用来摆放新到的儿童书的。今天上面挂了一个牌子，上面写着"'特辑 冬日的星空'——仰望冬日星空如何？"。在牌子的右端画有《从天而降的魔女》的主人公小魔女贝璐卡坐在星星上飞行的插图。

我帮着美弥子姐姐，将一些参展书籍依序排列，着重露出每本书的封面。其中包括《星星的名字》——星空照片影集，《冬天的星座》——以漫画的形式来介绍与星座相关的神话故事，外国科幻小说《天鹅座的秘密》——讲述惩恶扬善的宇宙海盗追踪消失了的宇宙飞船的谜团，《一起寻找星星的碎屑》——名人写的与星星相关的散文集合，等等。

"芊芊，你想好今年过节要什么礼物了吗？"我们在排列书时，美弥子姐姐伏在我耳边轻声问。

"还没有。"我摇着头，同样小声地回答。

每年过年前我都会收到比较豪华的书，例如硬皮书系列，或者《纳尼亚传奇》套装等。

"今年我有些犹豫呢。"

"我来猜猜看吧？"美弥子姐姐把抱在胸前的一本书，突然拿出来，"是这个对吧？"

"你果然很懂我啊。"我有点害羞地笑起来，抓着头。美弥子姐姐手中拿着的是"物之结构"系列丛书中的《望远镜的结构》。

美弥子姐姐边将这本书摆在《星星的名字》的旁边，边说："你终于笑啦。"

她边说着，边笑着偷偷看了我一眼。这时我才明白过来，美弥子姐姐拜托我帮忙，其实是想让我打起精神来。

这时我想到，麻纪可能也是这样，因为自己满心烦恼，所以就没有余力去注意周围的事情了。

于是我想，如果我能像美弥子姐姐对待我那样，为麻纪打气鼓劲就好了。我暗暗下了决心，明天我一定要和麻纪聊聊。

"感冒了呢。"妈妈看着体温计叹着气说。

"看起来不像是流行性感冒，但今天你就休息一天吧。我会帮你向学校请假的。"

"可是……"我还是坚持想要起身。我下了决心，今天一定要和麻纪聊聊的。

"没什么'可是'的，"妈妈稍稍严厉地双手叉腰说，"总之，先吃点早餐，吃不下就吃一点点也行，然后把药吃了。"

"遵命——"我只好答应了，况且我的头确实好重。全身都裹着被子，可是裹在被子里的身体还是冷得瑟瑟发抖，只有露在外面的头反倒是滚烫滚烫的。

"如果体温再升高，我们就去医院看医生吧。"妈妈看着我一口气喝完了汤，又服了药，最后这样说着，走出了房间。我隐约听到她在客厅给我的学校和她的公司打电话请假。

听着这个"摇篮曲"，我不知不觉又陷入了睡梦中。

梦里，我和小魔女贝璐卡一起施展惊人的魔法在宇宙中穿行。我们想要在星星和星星之间连线，来标示出星座，但我们俩都不大擅长绘画，把"天鹅座"画得像"鸭子座"，把"天蝎座"画得像"团子虫"，把夜空搞得一塌糊涂。

然后美弥子姐姐突然出现了，把"鸭子座"修正成"天鹅座"，把"团子虫"修正成"天蝎座"，还在夜空中画了一棵巨大的树。不论是亮星还是暗星，不论是白色的星星还是红色的星星，都成了树上的装饰灯光，闪闪发亮。然后，树顶上是银白的月牙……

我醒来的时候已经快到中午了。

"你感觉怎么样？"妈妈端来一个小瓦锅，里面装着一人份的杂烩粥。我从床上起身，拿出了体温计："感觉已经好多了。"

我的体温还没有恢复正常，但是和早上相比，热度已经降下不少。

妈妈接过体温计一看，面色缓和了很多，但又立刻恢复了严厉的表情，说："都是因为你大晚上跑到阳台上，晚上睡觉也忘记关窗户。"

我拉起被子缩了缩脖子。正如妈妈说的，在听完那个讲座后，我每个晚上都会长时间地眺望星空。

"因为最近天气不错嘛……"

"不要把责任推到天气上……"妈妈面露苦笑，说道。说起来，最开始推荐星座讲座给我的，可是妈妈。

"想要看星星也可以啦，你差不多可以起床吃点东西啦。"

"好——"我欢快地回答，起身伸手想要接过杂烩粥。从早上到现在我基本没吃什么，肚子空空的。

　　"喂，坐到桌前好好吃。"妈妈把放着瓦锅的托盘放到了我的书桌上。

　　"你真的不要紧了吧？"看着正要爬下床的我，她再次确认地问道。

　　"我应该没事了吧……怎么了？"

　　"唔……其实，刚才公司打电话来了。我好像必须过去一下。我拜托了美弥子，她大概在傍晚的时候过来，但在那之前你一个人不要紧吧？"

　　"哎呀，说了不要紧啦——"我摆了个精神满满的 V 字手势。

　　但妈妈还是略带担心，又问："如果你感觉不舒服，就立刻打电话给我们啊，打给我或者美弥子都行的。"

　　"唔，我知道了。"

　　看到我乖乖地点头，妈妈终于放心下来，露出了笑容："你有什么需要的东西吗？"

　　"嗯……我有本想读的书……"

　　妈妈听到我的回答，无奈地叹了口气，说："你就算感冒的时候，也书不离手？"

　　"绘本总可以了吧？我有一本无论如何都想读的绘本。"我撒着娇说。

　　难得——虽然这样说好像有点怪，难得感冒卧床，我觉得撒个娇也是可以被允许的。

而且，书籍对我来说绝对是最好的良药。妈妈也知道这点，所以最终她还是放弃般地点点头，说："好吧，那我等下拜托美弥子姐姐帮你借来，你的借书证在哪儿？"

我从书桌抽屉里取出自己的借书证，递给妈妈。其实一般来说把借书证交给别人代为借书是不被许可的，但是生病的时候请家人帮忙，还是可以作为特例被宽容允许的。

"我的借阅数量限额大概还有一本书，请帮我借《感冒的圣诞老人》吧。"我报了这个书名，这本绘本讲的是感冒了的圣诞老人在平安夜引起了大骚乱的故事。

"行，行。那你要乖乖躺着休息哦。就算天黑了，也不要跑到阳台上或者忘记关窗哦。"

妈妈边叮嘱着要注意的事，边拿着借书证走出了房间。

房间里就剩下我一人了，我看看书桌上的时钟，现在是中午十二点整。正好是学校里的午餐时间呢，我开始吃杂烩粥了。

我本打算吃完杂烩粥，就乖乖回床上躺着休息。但是，刚吃到一半，就听到有人开门的声音，有人从玄关进来了。如果是美弥子姐姐，这个时间有点太早了，而且她会按门铃的。

正当我担心着的时候，我的房间门"咯吱"一声开了，妈妈走了进来。

"啊呀，原来是妈妈你呀，差点吓到我了。"我松了口气，拍拍胸口，说："忘东西了？"

"不——是，是来送东西的。"

"咦？"

"嗯，这个给你。"妈妈拿出藏在身后的一册大开本的绘本，递给我。

看到这个，我惊讶地瞪大了眼睛："啊？这是？为什么？"这正是我刚才提到的《感冒的圣诞老人》。因为感冒而晕晕的头，更混乱了。

"你不会已经去过图书馆了吧？"我看了眼时钟，从妈妈出去到回来，刚过了五分钟。

"是送你的礼物。"妈妈像搞怪般地笑了起来，将借书证放回了书桌上，"这回我真的必须出发了。你要乖乖的啊。"

说着，她急急忙忙地冲出了房间。我还是不知所以地把杂烩粥吃掉，回到床上，打开了绘本。

这本书如书名所说，讲的是在节日那天感冒的圣诞老人，晃晃悠悠地送礼物的故事。由于他有些发烧，所以错给期待自行车的顽皮男孩子送去了望远镜，错给生病在家静养喜欢观星的女孩子送去了自行车，把重感冒而戴口罩去药店买感冒药的人当做了强盗，最后将城市中央广场上树立的巨大装饰树给铲掉了。第二天早上，从医院病床上醒来的圣诞老人想起自己的失误非常后悔。可是阴错阳差，其实一切事情都进展的很好：男孩子认识到星星的美好而决心要做天文学家，少女一冲动骑了自行车而开始外出，警察到达药店的时候正好逮捕了闯入药店的一名真正的小偷。那些原本来观赏装饰树的人们因为见到了真正的圣诞老人而欢喜不已。最后，圣诞老人在小城人们的热情欢送下，乘着雪橇开始了宇宙之旅。

我读着读着，又不知不觉地睡着了。醒来时，已是太阳快要下山的时候了。

我爬下床来，伸了一个大大的懒腰。因为好好地睡了一觉，感觉头和身体都轻松了许多。看到枕边放着这本书，打开最后一页，摊在枕边。这果然不是梦呢。

我弯下腰拿起了包着塑料封面的绘本。

我们家没有汽车也没有摩托车，所以要骑自行车往返图书馆，至少需要十分钟。不对不对，如果算上下楼、从车库取出自行车、在图书馆找到书、办理借书手续等，从这个房间出去到返回，起码需要二十分钟以上。

要在五分钟内完成所有这些，除非会飞。

会不会是妈妈昨天就帮我借来了呢，注视着这本书，这个想法在我脑中浮现出来。大概妈妈看着我总在看星空，猜想我肯定会感冒的，再连我卧床会想读绘本这一步都预料到了……这样推测太牵强了，想到这里，我自己都笑起来。如果不是仔细推测到每个细节是无法事先准备这么多的，那还不如直接阻止我的天体观测，就不会感冒了。

我在睡衣的外面披上毛衣外套，拿着空空的瓦锅走出房间。美弥子姐姐大概快要到了。我正把瓦锅端进厨房的时候，门铃响了。这个公寓楼底下的入口是有门禁的，所以没有钥匙的人需要有人开门。

我看着对讲机上的入口画面，"啊"地惊讶了一下，对着摄像头招手的，一位是安川，另一位是——

"麻纪同学？"

安川身后一步之遥的，毫无疑问是麻纪的身影。

"我们是来探望你的。"安川的声音从门铃那边传来。

"谢谢啊，我这就开门。"我回答道，打开了门锁。

我把他俩迎进了我开着暖气的房间。

"啊，刚才好冷。"安川进门就脱下了羽绒服，"茅野，你今天请假真是明智呢。今天这么冷的天气，我们被要求跑马拉松呢。"他边说着，边搓着手。

而麻纪却一直站在房间的入口处，也没脱外套，一副犹犹豫豫的样子。

"麻纪你怎么了？快过来啊。"

听了我的话，麻纪才脱去了外套，走进房间来。

她在地毯上坐下，手一直放在坐垫上，静静地低着头。

我再一次问她："你怎么了？"

麻纪稍稍扬起脸，仰视着我的脸，用几乎听不见的声音说："我本来打算今天到学校向芊芊你为上次的事情道歉的，可没想到你感冒请病假了。"

"道歉？"我抓抓头问。

"嗯。"麻纪点点头。

"上周日的时候真是抱歉呢。难得你和我打招呼，我却露出了非常难看的表情，对吧？"

"嗯，我才应该道歉吧。"我急忙说，"都怪我在那么暗的路上突然和你打招呼，你一定吓坏了吧？"

"不是的……"麻纪摇着头，她的眼泪在眼眶中打转。不明状况的我越发糊涂了。

"到底发生了什么事？"刚才一直在关注书桌上的绘本的安川实在看不下去了，插嘴问道。

"那个……"我简单地解释了一下周日晚上发生的事，"当时，我拍了拍麻纪的肩膀，只见她——"

"表情非常吓人哈。"安川听完我们的话，架着胳膊说。

"川端，"安川突然问麻纪，"你那个时候是不是在许什么愿？"

麻纪像触电般地抬起头来，看了看我们俩的脸，慢慢地开口了，她的声音有些嘶哑："可洛生病了。"

"可洛吗？"我有些惊讶。可洛是麻纪家里养的一只哈巴狗，应该还只有五岁。

"大约是从今年夏天开始，它的身体就不大好，频繁去医院。到了这个月，病情突然恶化，需要动手术，上周六住院了……"

周六就是星座讲座的前一天。

"周日我本来是不想去补习班的，但因为有考试，不能请假，而且就算待在家里可洛也不在家……于是，从补习班回家的路上，我边想着可洛现在怎么样了呢，突然恰好抬头看到了非常美丽的星空。"

听到麻纪的话，我突然想到一件事，不由自主"啊"的一声抬起头来。

那天晚上，我和麻纪是看往同一个方向的。也就是说，我当时看到的就是麻纪看到的星空。那么当时我们面对的就是看起来很像沙漏的猎户座，以及——

"对了，是双子座。"我对着麻纪，探身说。

"麻纪，你是不是在找流星？"

麻纪看着我，点点头，说："我想，可以看见这么多星星呢，那就有可能看到流星的。咱们去年夏天的自主研究课题不是'光污染'（公害的一种，指在夜晚的城市里，房屋、街道等的灯光太亮，使得肉眼可见的星星减少）吗。我想起当时读了一本书，书上说冬季的夜空里看着猎户座，就能看到许多流星……因此……"

说到这里，我才终于明白了，她指的是"双子座流星雨"。

流星是很难预测什么时候会在哪里出现的，但是，有时随着季节变化，每年在特定的时期，从特定的角度进行观测，会看到大量流星出现，这种情况就被称为流星雨。现在这个时期正好是双子座可以观测到流星雨的出现，所以被称为"双子座流星雨"。在那天的讲座上，天文学家正好提到这点。另外，她还提到："冬日星空最容易找到的是双子座旁边的猎户座，可以以猎户座为目标来寻找。"

我想，麻纪读到的那本书的作者一定是在观测猎户座的时候，偶然看到了"双子座流星雨"。

"人们都说，在流星消失前把心愿连说三遍，愿望就会实现，不是吗？所以我就想祈祷可洛能够恢复健康，边走边看有没有流星。然后——"然后，流星就真的出现了，于是麻纪想赶紧许愿，可是这时——

"对不起！"我两手合十，诚心诚意地向她道歉说，"那个时候是我的招呼打断了你哈。"

我挑战过很多事情，屡战屡败，屡败屡战，但是在流星下落消失之前把愿望说三遍这事，以我的经验，是近乎于不可能的。一方面，流星在什么时候在哪里出现是无法预测的；另一方面，流星出现的时间实在是太短了。要想做成这件事，必须在流星出现前就对着那个角度等待，像守株待兔一样，才可能实现吧。如果她马上就要做到，却被中途打断，麻纪会生气也是理所当然的。

但是麻纪却连忙摇摇头说："那个时候，也有一些是因为吓到了，就对芊芊有些生气，但是就算是芊芊不叫住我，也几乎是办不到的。流星出现的时间实在太短了，转瞬即逝。况且……"

麻纪今天第一次对我露出了笑容："不用再向流星许愿也没事啦。"

"哦？这就是说？"

"手术成功了，昨天可洛回家来啦。"

"真的吗？那太好了。"我用手拍拍胸口，长长地呼了口气。

但是，据麻纪说，这两三日正是危险期，她担心得不得了，周一、周二都带着不允许带到学校的手机来上学，一到课间休息就躲到厕所里给家里人打电话以确认可洛的状况。

"昨天，我实在很关心手术的结果，所以向老师请了假，午休前回家了。回家后，看到可洛活蹦乱跳的样子后，终于放心了。这之后，又想起芊芊的事，反倒牵挂起来……昨天、前天都是，芊芊想要和我说话，但我由于太担心可洛，完全没有那个心情。所以今天来学校，首先就想和芊芊道个歉……"

"我来到茅野家楼下，就看到川端在门口转来转去……"安川接过麻纪的话头，"我是因为顺路，所以来看看你，川端她可是一放学就往这边来了吧。你不会是一直就在门口，待了那么久吧？"

"我回了趟家，骑自行车过来的，也没有那么久啦……"

"你还好吧？外面很冷耶。"我紧张地站起来。

"唔……还好啦。"麻纪耸了耸肩，微笑着说。

我伸手探探她的脸颊，吓了一跳。进屋已经超过十分钟了，她还是冰凉冰凉的，"惨了，这下要轮到麻纪感冒了！"

我走出房间，打开了客厅的暖气，又用微波炉加热了牛奶，加入可可粉，叫两人一起来客厅，招呼他们围着圆桌坐下。

"话说，"我感叹地叹了口气，对安川说，"你只是听了我的描述，就能知道发生了什么。还猜到了麻纪在许愿……"

"这没什么大不了的啦。"安川对着热可可"呼——"地吹了口气，害羞地笑起来。白色的水蒸气从安川的脸庞前四散开去。他说："晚上仰视星空，大概就是在看月亮或者星星咯。对干扰生气的话……茅野，你看到川端发怒的样子，有点担心和压力，所以没有多余的心思来想啦……"

"真的对不起哦。"麻纪两手紧紧握着马克杯，看着我，小声地说。

"没事啦。如果我早知道可洛生病的事，就会和你一起向流星许愿了。"

我喝了口热可可饮料，突然想到什么，又说："话说起来，可洛来到麻纪你家的时候，恰好是几年前的今天，对吧？"

"对，那正好是五年前的今天。"

麻纪想起那时的场景，"咮咮"地笑出声来："那天清晨，我一起床，就看到可洛在我的枕边，爸爸妈妈对我说'这是朋友的狗狗生的小狗，好好抚养它吧'。"

我听到这里，也不由自主地笑起来。

"啊，说到许愿——"我望向安川，"你刚才看到我房间里那本绘本了吧？"

"啊，怎么啦？"

我把绘本如何到达我手上的事向两人叙述了一遍。

"五分钟内往返图书馆？"麻纪听了，惊讶地瞪大了眼睛，"但从这里到图书馆，单程起码也要五分钟吧？"

"嗯，而且还有电梯上不来，要等很久之类的情况，从骑着自行车出发开始算都要五分钟了。"

"是不是真的只有五分钟时间？也可能实际上有更多的时间之类的？"

我听了麻纪的话，坚定地摇了摇头。如果我是睡着的，那是有可能计算错了时间，但是那个时候我是清醒着起床在喝杂烩粥的。可能有一两分钟的误差，但是不可能有大的差错。

"安川，你怎么看？"

"嗯？"我一问，安川像吓到了，抬起头来，又低头看着桌子说：

"那个……不是自行车，开汽车就有可能了吧。"

"但是芊芊的妈妈并没有汽车驾驶执照呢。"

"并不一定是亲自开车的嘛。"

"啊，对哦。"麻纪拍着手说，"可能出门正好碰到熟人开着车路过，于是就搭车去了图书馆。"

"但是从图书馆借完书还要马上回家啊。"我反驳道。

麻纪想了一下，又自信满满地回答说："那么，预先打电话给图书馆，要求加急配送怎么样？那就只要单程的时间了。"

我仰望着天花板，在脑海中模拟了一遍麻纪的说法。接到电话后找到书，特别熟练的人在一分钟内是可以实现的。然后开车送出，到达我们家公寓楼要三分钟，给到在门前等的妈妈，然后妈妈回到房间，理论上来说五分钟内是可以实现的……

"但是，还是很奇怪呢。"我大声回答，"为什么要那么着急赶时间呢？"

"也是哦……的确有些奇怪。"麻纪耸耸肩，抓着头说。

再怎么有实现的可能，也没有像这样拼了命地像送救命药丸一样赶时间的必要。

难道这书真是从天上飞来的吗……

我们俩正歪着头疑惑不已，安川有些害羞地抓抓头，说："茅野，你有没有这附近的地图？"

"地图？嗯，有的！"

我去取来了指示附近防灾避难设施的防灾地图，交给安川。

"是要计算到图书馆的距离吗？你需要尺子吗？"

"不是的……"安川摇着头，从他的背包里取出了笔盒。

这时门铃响了。

我去对讲机一看，美弥子姐姐拎着超市购物袋冲摄像头挥着手。

"喔，你们是来探望她的呀？"美弥子姐姐进屋后，笑着对安川和麻纪打招呼，"那正好，我买了蛋糕。还觉得太大了，能帮我们一起吃吗？"

美弥子姐姐手拎超市购物袋和蛋糕走进厨房，我跟在她后面。她凑到我的耳边悄悄问道："你和麻纪和好了？"

"嗯。"

我帮美弥子姐姐一起把食材放进冰箱，顺便告诉她麻纪之前发生的事。

"原来如此，我们刚听完关于星星的讲座，却没想到流星的事，真是愚钝啊……"听我说完，美弥子姐姐边把鸡蛋摆进冰箱，边笑着说。

"但听到可洛恢复健康，真是太好了。"

"嗯，美弥子姐姐，你今天的工作呢？"

"我今天是早班。其实本来可以更早来的，但因为去买菜而耽搁了一下。"

"是哦……对不起啊……啊！啊，不是的……"我赶忙改口，"谢谢你过来！"

我俩对视着，笑起来。

我端着托盘，将四人份的热茶和切好的瑞士卷蛋糕端回客厅。

安川正像读报纸一般将地图拿在手里，专注地看着。

美弥子姐姐好奇地问："你一直在找什么呀？"

我和她说"稍等一下"，回房间取来了那本绘本。

"啊，你准备得真好，就像预先知道要感冒一样。"美弥子姐姐接过书，感慨地说。

"这不是，BM 书吗？"

"咦？"我伸手拿回了书本，"真的呢……"

我意外地翻到封底一看。

图书馆的书，会在封底上贴一个条形码，以及一个标有这本书是哪里的藏书的贴纸。这本书的贴纸上，清楚地写着"云峰市立图书馆 -BM"。

"BM 是什么呀？"麻纪也探身来看我手上的书。

"是外国车品牌吗？"

"那是 BMW 啦。"安川冷静地吐槽说。

美弥子姐姐笑起来："BM 指的是 BOOK MOBIL——移动图书馆。不是有些卡车车厢里摆满书架，开到公园、小学等地方巡回的吗？这本书就是移动图书馆的。"

"啊？这么说来……"麻纪感叹道。

我拿着书点点头，说："BM 里面也配置有电脑，所以和图书馆一样，也可以办理检索、借阅手续。我妈妈大概是从附近的巡回路线站点借来的。

由于是用塑料书皮包着，所以一眼就知道是图书馆的书了。但是要不是美弥子姐姐提醒，我可没注意到这是 BM 的书。

我心想，"五分钟之谜"就此解开了。

可是，美弥子姐姐手托下巴说："但是，还是有些奇怪……"

"怎么了？"我赶忙问。

美弥子姐姐抓着头说："这附近有 BM 的巡回路线站点吗？"

移动图书馆是会规定好巡回路线的，比如"某月某日的下午三点到四点半于云峰小学操场"。美弥子姐姐说，移动图书馆一般是为距离图书馆很远的人们设立的，我家距离图书馆并不远，所以不太可能被列在巡回路线上。

"但是……"如果不是因为近处有移动图书馆，那么这个问题就又回到原点了。我又开始苦苦思索这个新的谜团。

"你知道今天的巡回路线是怎样的吗？"安川把地图摊在桌上，问美弥子姐姐。

"嗯，记得是这样……"美弥子姐姐细细的手指在地图上划着，"今天是中午从图书馆出发，从中午十二点到一点左右在鹰森公园、然后在公民馆，三点在空见托儿所……"

跟着美弥子姐姐指尖划过之处，安川用铅笔在地图上画了一条细线。"也就是说……"当铅笔尖又顺着这条线返回的时候，停在了鹰森公园这里。

"啊！"挤着头盯着地图看的麻纪和我，一同叫出声来。

如果按照这个日程表，移动图书馆正好会在正午，也就是妈妈出门的那个时间，经过这个公寓楼的门前。

"是不是茅野的妈妈出门时，正好碰到BM从这里经过吧？"安川的手指在地图上沿着线移动，停在了我们楼前的十字路口："你看，这里没有交通信号灯，却又是大型交叉路口。车子一定会在这边停一停。"

"可能这时BM正好来到眼前，就下意识地拦下了。"美弥子姐姐苦笑着说。

"这样做没事吗？"麻纪担心地问。

美弥子姐姐"唔"了一声，有些困惑地点点头，说："我也曾经在乘坐BM时，经历过停车等信号灯的时候，有人过来问能不能直接还书，就帮他收了书带回去还掉。但是路上被叫住办理借书手续的事，的确是……"

话题一发展到这里，就刹不住了。

"一定是阿姨非常担心芊芊的事呢……"

"哎呀，妈妈她也真是的……"我有些害羞，低下头，但是脸上自然地稍稍放松了点。

之后我听说了具体的情况，当时是天野先生和司机一起乘车。正如安川所推测的，车子在十字路口停了一下，这时候，我妈妈挥着手走向他们，问道："芊芊因为感冒而卧床休息了，想请问一下有没有《感冒的圣诞老人》这本书？"

天野先生笑着说："这本书正好车上就有，而且你妈妈一脸担心的样子，就想也不想，直接办理了借书手续了。果然这样不太好哈。"

麻纪感叹地望着安川，说："安川好厉害呢，开始就猜到不靠汽车是搞不定的。"

"碰巧而已，碰巧哈。"不知为什么，安川有些慌张地摇摇手，拍拍桌上的地图。

"哈，谜团也揭开了，先喝茶吧，凉了就不好喝啦。"美弥子姐姐说。我们听完也赶紧拿起叉子。

美弥子姐姐劝我到室外呼吸下新鲜空气，我于是遵照指示，送两人下楼。"我去拿自行车哈。"麻纪往停车场去了，剩下我们两个人。

"关于刚才的推理……"安川很艰难地开口说，"其实，我有一点点隐瞒。"

"隐瞒？"安川打开了他的书包,从中拿出了一册绘本。看到后，我惊讶地瞪大了眼睛。

这是一本包有塑料书皮的《感冒的圣诞老人》。

我诧异地说不出话来。

"我想,要给茅野带探病礼物的话,相比鲜花、水果和蛋糕来说，还是这个比较好。所以放学后,我去了趟图书馆。"

安川把书递了过来。

我接过书,翻过来一看，封底条形码的旁边，写着"中央图书馆"。

看到这里，我明白了"隐瞒"的意思。

除非是非常受欢迎的图书，一般在一个分馆，就只有一本库存。不论是中央图书馆也好，BM 也好，都只有一本。所以其实安川一开始就知道我开头拿到的那一本并非"中央图书馆"的藏书了。

可是——

"你怎么会知道我想要读这本书呢？"这一点我很想不通。他竟然能从中央图书馆的几万册藏书中挑选出这一本，按概率来说，真可以算是奇迹了。

可是安川的回答却是"总觉得是吧"。他说："感冒的话，不太想读很累的书，我在绘本区转悠着，就正好看到了这一本。"

我翻开了书，看了一页。这本书和妈妈借的应当是同一本书，但从这内容看来却又像并不是同一本书。

"这本书，可以借我看看吗？"我紧抱着这本书问道。

安川有些不明所以："可以是可以啦，但这本和你桌上那本BM 的是完全一样的啊。那你自己已经借了一本，又从我这里再借一本……"

"没事啦，我想要读这一本啦。"我和他约好，明天把书带到学校还给他，便带着书回去了。

"你还好吧？脸有些红哦。"回到客厅，美弥子姐姐从厨房里探出头来，担心地问，厨房里传来"哗——哗——"的水声。

我把两本一样的书叠放在桌上。双手贴了贴面颊，好像是有那么一点烫烫的。

我走进厨房，想要帮美弥子姐姐的忙，却看到洗碗和整理的事都已经完成得差不多了。

美弥子姐姐边把茶杯放进碗橱，边开口说："虽然最终绘本并不是从天而降的，但是这件事本身就可以算上是个奇迹了吧，你怎么看？"

我抓抓头，说："什么意思？"

"因为移动图书馆的藏书并不是那么多的哦。最多也就一千五百到两千册的样子。而且整个云峰市也只有一辆在运营。这一辆正好在阿姨出门的时候经过楼下，而且恰好能提供正在找的书……这些叠加在一起，不得不说是小小的奇迹呢。"

"小小的奇迹吗……"

经她这么一说，我想想倒也是的。此外，美弥子姐姐不曾得知的另一部分的故事里，也藏有"一个小小的奇迹"。

"好啦，病人该去好好休息啦。"

"好——"被美弥子姐姐赶出来，我乖乖地回自己房间去了。我把两本一样的书并排摆在书桌上。心中满是提前收到了圣诞礼物的喜悦。

除我以外，一定还有很多人想要读这本书，今天因为生病就还是乖乖待在家里了，但我下定决心，明天就去学校和图书馆还书。

我横躺在床上，把被子拉到胸口。可能是因为房间里开了暖气，脸庞温暖发热。

这时传来"咚咚"的敲门声，美弥子姐姐探出头来说："因为刚吃过蛋糕，我们就稍微晚点吃晚饭哈。你觉得吃火锅乌冬面怎样？"

"好的，谢谢啦。"

美弥子姐姐笑着说"好好休息"，关上了门。

我一直盯着关上的门，静静沉思着。

门外有那么多一直关心、爱护着我的人。

这回我感觉胸口温暖得发热了，于是，我轻轻地闭上了眼睛。

第 五 个 谜 题

消 失 的 雪

晴 れ た 日 は 図 書 館 へ い こ う

清晨寂静得让人害怕。

我抬起半个身子，瞟了一眼枕边的闹钟，距离所定的时间还有十分钟。

如果是被闹钟的声音叫醒，那再自然不过，但我居然因为太安静了醒过来，这可是前所未有的事。

往常，隔着窗子就能听到小鸟的叫声，行驶着的汽车和摩托车的声音，可是今天早上这种安静就好像电视机被调成静音那样，什么也听不见。

我关掉闹钟，钻出被窝，心中带着"那个预感"，悄悄来到窗边。抓起有点冰凉的窗帘，深呼吸，两手全力一挥，一口气把窗帘拉向两边。

"哇——"

面对眼前的光景，我不由得叹了一口气。窗帘另一侧蔓延开来的是一片纯白的雪帘。

我打开窗子，侧耳倾听。

要是下雨的话，就算窗户关着也能听到沙沙的嘈杂声，可是下雪却没有任何声响。也许更恰当地说，雪简直像在一边吸收着四周的声音，一边静悄悄地飘落着。

背景明明是一片纯白色，但不知道为什么却能看清每一片洁白的雪花。我目不转睛地看着，不一会儿感觉自己仿若在雪的海洋里畅游一般。

这样仰望着天空，不知过了多久，我突然打了个冷战，回过神来，关上窗户，赶紧回到屋里。

开着暖气的客厅里，已经换好衣服的妈妈神色凝重地望着阳台的玻璃门外。看来今天——这个周日妈妈又要去工作了。

妈妈注意到我，转过身来，脸上露出一丝苦笑，耸了耸肩。

"今天要去采访……"

"采访？难道是之前说的……"

"是啊。"

妈妈深深地叹了口气，然后又把目光转向阳台。

之前提过的采访，是指妈妈担任编辑的杂志新年号特辑的采访，去云峰山山腰上的一座名叫绿林寺的小寺庙，介绍当地的岁末风情。从几天前开始妈妈就一直在抱怨"这季节本来就够冷的了，还要去那种山里"之类的话。

"没事吗？"

我自然也担心起来，问道。这种天气去登山的话，难道不会遇难吗？

"嗯……总之还是去编辑部露个脸吧，而且雪也比刚才小多了。"

妈妈这样说完，我看向阳台外面，或许是错觉，觉得雪势比刚才弱了。

妈妈穿上大衣，戴上围脖，说："如果妈妈被雪困住了，回不来的话，就拜托你一个人看家了。"

听上去也不知道她是在开玩笑，还是认真的。说完，妈妈就走出了屋子。

留下我一个人，先把妈妈准备好的面包比萨和土豆沙拉吃光，穿上好几件上衣，来到阳台，俯瞰街道。

在我吃早餐的功夫，雪似乎更小了，薄薄的云朵之间，透过一道阳光，直射云峰山的山顶。

山、天空、街道、建筑物，所有的一切都被染上一层白色。原本司空见惯的街景，现在看起来却显得十分陌生。

在这样的雪天，把自己关在家里太浪费了。我俯视着白雪覆盖的街道，心里嘀咕：

下雪天怎么能不去图书馆呢！

我骑着自行车奔向图书馆。在雪地里骑车很危险，于是我尽量选择很多人和车辆通行的道路，这样的路上的雪都已经融化了，更容易走。

我离开公寓的时候，雪已经快停了，但是偶尔也会有小雪花在眼前飘落下来，仿佛刚才卡在半空中了似的。中途路过便利店门口，看到有个小小雪人戴着红色的小手套，正在向路人挥手问候，也许是店员堆的吧。

花了比平时更长的时间才到图书馆，我把车停到自行车专用停车场，一边掸落大衣上的雪，一边往图书馆走的时候，突然有个声音从后面把我叫住了："姐姐。"被这么称呼，让我这个独生子女真有些难为情。转过身一看，身穿卡其色大衣，头和肩膀上顶着一层雪的小田正站在那里。

"早上好。"

我稍微扫视了一下四周，接着问："今天巴龙看家？"小田重重地点了点头，有些不满地微微噘起嘴。

"那家伙，明明是条狗，却怕冷。"

小田说的话令我想起一句有名的歌词，我轻声笑着穿过自动门。顿时，外面的寒冷好像假的一样，图书馆里面暖和极了，穿着大衣都觉得有点热。

"真暖和。"

说着，我赶紧脱起大衣来，小田"嗯"地点了下头，马上又阴沉着脸继续说："可是……"

"可是……怎么了？"

"太热了，雪都化了。"

"啊？"

顺着他手指的方向看过去，我不敢相信我的眼睛。

就在几天前，还郑重地装饰在大堂正中央的装饰树，不知不觉间被移到大厅的角落，放在了公告板的旁边。而且之前看到的时候，整棵树都被纯白色的棉花雪覆盖，现在消失得无影无踪，取而代之的是真的雪，好像融化的冰激凌，摊在树下面。

那幅场景看上去简直就是树上堆积的雪，在图书馆暖气的作用下融化掉了一样。树枝上挂着的星星呀、长靴之类的装饰还在，只有树上的棉花雪消失得彻彻底底。

我叫小田等在那里，说完，就抱着大衣去找美弥子姐姐了。

正在新到图书区摆放书籍的美弥子姐姐，听完我说的，还绞尽脑汁地想怎么回事，来到大厅，看见树顶没了雪的装饰树和树底下有些水汪汪的残雪，瞪圆了眼睛。

"难道是用了真雪吗？"我拉了拉美弥子姐姐的袖子，问。

"怎么可能。"

美弥子姐姐一脸困惑地摇了摇头。

"今天早上开馆前巡视的时候，棉花雪还好好的在上面。"

我反射性地抬头看了下墙上的表。开馆还不到一个小时。这样的话，就是说在开馆短短十几分钟内，有人把树上的棉花换成了真的雪。

树虽说是假的，但也相当有分量，为了不使树倒下，树底下是放在大花盆里的。大部分雪都不在花盆里，而是七零八落地堆在地上。

美弥子姐姐在树旁蹲下身，伸手摸向融化的残雪。

"真凉！"

说着，赶紧把手缩了回来。

“果然是真的雪。可是，为什么会在这种地方……”

我和美弥子姐姐面面相觑。

“怎么回事呢？”

正好路过的天野先生停住脚步。美弥子姐姐简单介绍了事情的原委，天野先生似乎这时才意识到雪化了。

“真过分呀……好不容易才修复成原样。”

天野先生叹息道。

“修复？”

我问。

“嗯，其实……”

天野先生皱起眉头一一道来。

据天野先生讲，前天星期五快要闭馆的时候，图书馆里有个孩子到处乱跑，一下子撞到树上，把树给撞倒了。幸好孩子没受伤，但是树倒下来的时候，棉花雪和装饰物都被弄得乱七八糟。

“接着，昨天下午，来听绘本讲座的学生也一起帮忙，我们在三楼的会谈室又重新装饰了一遍，但是……”

好像是因为放在大厅正中间太危险了，就把它移到墙角去了。那地方正好挡住放杂志的书架，所以美弥子姐姐他们直到现在也没发现雪消失了。

“好不容易装饰得漂漂亮亮的……”

我噘起嘴，轻轻抚摸树上的叶子。如果堆着真的雪，应该会是冰凉的吧。然而，塑料做的绿叶子，在有暖气的图书馆里，甚至有些暖暖的。看到我的样子，站在旁边的小田开始模仿，伸出手使劲拽了几下绿叶。

"总之，我们先打扫干净吧。"

说完，美弥子姐姐就去拿抹布了。其间，我们开始把树底下尚未化尽的雪搬出图书馆。

我重新戴上手套，双手捧起一摊雪。雪的冰冷透过毛线渐渐传达到掌心里。

本来也没堆太多雪，两个人来回两趟，雪就被清干净了。美弥子姐姐和天野先生用抹布将地上的水也擦干净了。之后就只剩下没有雪的装饰树。

"谢谢你们俩帮忙。"

美弥子姐姐微笑着谢过我们，又面带愁容地看向天野先生。

"是谁特意从外面把雪运进来的呀？"

"是呀。"

天野先生垂下肩膀，又叹了口气。

"哎呀，幸亏不像昨天似的装饰物都掉了……一会儿我就恢复回去。"

"可是，没关系吗？"

美弥子姐姐以一副有些担忧，但又像在憋住笑似的表情窥探着天野先生。

"天野先生不是很忙吗？"

"哎……没事，总之会解决的。"

不知道为什么，天野先生红着脸颊，慌慌张张地回答。无意间听着两人的对话，突然，小田抬头看着墙上的表嘟囔了一声："啊，糟啦！"

"怎么了？"

"爸爸马上就要开车来接我了。那之前，得去找到别人拜托我找的书。"

小田从口袋里取出一张纸条。

"别人拜托你的书？"

我瞥了下纸条，看见上面写的书名，不由得盯着小田频频眨眼睛。

"我妈妈拜托我的。"

小田得意扬扬地笑着说道。

我和小田一起来到二楼，帮忙找书。因为是自己不太熟悉的类别，还是花了些时间。不过，十五分钟之内已经找齐了纸条上写的三本书。

"姐姐，谢谢你。"

办理完借书手续，我和小田在大厅道过别，他就急忙走向停车场。我留在那里，隔着自动门的玻璃眺望外面。

图书馆外好像又下起雪了。还不到中午，却已犹如傍晚般灰暗。我开始有点担心去山上寺庙采访的妈妈。

还过书，背着空无一物的书包，我开始了我的书架探索之旅。

在这样的日子里，果然还是书名带"雪"的书最能引起注意。我取下一本名叫《女雪人》的大开本绘本，坐到窗边的椅子上，立刻读了起来。

《女雪人》的故事，讲的是年轻的母亲病逝了，留下年纪尚幼的儿子，为了守护爱撒娇的儿子，上天给她一周的时间转生为雪人。看到最后一幕，母亲在丈夫和儿子的目送下返回天国的场景，我已然忘记自己在图书馆，不由得哭了出来。

我边擦眼泪边合上书，向窗外一看，雪下得更厉害了。这样太危险了，一时间我还走不了。于是我从椅子上站起来，决定慢慢选书。

接着，我拿起《百年一度的雪》，这是讲一位孤傲的宇宙民俗学者调查各个星球生活和习俗的科幻系列的最新作品。这次故事的舞台设在一个由于自转和公转的关系，一百年才有一次冬天的星球。《在雪海中游泳的鸟》，书名乍看之下以为是奇幻故事，实际上是以孤岛上的洋房为"舞台"的正宗推理小说，讲述一个中学生男孩，和依附在这个男孩背后、疯狂热爱推理的幽灵，揭开白雪覆盖的原野上突然消失的脚印之谜的故事。

除了这两本，我还选了故事发生在一个被冰雪封锁的虚幻国家的历史幻想小说《冰雪女王》，和毕业前夕几个中学生组成一个冬季限定乐队的青春音乐故事《白雪公主》。办完借书手续，我再次向大厅走去。

大厅里，恰巧美弥子姐姐正在公告板上贴"故事会"的海报。美弥子姐姐注意到我，把手顶在腰上，边看着装饰树，边叹息道："没有雪果然还是感觉孤零零的。"

当然，没有雪的装饰树依然很美。可是，外面真正的雪漫天飘舞，不停地下着，就会让人觉得树上没有雪，显得少了点什么。

顺便提一句，"故事会"的海报上介绍，新年第一回讲的故事是一本很有正月气氛的绘本《再睡几觉……》。看到书名，我本以为肯定是日本人写的作品，注意到作者名字，我不由得大叫一声"啊呀"。作者的名字是用片假名写的，怎么看都是个外国人的名字。

我仔细研究着海报。

"你妈妈今天也上班吗？"

一边问我，美弥子姐姐一边在失物招领处的白板上写"布偶熊，身高三十五厘米，体重九百五十克，身穿外出服"。

"嗯，说早上开始有个采访。"

说不定今天回不来了——望着自动门外面越下越猛的大雪，我在心里补充说。

"这样的话，虽然有点早，我们去灯亭吃午饭吧。"

"嗯！"

恢复寂静的大厅里，我的回答声意料之外地回响起来，我赶紧捂住嘴。

"哇——好大的雪。"

刚一走出自动门，美弥子姐姐就停下脚步感叹道。

一瞬间，我忘记寒冷，被眼前的光景征服了。

有"倾盆大雨"这样的形容，而现在，眼前展现的风景正是"倾盆大雪"。雪花一片紧接着一片不断地落下来，仰望这样的景色，不知怎的，与其说是雪落下来，更像是自己的身体朝着天空的方向被吸上去的感觉。

我们相互对视，点了下头，随即朝向灯亭，"1——2——"一齐跑了过去。

短短五秒左右的时间里，头和肩膀就堆上一层雪。掸掉身上的雪，刚走进店里，店主面带温暖的微笑迎接我们："欢迎光临。"

我以为这种天气，灯亭里面一定很空，没想到店里已经坐了将近一半的客人。

环视店内，正想着要坐在哪儿，在吧台坐着的老奶奶留意到我们，点头向我们问候。

"啊，白石女士。"

我跑到白石女士跟前，坐在她旁边。

"刚才在和店主聊一些往事呢。"

白石女士拿起茶杯，微微一笑。

"往事？"

被我这么一问，白石女士轻轻地点了点头。

"聊了灯亭还是一家灯具店时候的事。"

"都聊了些什么呢？"

在我旁边坐下的美弥子姐姐兴致勃勃地凑到店主面前。

"其实，提起这事的，是我。"

店主擦着杯子，脸上露出一丝苦笑。

"听说白石女士在我出生之前，我爷爷在店里工作的时候来过灯亭。"

说起来，白石女士确实跟我讲过，在她小的时候，只有一次，来过还是灯具店的灯亭。在我和美弥子姐姐的注视下，白石女士把目光转向窗外，娓娓道来。

"我被店主的爷爷出手相救那天，也像今天一样是个雪天……"

白石女士刚刚开始讲的时候，经店主的推荐，我们换到了和之前一样在窗边的桌子。我和美弥子姐姐点了中午套餐，正等着上菜，白石女士望着窗外蔓延开来的雪帘，继续说起来。

"那天，也是一个对于这个城市来说非常少见的大雪天。我一个人出门去帮家里办事，正在回去的路上，看到突然下起的大雪，玩着玩着就迷路了。

"因为还是小孩子，出门帮家里跑个腿儿，所以时间也不太晚，但是天上被厚厚的乌云遮蔽，周围好像夜晚一样黑。雪下得没完没了，路上也基本没什么人，我自己也害怕起来，一边哭一边走着，这时，在远处忽然看见一点灯光。

"我仿佛被吸引着，向灯光的方向走去。走到跟前看到的是一个特别特别大的灯。"

当年的灯亭，在店门口放了一盏灯，好像是用来代替招牌的。我四处张望，现在店里面还到处装饰着很多古气十足的灯。我想象其中一只变成巨大的型号，装饰在店门口的景象。

雪依旧悄无声息地下着，白石女士接着说："灰蒙蒙，被大雪封锁的世界里，只有灯亭明亮、温暖地闪耀着。我哭着冲进店里……"

店里摆放着数不清的各式各样的灯，仿佛光明之国一般。

"一下子，寒冷、害怕我全忘了，只是面对眼前梦幻般的光景，看得入迷。我都不知道看了多久。回过神来，不知什么时候从屋里探出一位长着胡子的男子的脸。他正一脸困惑地看着我。"

那位就是当时灯亭的主人，也就是店主的爷爷。

看到店主人，白石女士安下心来，突然一发不可收拾地哭起来。看到这种情形，店主人从屋里走出来，慌慌张张地，一个接一个给白石女士看各种各样的灯。

"现在想想，也许那是在想方设法让我别再哭了吧。"

白石女士吃吃地笑着。抬头看着墙上挂的灯，眯起眼睛，露出怀念的眼神。接着，她凑上前来，瞟了一样正在吧台泡咖啡的店主，小声告诉我们："来这家店，第一次见到店主的时候，我真是被吓了一跳。他和他爷爷就像是一个模子刻出来的。"

这时，店外有辆汽车轻轻连响了三声喇叭。

"啊呀，好像已经来了。"白石女士看向窗外，站起身，应该是她儿子开车来接她了。

白石女士刚一走，店主为我们端来了中午套餐。美弥子姐姐点的是大头菜和培根的奶油意大利面，我的是豆浆培根蛋面。不知怎的，今天一水儿白色。

听美弥子姐姐说，为装饰那个雕塑，用棉花做成雪状，让它看起来好像下雪似的，是在大约两个星期前。

"那个雪，是用胶条之类粘住的吗？"

听完我的问题，美弥子姐姐一边用叉子卷着意大利面，一边摇头。

"用胶条的话，摘下来的时候，棉花会碎掉，所以是用铁丝缠住的。"

"这样啊。完全没注意到。"

我大吃一惊。

"为了不显眼，用了白色的细铁丝。"

美弥子姐姐有些得意扬扬地笑起来。

但是，就像天野先生说的，星期五傍晚，有个孩子把装饰树给撞倒了，所以昨天下午，天野先生和绘本讲座的学生一起合力把圣诞树恢复了原貌。

"绘本讲座？"

"嗯。昨天是'让我们做绘本吧'活动的日子。"

美弥子姐姐边用叉子叉起套餐里的沙拉，边说。

"可是，因为快到过节了，天野先生就和我商量，想在昨天之内尽量把树修复好，不知该怎么办。听到我们对话的学生们就说他们来帮忙。"

"让我们做绘本吧"是图书馆专为希望自己动手做绘本的人们开办的免费公开讲座。图书馆工作人员轮流担任讲师。美弥子姐姐笑着说，昨天的主题正好是天野老师的"让我们做带机关的绘本吧"，所以胶水呀、剪子这些工具都很齐全，真是幸运。

讲座结束之后，大家一起装上雪，做了一些新的装饰物挂上去，完成后，在昨天快要闭馆的时候，把树放到了公告板旁。

"那个地方，如果站在图书馆里面的话正好是死角。"

美弥子姐姐脸上浮现一丝苦笑。

"所以，能提前告诉我真是太好了。地上那么湿，有人滑倒就危险了。"

另外，美弥子姐姐在到处询问的过程中，听玉木阿姨说，刚开馆的时候，树没有任何异常。换句话说，雪消失的时间，是在开馆后直到小田发现为止的三四十分钟之间。

"为了不让风把棉花吹跑，所以用铁丝轻轻地缠了一下。摘下来的话，一个人花不到十分钟就弄完了吧。"

"是不是想用真雪代替棉花雪放到树枝上来的？"

"可能吧……"

美弥子姐姐皱起眉头。

"那些还没化的雪不是在树四周围成一圈，而是集中在一个地方的，所以真雪看起来不像是堆在树枝上。而且，雪挺重的，放在树叶上也会马上就掉下来的……"

"可是，为什么要做那种事……"

我一边卷起培根蛋面，一边嘟囔着。让我心里不舒服的，并不是因为不知道嫌犯是谁，而是搞不懂他的目的。

美弥子姐姐摇着头，表示不知道，接着长舒了一口气，看向窗外。我们谈话的这会儿功夫，窗外真正的雪绵绵不绝地下着。

望着雪，我突然叨念了一句："妈妈，没事吧……"

听到我的话，美弥子姐姐很在意的问："你妈妈今天去哪儿采访了？"

"绿林寺。"

听完我的回答，美弥子姐姐刚要送进嘴里的叉子一下子停住了。

"绿林寺？难道是云峰山的那个？"

我点点头。美弥子姐姐又看了看窗外缤纷的大雪，转向我，一脸严肃地说："如果你妈妈被雪困住，回不来的话，就来我家吧。"

美弥子姐姐说了和妈妈一样的话。

"可前提是，我们不被困在图书馆里。"

"如果真是那样，我们就住在图书馆吧。"

面对我的玩笑话，意外的是，美弥子姐姐爽快地说了句"好哇"，点头同意了。

"哎？真的行吗？"

我凑上前去问。美弥子姐姐笑道："如果真回不去了的话啊。"

"美弥子姐姐，因为回不了家，你在图书馆住过吗？"

"我没有，不过天野先生好像有过两三次。"

"真的？"

"唔。说什么修复图书太专注了，回过神来已经是早上了。"

我笑着心想，真像天野先生的作风，可是又突然想起刚才饶有意味的那段对话。

"天野先生有那么忙吗？"

被这么一问，美弥子姐姐刚开始表情诧异，马上又开口说："是啊。无论如何今年的平安夜他都想休息，所以打算趁现在赶紧把堆积的工作都处理完。"

美弥子姐姐故意强调了"无论如何"，接着耸耸肩，诡异地轻声一笑。

"哎——"

听完她的话，我也不由自主地高兴起来。

离元旦放假休馆日很近了，活动又多，是图书馆非常繁忙的时候。特意要在这样的时候休假，也就是说天野先生有什么特别安排吧。

吃过午饭，是饭后茶饮。美弥子姐姐要了杏子红茶，我点了加入满满奶油的热巧克力。饮料上来之后，我试着询问关于刚才提到的那个绘本。

"喂，美弥子姐姐，《再睡几觉……》讲的是什么故事？"

美弥子姐姐用茶匙缓缓搅动着红茶，开始讲起绘本的故事梗概。

我们都认为正月到了，自然地，新年也就来了。但实际上为了让新年到来，新年之神和除夕之神必须要进行一个交班仪式。然而，有一年，新年之神病了，除夕已经重复了好几天，新年都没有来临。听说是得了相思病……大概是这样的故事。

"那个是外国的绘本吗？"

我是想，说不定是位起了个外国名字的日本作家。但是，美弥子姐姐痛快地回答说："对啊，英国的绘本作家。"

"不过，那个书名……"

"啊，那个呀。"美弥子笑了。

"那是翻译成日语的人起的名字，和英文原著的书名完全不一样。"

美弥子姐姐拿出随身带着的四色油笔，用绿色在餐厅的餐巾纸上刷啦刷啦地写下 "Everlasting the last day of a year"。

"这个 the last day of a year 指一年的最后一天，也就是除夕的意思。前面的 Everlasting 是'永不完结'的意思，所以直译的话，就是《永不完结的除夕》。译者就翻译成了《再睡几觉……》这么个书名。"

我在脑海中，尝试着把这两个书名的书放在书架上。比起《永不完结的除夕》，虽然《再睡几觉……》更令人想拿起这本书，但是不看故事内容，也不清楚到底哪个书名更合适。

"那本书能借吗？"

"嗯，可以啊，但是……"

美弥子姐姐的样子看上去像在思考些什么，问我："芊芊，中午过后还会在图书馆待一会儿吧？"

"是这样打算的……为什么这么问？"

今天这样的日子，就算回到家，也是关在屋子里看书，和在图书馆没什么两样。反倒是被这么多书包围着，留在图书馆更幸福。

"那样的话，读书会上我要讲这个故事，所以留了一本，如果今天你能在图书馆里读完的话，一会儿我就借给你。"

我当然是点点头。美弥子姐姐也开心地冲我点了点头。可是，她好像突然想起什么，把视线转向窗外——图书馆大楼的方向。

"怎么了？"

听到我的声音，美弥子姐姐猛然看向我，说："嗯。有点事……"
美弥子姐姐的微笑似乎别有深意。她向下一瞥，喝了口茶。

回到图书馆，我立刻开始读美弥子姐姐借给我的《再睡几觉……》。或许也是因为翻译正文的人起的书名，我断然认为这个书名更好。书名真的很不可思议。从字数来讲，书名只不过是正文内容的几万分之一，可是书名起得好的话可以使书的魅力倍增，书名一般的话，即使内容再好，也不一定想拿来看。

话说回来，没想到新年之神的相思对象竟然是那个人……难怪新年来不了。

我把绘本还给美弥子姐姐，从背包里取出刚借的书。坐在一层最里面的椅子上，可以看见白雪覆盖的内院。不知道平常都在内院的大树下晒太阳的猫，这种日子在干什么。想着想着，当我正准备打开《百年一度的雪》的时候，突然一个尖嗓音叫道："茅野。"我吓得都要跳起来了。抬头一看，一个身穿鲜艳的柠檬色大衣的女人，挥着手向我走来。

"沟口。"

我睁大眼睛，站起身。

"雪真大呀……刚出家门的时候下得还没这么大。电车没停运吧？"

沟口以她一贯的语速说着。

"应该没事吧……"

我爱搭不理地应答着，忽然，一个身穿牛仔裤的苗条女孩从沟口身后悄无声息地探出脑袋，我的视线完全被她吸引住了。女孩向我点头问候，我也鞠躬还礼，接着用疑惑的眼神看向沟口："那个……"

"啊，对了对了。"

沟口把手搭在女孩身上，把她一把推到自己前面，总算开始介绍她了。

"这孩子是之前跟你提过的小叶月。小叶月，这位是茅野芋芋。"

"初次见面，我是酒井叶月。"

叶月将两手并齐挡在膝盖前，规规矩矩地低头行礼。

"之前谢谢你了。"

"啊，不会，我也没……"

我连忙摆摆手。

"不提这个了，你腿上的伤都好了吗？"

"好了。"

叶月温和地微笑着。记得她今年六年级，可即使在比她小一岁的我来看，她也是个十分可爱的姑娘。

"我提过'想见一下茅野，当面向她道谢。'于是，阿姨就告诉我：'去图书馆的话，多半会碰到她。'但是……"

叶月突然吃吃地笑了起来。

"真没想到在这样的天气里也能遇到你。"

我有点不好意思了，耸了下肩。叶月看起来确实很佩服我似的，说："你真的喜欢图书馆呢。"

"对。"我干脆地点头答道。

寒暄过后，我开口提起一直想问叶月的问题。

"那个……写读后感有什么窍门吗？"

"窍门……"

叶月啪唧啪唧地眨眨眼睛，"嗯……"露出有些为难的表情歪着头。

"是什么呢？我的话，只是把想到的都写下来而已。"

"可是……"

之前沟口说，到目前为止，叶月已得过好几次读后感大赛的奖了。

听我提起这个，沟口从后面把两手放在叶月的肩膀上，说道："是不是因为叶月比其他人花了更多的时间？"

"小叶月，你写一篇读后感大概要用一个月左右吧？"

"一个月？"我吃惊得大叫一声。

叶月腼腆地一笑，轻轻摇摇头，说："虽然说是一个月，但一个月里也不是每天都在写。写一遍之后，先让妈妈、阿姨或者朋友们帮我看看，问他们有趣的地方、不容易懂的地方有哪些，然后再重新写。这样反复几次，差不多就要花上一个月的时间了。"

"为什么能写好几遍呢？"对于写一遍都快断气的我来讲，这简直无法相信，于是问道。

"那很可能和芊芊可以来图书馆那么多次是一样的理由。"叶月微笑着回答，"我喜欢写读后感。读到有趣的书，就会想告诉给别人。能用自己的语言清晰地表达自己读书时的感受，真是痛快极了。所以，在我看来很不可思议的反而是，为什么大家都不想写读后感呢。"

可能因为越说越兴奋，叶月双手握起拳头强调说。

我虽然不太擅长写读后感，但是一提到读后感，看上去文静的叶月就兴奋地聊开了，看到这样的她，我心想，这和迷上书是一样的心情啊，于是我也开心起来。

　　她们两个人要去住在云峰市的亲戚家。我们就此道别后，我背着书包来到三楼。或许因为马上就要考试了，自习室里坐满了埋头学习的人。

　　自习室与会谈室中间有一个不长的走廊。走廊尽头是一扇大窗户。我透过窗户，俯视着外面的景色。

　　雪依然不停地下着。街道仿佛戏剧的背景，隐藏住气息，鸦雀无声。望着那样的街景，忽然，有一种奇妙的感觉袭来。

　　现在眼前的这番雪景，乍看之下和刚才是一样的，可实际上旧的雪渐渐融化，上面又覆上一层层新雪——换句话说，虽然看起来一样，但实际上我看到的是与刚刚完全不同的雪。

　　这一年马上就要结束了。

　　一年里发生了很多事情，既有愉快的事，也有令人伤心的事。读了许多本书，遇到各种各样的人。所有的我都记得。直到现在，当时的感受仍然留在我的心里。

　　但是，这种心情是不是像雪一样，一层盖过一层逐渐堆积，过去的心情一点点被埋没、融化掉呢⋯⋯

　　我这样思考着，呆呆地看着雪景。突然，会谈室的门开了，美弥子姐姐探出头来。

　　"哎呀，芊芊。"

　　美弥子姐姐看到我在那里，可能吓了一大跳，难得听到她大声说话。

"怎么了？在这儿待着。"

"嗯，有点事……"

我解释说，自己趁着休息的工夫来窗边看外面的景色。

"是吗……巧了。"

美弥子姐姐一边留意着身后的门，一边说。

"巧了？"

"对。其实……"

美弥子姐姐刚一开口，会谈室的门开了，从里面走出两个男人。其中一位是我也很熟悉的云峰市立图书馆馆长，另外一位……

"啊呀，芊芊。"

一位完全出乎意料的人站在面前，我一下子目瞪口呆。馆长留意到我，向我介绍道："芊芊也来参加过我们的讲座，所以你应该知道的吧。这位是作家关根要先生。"

关根先生看见我，有一瞬间也睁大了眼睛，但是马上就露出温和的笑容，用平静的声音说："你好。"

关根先生的问候使我回过神来，连忙鞠躬回礼。

"你好。"

头低得太用力了，迎风发出"嗖"的声响。见到我这么使劲行礼，馆长和关根先生都笑了起来。

关根先生作为作家出道已经十年了。在今年秋天图书馆举办的图书馆节上，关根先生做了讲座。

而且——他是十年前和妈妈离婚的——我的爸爸。

这件事我是在听讲座的时候知道的。讲座上，介绍说关根先生也是这个城市出身的，一次偶然的机会，馆长拜托他来做讲座。得到消息后，妈妈的侄女——也算关根先生的侄女美弥子，邀请我来参加讲座。

上次见到关根先生还是那次讲座的时候。万万没想到还会再见面。我紧张极了，什么话也说不出来。这时，馆长看看手表，发出出奇的一声："哎呀！"

"对不起，我现在必须要去空知市的图书馆。之后的事，能和早野商量吗？"

馆长双手合十，看起来真的感到非常抱歉。关根先生向馆长点头笑道："明白了。"

"那么，就拜托了。"

接着，馆长一边低头致歉，一边快步走下楼梯。目送馆长离开后，美弥子姐姐"呼"地从身体里吐出一口气。

"……啊，吓死我了。"

"那是我要说的。"

关根先生苦笑着。我也用不相上下的嗓门说道："我也吓了一跳。"

我们互相看着对方，笑了起来。

大笑稍微缓解了我的紧张感。这时，我抬头问美弥子姐姐："商量……什么？"美弥子姐姐瞟了一眼关根先生。

"其实，《图书馆通讯》的新年号上，准备把上次的讲座内容整理成文章刊登出来。"

"真的？"我开心地跳起来。

美弥子姐姐"嗯"了一声，点点头。

"当然会剪掉太私人的部分。今天关根老师是为了确认稿子内容过来的。机会难得，就谈起在这期做一个老师作品的特辑，这部分内容还没有讨论完。"

关根先生一脸难为情地听美弥子姐姐介绍。

"喂喂……"我拽了拽美弥子的围裙边，在比我略高一点的美弥子姐姐耳边轻轻说："今天的事情……"

似乎仅此只言半语已经传达出我想说的话。美弥子姐姐露出好像喝了一口苦水似的神情，微微摇了下头。

"还没联系你妈妈，并不是要故意隐瞒，只是今天的事实在决定得很突然。"

"我的日程直到这一两天才定下来。"关根先生或许是想替美弥子姐姐说话，忽然插话进来。如果时间排不开，本来打算把稿子寄过来让他们看的。

美弥子姐姐轻声叹息道："刚才在灯亭吃饭的时候，我一直在犹豫要不要告诉你关根先生要来的事情。但是，因为没跟你妈妈说……"

"哎？灯亭？"关根先生吃惊地抬起头。

"啊，对呀。刚才和芊芊在那儿吃午饭来着……"

"噢——真怀念呀。过去，从图书馆回去的时候经常去。店主一切都好吗？"

"嗯，都好。"美弥子姐姐用力点点头，接着说："如果方便的话，一会儿谈事情我们去灯亭——"

美弥子姐姐刚说到这里，就传来了上楼梯的脚步声，天野先生穿着围裙出现在我们面前。

"啊，不好意思打扰你们说话。"天野先生注意到关根先生，赶忙点头问候，又冲美弥子姐姐合掌示意，表示歉意。

"早野小姐，不好意思，能麻烦你去买下做装饰树上的雪用的棉花吗？"

"现在吗？"

"唔。我们常用的那家手工艺品店今天下午三点就关门。本来我打算自己去的，但是突然有个很着急的参考咨询要处理……"

"啊，没关系……"

面对天野先生心急如焚的神情，美弥子姐姐虽然有些迟疑，但还是答应了。天野先生和馆长一样，连连点头哈腰，慌张地走下楼梯。

"树上的雪怎么了？"天野先生的身影一消失，关根先生问美弥子姐姐。

"其实……"

美弥子姐姐向关根先生简单地说明了今天早上发生的事。关根先生点点头："原来如此。我也觉得少了点什么，原来是雪没了。"

"先别管我了，你赶紧去买东西吧。"说完，笑着对美弥子姐姐挥挥手。

"但是……"

瞬间，美弥子姐姐的眉毛弯成了倒八字，面色有些为难地想了想，忽然大叫一声"对了"，看了看我和关根先生，接着说："可以的话，可以和芊芊一起在灯亭等我吗？"

美弥子姐姐脸上露出调皮的笑容，说道。我和关根先生听到这个突然的建议，一下子都呆住了，说不出话来。

"大概三十分钟就回来，拜托啦。芊芊，麻烦你替我一下。"

美弥子姐姐说得太快，只留下那句话，深深地鞠一躬，不等我们回复，她就赶快跑下楼去了。

我们目瞪口呆地望着她离去。

图书馆节的时候，我还不知道关根先生是我的爸爸——虽然对方好像已经知道了——当时说了一点话，但真正彼此面对，坐下来好好交谈，这还是第一次。

面对着突如其来的发展，正当我不知如何是好，有些发慌的时候，关根先生嘟囔了一句："好像《三个愿望》一样。"

"啊？"

我抬起头，关根先生对我微微一笑。

"你看，馆长先生、天野先生、美弥子……三个人都去做被别人拜托的事情，对吧？"

"啊，原来是这样。"

我"啪"地拍了下手。《三个愿望》是一本讲三只小猪许下愿望后离开的绘本。

绘本里，爱耍威风的小猪摆着架子许下愿望；性子急的小猪急急忙忙地许下愿望；胆小的小猪低头哈腰、礼貌地许下愿望之后，三只小猪相继离开了。图书馆的三个人，大家都一一很有礼貌地拜托好事情之后走开了。人数逐渐减少这一点和故事里一模一样。我不由得觉得很滑稽，笑起来。

关根先生自然地一笑，对我说："那我们去喝茶吧。"

我也自然地点头答应了。

两个小时前才刚刚离开这家店的我马上又回来了，看到我，店主一如既往地以笑脸迎接："欢迎光临。"但是看到我身后的关根先生，店主也大吃一惊，正在擦杯子的手停下来，惊讶地张大了嘴巴。

可能因为已经过了午饭时间，店里只有我们两个人。我们在和刚刚一样靠窗的位子上坐下来。

"欢迎光临。"店主端上水，和关根先生打招呼，"好久不见了呢。"

"是啊，一晃就过去这么久了……"关根先生站起来回礼。

"我一直很关注您哟。"说完，店主发自内心开心得笑了。

我点完喝的，关根先生刚一开口："我要……"，马上就被制止了。

"乞力马扎罗咖啡可以吗？"店主问。

一瞬间，关根先生惊呆了，但不一会儿就眯起眼睛，感动万分地点点头，说："好。"

"您还记得呀。"

"当然。"店主行过礼，回到吧台。

只剩下我们两个人。我在椅子上端正姿势，大口深呼吸，重新做自我介绍。

"我叫茅野芊芊，小学五年级学生。"

"我叫关根要，小说家。"

关根先生模仿我作自我介绍。

"是吗，已经五年级了……"关根先生直直地看着我，眨眨眼睛。

"如果知道会见面的话，我就穿得稍微好点再来了。"他脸上泛出一丝苦笑，挠挠头。顺便说一下，今天关根先生不像讲座那天穿着西装，而是一身休闲打扮：浅灰色的毛衣配米色的裤子。

"那个……"我将如果能见到关根先生心里一直想对他说的话脱口而出，"我读了《铅笔画的素描》，虽然对我来说有些难……但是很有意思。"

想必，关根先生怎么也不会想到我会读过他的处女作吧，他吃惊地睁圆了眼睛，接着笑出声来："不用那么客气呀。不过，谢谢你读了我的书。你喜欢书吧？"

"没错。"我用力点点头，马上又接了一句，"喜欢书和图书馆。"

"因为有很多书？"

"也有那个原因，但是……因为图书馆里会发生各种各样的事。"

"哎？比如说什么样的事？"关根先生眼睛里泛着光，探身问。

我的脑海里浮现出这一年在图书馆经历过的各种事情：比如一位三岁小女孩硬说一本面向高年级的书是"我的书"；归还一本历经漫长旅途、时隔多年终于返回的书；还书箱浸过水；还和安川一起寻找过从图书馆消失的书。

另外，和关根先生——我的爸爸时隔十年再次相见，也是在图书馆。

自秋天以来，我们还追查过放在图书馆的狗粮之谜；找过不合时宜的指定图书；寻找十多年前传说中的书……然后，就在几天前刚刚遇到的，围绕一个绘本发生的一系列小小的奇迹……

要全部说出来的话，估计用一天时间也讲不完。于是，我从中选了两个月前发生的狗粮事件，开始讲起来。

正巧，店主把咖啡端上来了。关根先生时不时喝一口咖啡，津津有味地听我讲。等到我说完，有一会儿他抱着胳膊，似乎在思考什么，没多久他便放开胳膊，凑近我的脸，带着一丝坏笑，爽快地说："是不是叫小田的那个小男孩马上要有弟弟或妹妹了？"

"……"

人在真正吃惊的时候，连声音都发不出来。我手里的杯子差点没掉在地上。

小田妈妈的肚子里确实有小宝宝了。我是今天早上，看到小田拿的纸条才知道这件事的。纸条上列了几本给小宝宝起名字的书：《召唤幸福的宝宝名字》《两人一起寻找的美丽名字》。今天原本也是他的妈妈要自己来的，但是怕下雪天里滑倒或摔跤就麻烦了，所以取而代之，由小田来借书了。小田说，他自己也是在两个星期前刚刚听说自己要有小弟弟或小妹妹了。

然而，只是听我说了两个月前的故事，关根先生是怎么知道的呢……

我一下子瞠目结舌，目不转睛地盯着关根先生的脸。

"对不起对不起……我本来是瞎蒙的，好像真的被我猜中了。"

关根先生满脸难为情的笑容，把手放到头上。

"您是怎么知道的呢？"

我终于开口了。

关根先生歪着脑袋，小声说："怎么知道的呢……"

"并不是很确定……听了你的话，觉得有一点不可思议的地方。"关根先生双手交叉放在桌子上，平静地说起来。

"家里养小狗的话，肯定会预料到屋里的东西会被咬得乱七八糟的。小狗是在那位母亲的娘家出生的，自己家原来养过狗，很难想象她会不了解狗的这种习性。那位母亲曾经答应过可以养巴龙，态度突然转变，很可能是因为她本身有了什么不能养狗的情况发生。"

"只是这样，你就知道小田的妈妈怀孕了吗？"我有些惊呆地问。

关根先生面带踌躇的神色，继续说："而且，鞋的事也很让我在意。"

"鞋？"

"你看，刚才不是讲过小田妈妈很宝贵的一双鞋被咬了吗？"

这么说起来，我记得确实提过这回事。见我点头，关根先生喝了一口咖啡。

"在养狗的家里，为了不让狗咬到，把鞋放进鞋盒里，或者放到狗够不到的鞋柜上面，这是常识。可是，非常宝贝的鞋居然被咬了，我就想没准是故意放在小狗可以咬到的地方的。"

"就是说，为了赶走巴龙，故意让鞋被咬的？"

我不禁冒出一句刻薄的话。如果是真的，我觉得有点过分。因为巴龙咬了妈妈最心爱的鞋，小田非常烦恼。

"不过，也许是我想太多了……与其说是故意让咬的，或许是即使被咬了也无所谓吧。"

"有小宝宝了，就不能养狗了吗？"

"唔……也不是不能养，怀孕的时候好像会很不安。"

关根先生稍稍皱了下眉头。

"我也从一位女主编那里听说过，有认识的人拜托她领养一只小狗，但知道自己肚子里有小孩之后就拒绝了。她的话，拒绝有两个理由。一个是没有信心能同时养自己刚出生的宝宝和小狗。另外就是怕万一自己的宝宝被狗咬了或者吓到了。"

"但是……"我噘起嘴。

"如果是那样的话，小田的妈妈从一开始直说就好了……"

"说是这么说。"

关根先生似乎是为了安慰我，咧嘴微笑着。

"估计小田妈妈很可能是希望尽可能用小宝宝快要出生之外的理由，离狗远一点吧。"

"为什么？"

"因为说实话的话，不就好像是小宝宝把狗赶走了吗？从妈妈的立场来讲，不希望给小宝宝的哥哥留下这种印象吧。"

不知怎的，我感觉自己也有一点点可以理解他妈妈的心情了。有弟弟或妹妹出生确实很开心，但是为了这个缘故，就要和要好的小狗分开，却不是什么开心的事。所以，如果对小田说"小宝宝要出生了，把巴龙送回外婆家吧"的话，说不定小田会对小宝宝心生一丝恨意。至少，小田的妈妈或许考虑到这些，尽量找了别的理由把巴龙送回外婆家了。

即使这样——我又开始盯着关根先生的脸庞。

在云峰湖畔听到小田的事时，我一点都没想过小田的妈妈也许有小宝宝了。可是，关根先生只是听了我讲的，就看透事情的原委了。

"那只小狗之后怎么样了？"

"啊，再过一段时间就送去他外婆家。不过外婆家离得不太远，小田说每周都会去看小狗。"

我一边回答着关根先生的问题，一边在心里想，如果是这个人，也许可以解开那个迷。

"那个……"

我挺直后背，开口说："我想讲一件事。"

我开始讲起融化的雪的谜团。和刚才一样，关根先生表情认真地听我讲话。

顺带一提，我推理出嫌疑人会不会是小孩，而且大概是幼儿园到小学低年级的小孩子。动机是看到图书馆外面堆积起来的真雪，就想给树也下雪。从树上摘去的棉花，恐怕就在真雪的附近——图书馆四周，雪化了之后肯定就会自动现身了。

听我讲完，"我想问一下。"说着，关根先生问了几个问题。包括今天早上这里的天气，雪落下来的地方，绘本讲座的事。都是一些看上去没什么关系的问题，但是只要我记得的，都详细地告诉他。

问题问完了，有好一会儿，关根先生好像是在整理思绪，默默地喝着咖啡，接着把目光转向窗外，眯起眼睛，轻声说："可能只是错过了恢复原状的时机吧。"

"你已经知道嫌疑人是谁了吗？"我探出身子惊讶地问。这个人的脑子到底是什么构造？

"当然这都仅仅是我的推测哦。"关根先生先声明，然后开始平静地讲起来。

"首先，关于嫌疑人是小孩子这个推理，有一点我很在意。"

"在意的点？"

"嗯，根据那个推理，把假雪拿走，是为了让真雪下在图书馆那棵假树上，换句话说，有这样的想法的至少要是比小学低年级还要小的孩子，对吧？"

正像关根先生说的，于是我点点头。雪势有些弱了，但依然不停地下着。关根先生望着外面的雪和对面的图书馆，淡淡地继续讲。

"我没有实际看到树上盖着雪的场景。但是，如果整棵树都被覆盖上雪的话，树顶上不是也应该堆了雪吗？"

听完关根先生指出的问题，我突然意识到，确实，树最上面也堆了雪。而且树和我的身高差不多高。

"当然，小孩子踮踮脚或许也可以基本够到。但是，去掉铁丝，把棉花取下来，可能就有点困难了。如果用了椅子或者脚凳，太显眼了，很可能会被别人看到吧……这样的话，稍微高年级一些——我认为至少要小学高年级以上。"

"可是……"我刚要插嘴。"是啊。"关根先生立刻点头说。

"这样的话，想给树盖上真雪的动机就有点太幼稚了。也就是说，真雪的出现应该另有原因。"

"另有原因？"

我扭起头，关根先生突然冒出一句："有句话叫'必须将每个问题分成若干个简单的部分来处理'，你听过吗？"

"必须将每个问题分成若干个简单的部分来处理？嗯……类似重的行李要一件一件拿？"

我把脑子里浮现的解释直接说出来。

"唔，对。"

关根先生微笑起来。

"意思是有困难问题的时候，不要想一次性都能解决，而要把问题分成几个部分，分别来思考。比如这次的事件，不是考虑是谁把树上的雪拿走换上真雪了，而是分别看做消失的雪和出现的雪的话，会怎样？"

"……也就是说，把雪带走的，和拿雪来的是不同的人？"

我又一次更大角度地歪起头。这样问题不是变成两倍那么难了吗？

"因为怕孩子们撞上了很危险，所以今天早上把树挪到公告板

旁边去了，对吧？"

关根先生一一确认用词，看到我点头之后，继续说。

"早上最早来图书馆的客人当中，肯定有一到馆内就径直来到公告板前面的人。今天不是从早上就开始下雪了吗？如果那个人戴着帽子，在公告板前摘帽子的时候一下太用力了会怎么样？"

"帽子会把雪打落！"

听到我神采奕奕的回答，关根先生好像听到学生做出正确回答时一样，满意地点点头。

"当然，不只是帽子，也可能是大衣、围巾。也许是一个穿了带帽子的大衣的人，没戴帽子走进图书馆，在公告板前脱大衣的时候，大衣帽子里积的雪掉出来了。"

他果然像老师一样补充说道。

我回想起在图书馆前偶然遇到的小田穿的衣服。今天从早上开始，雪下下停停，小田没戴上大衣的帽子。或许还有其他那样的人。

"如果那里没有树的话，可能大家也不会这么困惑。"

确实，如果那样的话，就只是在公告板前掉了些雪，很快就可以联想到，一定是谁脱大衣、摘帽子的时候掉的。

"结果，是树上的雪消失了，让事情变得越来越复杂。"

总结完，关根先生一口气把杯子里剩下的咖啡喝光。

我又仔细一想"必须将每个问题分成若干个简单的部分来处理"这句话的意思。听到小田说"雪化了"，我就把树上消失的雪和地上的积雪想成一回事了。然而，实际上分开来思考才能看清楚事情的真相。可是——

"那树上的雪为什么会消失呢？"

最后还遗留下这个问题。

"果然还是谁在捣蛋吧……"

"不……"

关根先生摇摇头，说法很微妙："只是胡闹的话，总觉得有点太小心翼翼了。"

"太小心翼翼？"

"唔。树上的雪没留下一点痕迹，摘得一干二净吧？如果是单纯的胡闹，那么稍微留点棉花也不会在意的，应该是扯掉的。可是，某个人特意把铁丝都取掉，把所有棉花都摘得干干净净。换句话说，那个人有不得不那么做的理由。而且谁都没看见，就是说那个人手脚十分灵巧，在非常短的时间内完成的。可是，偶尔经过那里、想犯个坏的客人会这么做吗？"

"嗯？"

关根先生指出我从未料到的一点，我紧张地问："不是图书馆的客人……难道是工作人员？"

也许我的表情看上去非常不安，关根先生为了使我安心，使劲挥手说："不，不。雪化掉是在开馆之后呀。工作人员的话，不管是开馆前还是闭馆后，都有充裕的时间，很难想象他们会特意选那种时间。我想说的是，帮忙装饰树的人也有可能在短时间内完成吧。"

"帮忙的人……指参加绘本讲座的人吗？"我半信半疑地问。

确实，当时帮忙装饰的人知道棉花是怎样固定的，要摘掉或许也很快。可是，自己好不容易弄好的棉花，为什么非要在第二天开馆没多久，而且是偷偷地取下来呢……

正当我想得入神的时候，关根先生叫店主再续一杯咖啡，并叮嘱说："不要当作推理，只当作一种可能性，听我说明一下……"

关根先生重新展开话题："帮忙装饰那棵树的是参加绘本讲座的学员，对吧？这样的话，我估计小孩的母亲、幼儿园老师、年轻的女性应该比较多吧。"

顺便补充一句，之后听说，果然如关根先生预想的，学员全部都是二十到三十几岁的女性。

"学做带机关的绘本，肯定需要使用剪子、裁纸刀，把雪固定在那棵树上必须要用钳子剪铁丝。做这些工作的时候，女人身上经常带的一样东西让我很在意，你知道是什么吗？"

说完，关根先生两手交叉搭在桌子上。

"难道是……戒指？"

"对。"

关根先生竖起一根手指，继续说："恐怕那位女性在帮忙装饰圣诞树的时候，很在意工具碰到戒指，于是工作期间就把戒指摘下来了。一定是非常重要的戒指吧。

"讲座结束，她回到家里发现自己把戒指忘在图书馆了，想回去找，但是图书馆早就关门了。所以第二天一大早就赶去图书馆，看了公告板上的'失物招领处'，但也没看到相关信息。一筹莫展的她忽然扭头一看身边，昨天自己帮忙装饰的树就立在眼前。

"看到这个，她灵光一现。昨天帮忙的时候，摘下来放在桌子上的戒指一定是混在棉花里了。大概她自己也在无意中意识到了吧。于是，她确认旁边没人之后，就开始大胆行动起来……"

听着关根先生的话，不知不觉中，我觉得事情很有可能是这样。可是——

"那么重要的东西，直接和图书馆的工作人员坦白，一起找不就好了吗？"

我皱起眉头。

"对啊。"

关根先生凑过来，使劲点了下头。

"那就是这次事件最奇怪的地方。如果真的丢了戒指，向工作人员说明，一起去找就好了，可是她却没这么做。不仅如此，还把树上的棉花全都摘掉了，做法相当粗暴。换句话说，她把戒指弄丢这件事，绝对不想让图书馆的工作人员知道。这样的话就是说……"

关根先生深深吸了一口气。

"打扰一下。"店主给我们端来咖啡，不知道为什么还有两个小的杯形蛋糕。

"这个是……"关根先生诧异地抬起头。

"马上就到过节了。"

店主在我们每人面前放了一个可爱的巧克力杯形蛋糕，使了个眼色："给熟客的礼物。"

我们目送店主回到吧台后，再次把目光转向蛋糕。

"这是在叫我送点礼物的意思吗？"

关根先生比较着两个蛋糕，笑着说。

"其实刚才要说的就是这个。"

"这个……指蛋糕吗？"

"不是，是礼物。送戒指的是图书馆的工作人员，所以丢戒指的事不想向他们说出来吧。"

说完，关根先生把叉子叉进蛋糕里。

听了关根先生的话后，我感觉今天看到的、听到的事情都能在脑海中串联在一起了。

关根先生吃了口蛋糕，继续说。

"没准那位女性约好在那天和送戒指的人约会吧。在那之前，无论如何都要找到戒指，所以才急躁地把所有棉花雪都拿走了。当然并没有带回家，应该是拿到卫生间或者停车场的车里找戒指的。她原本打算马上把棉花雪还回去的，可是被发现了，就错过了还回去的时机。"

关根先生一边喝着咖啡，一边仿佛自己身临其境般滔滔不绝地讲着。忽然，他停顿了一下，放松肩膀笑了起来。

"都只不过是推测而已。再细想想，还有很多疑点。那么重要的戒指，为什么特意要在绘本讲座上戴着呢？为什么会忘了那么宝贵的戒指呢？"

我好像知道这两个疑点的答案。

戴着戒指参加绘本讲座，是因为只要参加讲座就会遇到赠送戒指的人。然后，把戒指忘了，肯定是她粗心大意的结果。

总之，因为那个讲座的讲师就是赠送戒指的人。

所以她才不能让图书馆的人知道，必须自己找戒指。

我的脑海里浮现出为了圣诞节休假而拼命工作的某位工作人员的脸，不由得笑起来。

即便是这样——我感动地呼出了一口气。从树上的雪消失了这件事就能够编织出这样的故事，简直就像魔法一样。

小说家或许真的是制造故事的魔法师吧。

"爸爸。"

当我注意到的时候，自己口中已经非常自然地叫了出来。关根先生惊讶地睁圆了眼睛。

我接着问："我的名字为什么叫'芊'呢？"

面对突如其来的问题，关根先生一瞬间凝固了，不一会儿露出温柔的微笑，张口回答："芊，也就是书签，书看到哪儿了，就夹在那里留作记号。下次翻开书的时候，一定是从有签的地方开始读。也就是，故事总是从有签的地方开始。所以包含了'你的故事，永远从这里开始'的意思，就起名叫'芊'。"

故事永远从这里开始——从我所在的地方开始。我在内心深处仔细体会着这句话的含义。

不知不觉间，感觉自己好像被一本巨大的书包裹起来一样，非常幸福。

回过神来的时候，刚才还猛烈下着的雪已经停了。冬日的阳光和煦地照亮了图书馆。

尾　声

　　我和妈妈两个人用不含酒精的香槟干杯，吃过比平常略微丰盛的晚餐，扫光了一整个小蛋糕。我撑着肚子，满心幸福地打开玻璃门，来到阳台上。

　　看到早上雾蒙蒙的天气，原本还期待看见一个白色的世界呢，结果直到晚上也没下雪。从傍晚开始，北风反而越刮越大，吹散了云彩，头顶上展开一片美丽的星空。

　　脑海中，我用看不见的线将每一颗星星连接起来，细数着刚学过的星座。这时，从屋里传来妈妈唤我的声音。

　　我哆嗦着身子回到客厅，却不见妈妈的身影。桌子已经收拾得一干二净，上面正对着我并排摆放着两个大信封。

　　一个是没写收信人姓名和地址的信封，下面印着云峰市立图书馆的名字。另外一封信写了我的名字和住址，是一家知名出版社寄来的。

我眨眨眼睛，正对比着两个信封的不同，妈妈从厨房里探出头来说："好像两个都是给芊芊的礼物哦。"

坐到椅子上，我稍微犹豫了一下，把手先伸向了那封没写收信人的信。

信封里装的是几张复印纸，原来是从《图书馆通讯》新年号里，特意给我复印的关根先生的文章。

"今天回来的路上，顺便去图书馆查些工作上用的资料，美弥子姐姐拜托我的，说想让我把通讯转交给你。"

妈妈边往桌子上端咖啡和奶茶，边对我说。

"《图书馆通讯》还没完成，但美弥子姐姐说想早点给芊芊看。" 我对妈妈点点头，立刻将目光转向复印稿。

这篇文章生动地记录了关根先生的演讲内容，秋天讲座现场的情景仿佛在我眼前重现。

喝着奶茶，我一口气读完了这几页文章。最后一页是关根先生的特辑。整整一页内容介绍了关根先生至今为止的作品，和这个月刚出版的新书。

新书的书名叫《小小的奇迹》，是一本硬皮精装书。书的图片下方刊登了关根先生的照片和采访。

上面写着，对于自出道以来一直面向成人读者写作的关根先生来说，这是第一次专门为儿童读者写书。

书讲了些什么呢？面对采访人美弥子姐姐的问题，关根先生这样回答道："比如，仰望蓝天，有时会看到好像小猫的云朵。望向星空，可以看到天鹅形状的星座。

"但是，蓝天里当然没有猫，夜空中也没有天鹅。能看出小猫和天鹅，靠的全是人类自己的想象力。

"正因为拥有想象力，人们才会享受四季，心怀梦想，体恤他人。

"这本书里写的，就是由人类想象力带来的五个小小的奇迹的故事。"

读着这篇采访，我回想起几天前关根先生的推理。后来，听美弥子姐姐讲，关根先生的推理大多很准。简直就像在夜空中把星星们连接在一起描绘成星座一般，他把看起来毫无关联的线索串联起来，揭开背后的故事，肯定是想象力的功劳。

我把读完的复印稿放回信封里，拿起另外一封信。这封信沉甸甸的，翻过来一看，角落上写着小小的关根先生的名字。

我抬起头，偷偷瞄了一眼妈妈的脸，可是妈妈故意用杯子挡在脸上，喝着咖啡，热气腾腾的背后究竟是一副怎样的表情，我完全看不到。

我深深地吸了一口气，怀着激动的心情拆开信封，从里面掏出一本精装书。封面上用蜡笔的笔触描绘了繁星满天的星空和一棵深绿色枝叶茂盛的大树，树上写着"小小的奇迹"。

书名用了宛如月亮般的颜色，浮现在封面上。书腰上也用月亮的颜色写着"世界充满奇迹"。

看着封面，我突然想起来，很久很久以前，有谁给我讲过一个神话故事。

在世界的某个地方有一棵巨大的树，树的每一片叶子上都用特别的语言写着一个故事。那是为出生在这个世界上的我们每一个人写的故事。我们所有人都与故事一起成长——确实讲的是这个内容。

正当我目不转睛地打量着封面时，突然，妈妈开口了："今天呀，我在公司接到一个电话。"我抬起头，妈妈嘴角上露出笑容，打量着我的脸。

"说，给芋芋寄了一本书，拜托了……读完了，也让妈妈听听你的感想吧。"说完，妈妈喝光咖啡，捧着杯子向厨房走去。

"妈妈。"我面对妈妈的背影说。

"嗯？怎么了？"妈妈停住脚步，回头看向我。

我有点犹豫地问："你觉得我是不是也应该回送点什么比较好？"

"你想送什么？"

"就是作为赠书的回礼。"

"是哈……"妈妈歪着脑袋，想了一会儿，然后微笑着说："这样的话，写篇读后感，再附一张贺年卡送给他怎么样？"

图书在版编目（CIP）数据

晴天就去图书馆 /（日）绿川圣司著；范薇，朱一飞译. 一昆明：
晨光出版社，2017.1（2023.5重印）
ISBN 978-7-5414-8536-7

Ⅰ.①晴…　Ⅱ.①绿…　②范…　③朱…　Ⅲ.①儿童小
说 - 长篇小说 - 日本 - 现代　Ⅳ.①I313.84

中国版本图书馆CIP数据核字（2016）第234012号

HARETA HI WA TOSHOKAN E IKÔ and
CHOTTOSHITA KISEKI – HARETA HI WA TOSHOKAN E IKÔ 2
Text Copyright ©2003, 2010 by Seiji MIDORIKAWA
Illustrations Copyright ©2003, 2010 by Yasuko MIYAJIMA
First published in Japan in 2003 and 2010 by Komine Shoten Co., Ltd.
Simplified Chinese translation rights arranged with Komine Shoten Co., Ltd.
through Japan Foreign-Rights Centre/Bardon-Chinese Media Agency.
All rights reserved.

著作权合同登记号　图字：23-2016-047号

QING TIAN JIU QU TU SHU GUAN
晴天就去图书馆

出 版 人　吉　彤

作　　者　〔日〕绿川圣司
绘　　者　〔日〕宫岛康子
翻　　译　范　薇　朱一飞
项目策划　禹田文化
版权编辑　黄春琦
责任编辑　李　政　常颖雯
美术编辑　沈秋阳
封面设计　木
版式设计　辰　子

出　　版　晨光出版社
地　　址　昆明市环城西路 609 号新闻出版大楼
邮　　编　650034
发行电话　（010）88356856　88356858
印　　刷　固安兰星球彩色印刷有限公司
经　　销　各地新华书店
版　　次　2017 年 1 月第 1 版
印　　次　2023 年 5 月第 11 次印刷
开　　本　145mm×210mm　32 开
印　　张　10.5
I S B N　978-7-5414-8536-7
字　　数　209 千
定　　价　32.00 元